KB021545

# 휴식의 정원

憩園
巴金

대산세계문학총서 125

# 휴식의 정원

憩園

바진 지음 — 차현경 옮김

문학과지성사
2014

**대산세계문학총서 125_소설**

휴식의 정원

지은이 바진

옮긴이 차현경

펴낸이 주일우

펴낸곳 (주)**문학과지성사**

등록번호 제1993-000098호

주소 121-894 서울 마포구 잔다리로7길 18(서교동 377-20)

전화 02) 338-7224

팩스 02) 323-4180(편집) 02) 338-7221(영업)

전자우편 moonji@moonji.com

홈페이지 www.moonji.com

제1판 제1쇄 2014년 10월 30일

제1판 제2쇄 2016년 1월 8일

ISBN 978-89-320-2665-7

ISBN 978-89-320-1246-9 (세트)

이 책은 대산문화재단의 외국문학 번역지원사업을 통해 발간되었습니다.
대산문화재단은 大山 愼鏞虎 선생의 뜻에 따라 교보생명의 출연으로 창립되어
우리 문학의 창달과 세계화를 위해 다양한 공익문화사업을 펼치고 있습니다.

**차례**

**일러두기**

1. 이 책은 巴金의 憩園(廣州: 花城出版社, 2010)을 우리말로 옮긴 것이다.
2. 본문의 주는 모두 옮긴이의 것이다.
3. 맞춤법과 외래어 표기는 1989년 3월 1일부터 시행된 「한글 맞춤법 규정」과 『문교부 편수자료』 『표준국어대사전』(국립국어연구원)을 따랐다.

## 1

16년 동안 외지를 떠돌던 나는 최근에야 항전 기간 중에 '대후방(大後方)'*으로 변해버린 고향으로 돌아왔다. 비록 내가 나고 자란 곳이지만 모든 것이 영 낯설었다. 거리에는 아는 얼굴 하나 눈에 띄지 않았다. 오가는 발길에 닳아 반들반들 윤이 나던 비좁은 돌길은 사라지고, 흙먼지가 폴폴 날리는 널찍한 대로가 들어서 있었다. 예전에는 한산했던 골목길도 활기 넘치는 거리로 변해 있었다. 공관(公館) 입구에 얇은 철판을 덧댄 뒤 옻칠한 문턱은 벌써 잘려 나갔고, 세련된 자가용 인력거가 위풍당당하게 그곳을 드나들고 있었다. 나는 상점의 호화로운 외관에 질려 눈도 제대로 뜨지 못했다. 한번은 용기를 내어 으리으리한 백화점 건물로 들어가 유리 선반에 진열되어 있는 물건의 가격을 물어봤다가,

---

* 항일전쟁 시기 국민당이 통치하던 서남, 서북 지구. 여기서는 청두(成都)를 가리킨다.

백화점이 떠나가라 큰 소리로 대답하는 직원 목소리에 놀라 도망치듯 빠져나온 적도 있었다.

나는 타향에서 온 사람처럼 허름한 여관방에 거처를 정했다. 여관비로 적지 않은 돈을 지불하고 있었음에도 창문을 열면 매캐한 공기가 코를 찌르고, 창문을 닫으면 빛 한 줄기 들지 않는 손바닥만 한 방이었다. 잠자는 시간을 제외하면 온종일 숙소 근처에는 얼씬도 하지 않았다. 나는 호젓하게 산책을 즐기곤 했는데, 주위가 시끄럽든 조용하든 그건 문제가 되지 않았다. 가끔은 고개를 푹 숙인 채 골똘히 상념에 잠기기도 했고, 또 가끔은 우두커니 서서 맹인이 창서(唱書)*하는 것을 한 시간 넘게 듣거나, 관상쟁이를 찾아가 잡담을 나누기도 했다.

그날도 평소와 다름없이 고개를 숙인 채 거리를 거닐고 있는데, 누군가가 갑자기 내 왼쪽 어깨를 붙잡는 바람에 깜짝 놀라 고개를 들었다. 실수로 누군가의 발을 밟았다고 생각했다.

"자네가 여긴 웬일이야? 어디서 지내고 있어? 돌아왔으면서 날 찾지도 않고! 이거 몹쓸 사람이군!"

내 앞을 가로막고 선 사람은 소학교부터 중등학교는 물론이고 대학까지 함께 다닌 동창생 야오궈둥(姚國棟)이었다. 말이 좋아 동창생이지, 사실 그는 대학 졸업 후 외국 유학까지 다녀온 데 비해, 나는 학비를 대주시던 숙부가 돌아가시는 바람에 대학에 입학한 지 반년 만에 학업을 중단해야 했다. 지금은 명색이 작가라고는 하나 여섯 권의 책을 내고도 이렇다 할 주목도 받지 못하는 처지였다. 그는 3년간 교수로 재직했고 2년간 관직에도 몸담았다가, 부친이 7, 8백 무(畝)**에 달하는 논마

* 악기로 반주를 넣으며 책 내용을 노래로 읊는 것.

** 논밭 넓이의 단위. 1무는 한 단(段)의 10분의 1, 곧 30평으로 약 99.174㎡에 해당한다.

지기를 유산으로 물려준 덕에 고향에 내려와 안락한 삶을 누리고 있었다. 5년 전에는 가세가 기운 양씨 일가로부터 성(城) 안의 대저택을 사들이기도 했다. 나도 그 정도는 알고 있었다. 결혼해서 아이까지 두었지만 부인과 사별하고 새 부인을 맞아들였다는 소식도 알고 있었다. 그가 편지를 보내오거나, 내가 그의 소식을 알아본 건 아니었다. 관직에서 물러난 그가 귀향길에 상하이에 들러 내가 사는 곳까지 찾아온 적이 있다. 그때 우리는 음식점에 들어가 밥 한 끼를 함께했다. 술이 한잔 들어가자 그는 자신의 포부와 그동안 이룬 성과 그리고 이루지 못한 꿈들에 대해 미주알고주알 늘어놓았다. 나는 잠자코 그의 말을 들어주었다. 요즘 작가로서의 삶이니, 책의 판로니 원고료에 대해 물어올 때만 짧게 몇 마디 대꾸해줬을 뿐이다. 당시 나는 소설집 두 편을 내고, 잡지에 간혹 짧은 글 한두 편을 기고하는 게 전부였다. 그는 어떤 경로로 알게 되었는지 모르지만, 내가 쓴 글을 용케 다 찾아 읽었고 내용까지 훤히 꿰고 있었다. "아주 잘 썼어. 글솜씨가 훌륭해. 그런데 패기가 없는 게 흠이란 말이야!" 그는 불쾌해진 얼굴로 고개를 주억거리며 말했다. 나는 할 말을 찾지 못하고 얼굴만 붉혔다. "자넨 어째서 하층민의 소소한 일상만 다루는 거지? 나도 소설을 좀 써볼까 하는데, 나라면 세상을 발칵 뒤집어놓을 장극(壯劇)*이나 영웅 열사의 위업 같은 걸 쓸걸세!" 그는 호기롭게 고개를 뒤로 젖히더니, 눈을 부릅뜨고 형형한 눈빛으로 나를 바라보았다. "좋지, 좋아." 나는 건성으로 대꾸했다. 그 앞에서는 내 자신이 왠지 초라해 보였다. 그는 잠시 말을 멈추더니, 별안간 호탕하게 웃기 시작했다. 이튿날 그는 배편으로 바로 떠났다. 그날 이후 그가 쓰겠

---

* 광시 장족 자치구 서부 지역과 윈난 성 문산 장족, 묘족 자치주 일대에서 유행하는 중국 전통적인 희곡의 일종.

다던 소설은 눈을 씻고 찾아봐도 보이지 않았는데, 펜대 한번 놀려보지 못한 듯했다.

지금 내 앞에 서 있는 사람이 바로 그 친구였다. 훤칠한 키, 떡 벌어진 어깨, 짙은 눈썹과 넓은 이마, 매부리코, 얇은 윗입술과 두툼한 아랫입술 그리고 크고 길쭉한 얼굴의 그는 예전과 변함이 없었다. 살이 좀더 붙고, 피부색이 전보다 하얘진 정도였다. 그는 통통하고 땀이 밴 손으로 작고 여윈 내 손을 꽉 잡아 쥐었다.

"양씨 일가의 대저택을 사들였다는 소식은 이미 들어 알고 있었네만, 성(城) 안에 살고 있으리라고는 꿈에도 생각하지 못했어. 공습을 피해 시골로 내려갔을 거라고 생각했지. 더구나 자네를 찾아갔다가 자네 집 문지기한테 쫓겨나기라도 하면 무슨 창피야. 형편없는 내 몰골을 좀 봐!" 나는 넉살 좋게 웃었다.

"됐네, 됐어. 사람 그만 놀리게. 지난해 대폭격이 있은 뒤 시골에서 2, 3개월 정도 피해 있다가 바로 올라왔다네. 그건 그렇고, 지금 어디에 묵고 있는 거야? 함께 가보지, 앞으로 자주 찾아가게 될 테니까." 그가 진지하게 웃으며 말했다.

"국제 호텔."

"언제 돌아온 거야?"

"한 10일쯤 됐어."

"그럼 그동안 쭉 국제 호텔에 있었던 거야? 고향에 돌아온 지 10일이 지났는데도 여태 호텔에 처박혀 있었단 말이지? 정말 별난 사람이군. 자넨 부잣집 친척도 있잖은가? 돈푼깨나 만진다는 그 숙부 말이야. 최근 몇 년간은 장사가 잘돼서 한몫 단단히 챙긴 것 같던데. 해마다 계속 논을 사들이는 모양이더라고. 그 사람이라도 찾아가보지 않고?"

그는 잡았던 내 손을 놓으며 거리를 오가는 사람들 모두 들으라는 듯 자못 큰 소리로 말했다.

"목소리 좀 낮춰, 좀 낮추라고." 나는 다급하게 그를 말렸다. "자네도 알다시피 나와는 발길을 끊은 지 오래라……"

"하지만 지금은 상황이 많이 달라졌잖아. 자네도 이미 책을 여러 권 낸 어엿한 유명인사인걸." 내 말이 채 끝나기도 전에 그가 내 말을 가로챘다. "내가 자넬 얼마나 부러워하는데!"

"자네야말로 사람 놀리지 말게. 1년 수입이라고 해봐야 그럴듯한 양복 한 벌 맞춰 입기도 힘든 형편인데, 그런 내가 그들 눈에 차기나 하겠어? 그들은 내가 돈이라도 꿔달랄까 봐 걱정하는 게 아니라, 나같이 가난한 친척이 있다는 것 자체가 자기들 체면을 깎는 일이라고 생각한다네. 그건 그렇고, 자네가 쓰겠다던 위대한 소설은 완성됐나?"

그는 잠시 어리둥절해하더니 갑자기 큰 소리로 웃었다. "자네 기억력 하나는 끝내주는군. 고향에 돌아온 뒤 2년 동안 찢어버린 원고지가 수천 장이 넘는다네. 그나마 제대로 쓴 것도 2만 자가 채 안 되지. 영 소질이 없더라고. 그다음엔 프랑스 작품을 번역해보겠다고 덤벼들었다가 그마저도 포기했네. 빅토르 위고의 소설을 번역해보았는데, 그 아름답던 문장도 번역해놓고 보니 형편없는 문장이 되고 말더군. 원서를 펼쳐놓고 번역본과 대조해가며 읽는데도, 도대체 어디서 끊어 읽어야 할지 모르겠더라고. 결국 『1993년』*을 2장(章)까지 번역하다가 바로 때려치웠어. 대학에서 문학을 전공한 게 말짱 헛공부였던 셈이지. 그 뒤로 마음을 완전히 접었어. 자네한테는 깨끗이 손들었다고. 다시는 허풍 따

---

* 프랑스 소설가이자 시인인 빅토르 위고Victor Hugo(1802~1885)의 장편 역사소설.

원 떨지 않을 거야. 그 얘기는 이쯤하고, 자네가 묵고 있는 호텔에나 함께 가보세. 국제 호텔이라고? 어디 처박혀 있기에 내가 모를 수 있지!"

나는 참지 못하고 웃음을 터뜨렸다. "이름만 번지르르한 게 보잘것 없는 경우가 종종 있지. 바로 이 근처야. 가지."

"이건 또 무슨 뚱딴지같은 소리야? 어쨌든 한번 가보세." 그의 얼굴에 기쁜 미소가 어렸다.

## 2

"이런 데 묵고 있었단 말이야?" 그는 여관방에 들어서자마자 깜짝 놀라며 소리쳤다. "안 돼, 안 돼! 자넬 이런 곳에 묵게 할 수는 없어! 이렇게 어둠침침한 곳에서, 창문도 열지 않고!" 그는 창문을 바깥쪽으로 힘껏 밀어젖혔다. 그 순간 그는 두어 번 쿨럭쿨럭 기침을 하더니 황급히 창쪽에서 떨어지며 손수건을 꺼내 코를 틀어막았다. "매캐한 냄새가 코를 찌르는군. 여긴 자네가 지낼 곳이 못 돼! 자네 정말 죽고 싶어 환장했군."

나는 쓴웃음을 지어 보이며 심드렁하게 대꾸했다. "자네와 달리 내 목숨은 파리 목숨에 지나지 않는걸 뭐."

"그만, 그런 농담일랑 당장 집어치우게!" 그는 정색을 하며 말했다. "우리 집으로 가세. 자네가 원하든 원치 않든 우리 집으로 데려가야겠어."

"그럴 필요 없어. 며칠 뒤면 이곳을 떠날 텐데." 나는 말꼬리를 흐렸다.

"가방은 딸랑 저거 하나야?" 그는 문득 방구석에 놓여 있는 작은 가죽 가방을 가리키며 물었다. "또 다른 물건은?"

"그게 다야. 이불 보따리도 안 가져왔어."

그는 침대 앞으로 다가가 침대 위를 한 번 쓱 훑어보았다. "정말 재주도 좋군. 이렇게 더러운 침대보 위에서 잠을 잘 수 있다니!"

나는 말없이 웃기만 했다.

"짐이야 적을수록 좋지. 지금 당장 옮기세. 자네 성질이야 내가 잘 알고 있으니 우리 집에 머무는 동안 성가시게 안 할 거야. 자네만 좋다면 아침저녁으로 말동무나 돼주고. 그마저도 싫으면 구태여 자넬 찾아가 귀찮게 하지 않을 거야. 우리 집 사랑채는 운치도 있고 조용한 데다 방해하는 사람도 없으니 글쓰기에는 딱 안성맞춤인 곳이지. 자네 생각은 어떤가?"

나는 그의 진심 어린 요청에 딱히 거절할 말도 떠오르지 않았고, 무엇보다 친구의 말을 듣는 순간 내 마음은 이미 흔들리고 있었다. 그는 내가 미처 대답도 하기 전에 사환을 불러 여관비를 정산하고 서둘러 셈을 치른 뒤, 사환에게 짐을 아래층으로 옮겨놓으라고 했다.

우리는 인력거에 오른 지 20분 만에 그의 집에 도착했다.

## 3

회색 벽돌로 높게 둘러쳐진 담장, 반들반들 윤이 나게 옻칠 된 대문. 대문 상부 문틀에 빨간색 전서체로 '휴식의 정원(憩園)'*이라고 큼직

* 소설 속 저택 이름이자 정원 이름. 여기서 소설 제목을 따왔다.

하게 쓰인 두 글자가 거만하게 아래를 내려다보고 있었다. 평소라면 굳게 닫혀 있어야 할 내문(內門)은 인력거가 들어갈 수 있도록 활짝 열려 있었다. 하얀색 조벽(照壁)*이 우리를 맞았다. 황적색 전서체로 쓰인 도안 문양의 '장의자손(長宜子孫)'** 네 글자가 조벽 위 파란색 테두리로 둘러쳐진 원 안에 새겨져 있었다. 내가 시선을 글자에 고정시키려는 순간 인력거가 방향을 틀었다. 인력거는 네모난 돌이 깔린 뜰 안을 몇 바퀴 굴러가더니 두번째 문 앞에 멈추어 섰다. 친구가 내 가죽 가방을 집어 들고 문턱을 넘어 들어가자, 나도 보따리를 손에 쥔 채 뒤따라 들어갔다. 안으로 들어서자 돌이 깔려 있는 정사각형의 마당이 나왔고, 마당 건너편에 대청마루가 보였다. 안뜰은 일렬로 늘어선 황금색 문에 가려 보이지 않았다. 대청마루 한쪽 가장자리에는 거의 새것이나 다름없는 인력거가 세 대 놓여 있었다.

어디선가 여러 사람이 왁자지껄 떠드는 소리가 들렸지만, 사람은 그림자도 보이지 않았다.

"자오칭윈(趙青雲)! 자오칭윈!" 친구는 큰 소리로 누군가의 이름을 불렀다. 우리는 마당으로 내려섰다. 왼쪽은 문간방으로 문짝 몇 개가 활짝 열려 있었고, 테이블과 나무 걸상은 하나같이 텅 비어 있었다. 오른쪽으로 시선을 돌리니 줄지어 늘어선 문들이 모두 굳게 닫혀 있었다. 대청마루와 이어진 계단 위로 작은 문이 하나 나 있었는데, 그 문틀 상부에 가로로 길게 붙어 있는 하얀 종이 위로 검은색 전서체로 쓰인 예

---

* 중국의 독특한 건축 양식의 하나로, 밖에서 대문 안이 들여다보이지 않도록 대문 안쪽에 병풍처럼 설치된 벽.

** '가업이 자자손손 이어져 자손들이 오랫동안 편안한 삶을 살기를 희망하다'라는 뜻으로 옛날 중국 대가족제도에서 가장들이 늘 품고 있던 하나의 관념.

의 그 '휴식의 정원'이라는 글자가 보였다.

'어째서 가는 곳마다 "휴식의 정원"이라고 씌어 있는 거지?' 나는 갑자기 강한 호기심이 일었다.

"이곳에 머물게. 장담하는데 아주 만족할 거야!" 친구는 작은 문 쪽을 가리키며 말했다. 그는 내 대답은 기다리지 않고 다시 큰 소리로 누군가를 불렀다. "라오원(老文)!* 라오원!"

하인들의 대답 소리는 들리지 않았다. 하인에게 가방을 들게 하려는가 싶어 아무것도 들지 않은 손을 내밀며 내가 말했다. "가방 내게 주게."

"괜찮아." 그는 내가 가방을 낚아채기라도 할까 봐 걸음을 재촉해 서둘러 돌계단 위로 올라서더니 이윽고 작은 문 안으로 사라졌다. 나도 하는 수 없이 그의 뒤를 따라 안으로 들어갔다.

문턱을 넘자 복도 끝까지 길게 가로질러 있는 돌난간과 난간 너머로 잘 가꿔진 석가산(石假山)**과 나무와 화초 등이 눈에 들어왔다. 그와 동시에 말다툼하는 소리도 들렸다.

"정원에서 누가 싸우고 있는 거지?" 친구는 의아한 듯 고개를 갸우뚱하며 혼잣말로 중얼거렸다. 그의 말이 끝나기 무섭게 사람들 한 무리가 왼쪽 돌난간을 따라 돌아 나오다가 친구를 발견하자 우뚝 걸음을 멈추고 공손하게 머리를 조아렸다. "나리."

모습을 드러낸 사람은 긴 홑옷을 걸친 하인 두 명과 간편복에 맨발 차림의 젊은 인력거꾼 그리고 깨끗한 학생복 차림의 아이, 그렇게 넷이

---

* 중국에서는 친한 사이에 동년배나 나이가 많은 사람을 부를 때 성 앞에 '老' 자를 붙여 부르며 친근함을 나타낸다. 나이가 어린 사람에게는 성 앞에 '小' 자를 붙여 부른다.

** 정원 따위에 돌을 모아 쌓아서 조그마하게 만든 산.

었다. 아이는 오른쪽 어깨를 젊은 하인에게 붙잡힌 채 질질 끌려오면서 발버둥 치며 쉴 새 없이 고함을 지르고 있었다. "또 올 거야. 너희들이 아무리 내쫓아도 난 또 올 거라고!" 아이는 친구를 보자 성이 난 듯 눈을 부릅뜨고 노려보더니 입을 앞으로 비쭉 내밀고는 입을 다물어버렸다.

친구는 빙그레 웃었다. "또 왔느냐?" 그가 물었다.

"내 집에 내가 오는데 뭐 잘못됐나요?" 아이는 당돌하게 따져 물었다. 아이는 코가 약간 왼쪽으로 삐뚤어지고 윗니가 조금 튀어나오긴 했지만 갸름하고 준수한 외모였다. 나이는 기껏해야 열서너 살 정도밖에 안 되어 보였다.

친구는 가죽 가방을 내려놓으며 젊은 하인에게 일렀다. "자오칭윈, 리(黎) 선생 가방을 아래 사랑채에 갖다 놓고, 간 김에 깨끗하게 청소하도록 해라. 앞으로 리 선생께서 그곳에 머무실 게다." 젊은 하인은 대답을 한 뒤 아이 쪽으로 눈을 돌리더니 그제야 아이를 놓아주며 지시대로 가죽 가방을 집어 들고 오른쪽 돌난간을 따라 사라졌다. 친구가 말을 계속했다. "라오원, 자넨 마님께 가서 내 친한 친구가 이곳에 머물게 되었다고 전하고, 깨끗한 이불 두 채 내오라고 아뢰게. 그리고 애들을 시켜 아래 사랑채에 침대 하나 들여놓고, 세숫대야며 찻주전자며 필요한 물건들도 빠짐없이 챙겨놓도록 하게." 희끗희끗한 머리에 앞니가 몽땅 빠진 늙은 하인이 "예" 하는 대답과 함께 지체 없이 왼쪽으로 난 돌난간을 따라 사라졌다.

혼자 남은 인력거꾼은 아이 뒤에 엉거주춤 서 있었다. 친구는 손을 내저으며 짧게 한마디 던졌다. "가보거라." 그도 자리를 떠났다.

아이는 말없이 그 자리에 꼼짝 않고 선 채 입을 샐쭉거리며 친구를 노려보았다.

"자네 이 아이를 소재로 글 한번 써보지 그래. 내 소개하지." 친구는 흐뭇하게 웃으며 목소리를 높였다. "이쪽은 양(楊) 도령일세, 이 집의 전 주인이기도 하지. 이쪽은 소설가이신 리 선생님이시다."

나는 아이에게 고개를 까딱했다. 하지만 아이는 나는 안중에도 없는지 의심과 증오로 가득 찬 눈으로 나를 한 번 힐끗 쳐다보고는 이내 두 손을 바지 주머니에 찔러 넣고 어른이나 된 양 친구에게 물었다.

"오늘은 어째서 절 내쫓지 않는 거죠? 무슨 꿍꿍이예요?"

친구는 화를 내기는커녕 아이에게 미소까지 지어 보이며 느긋하게 대꾸했다. "오늘 마침 리 선생을 만나서, 서로 인사시켜주고 있는 게 아니냐. 사실 네 행동도 경우에 어긋나지. 집을 팔았으면 이미 다른 사람 소유인 것을 어째서 하루가 멀다 하고 이곳에 들어와 소란을 피우는 게냐?"

"집은 다른 사람들이 판 거예요. 제가 아니라고요. 더구나 아저씨 물건을 망가뜨리려는 것도 아니고 꽃 좀 꺾으러 왔을 뿐이에요. 어차피 꽃은 거들떠보지도 않을 거면서 제가 좀 꺾어 가는 게 뭐 대수라고. 쩨쩨하게!" 아이는 머리를 빳빳하게 치켜들고 한 치의 거리낌도 없이 당돌하게 말했다.

"그럼 뭣 때문에 하인들과 말싸움을 일삼는 게냐?" 친구는 여전히 미소를 띤 채 물었다.

"제 탓이 아니에요. 저 사람들은 제가 눈에 띄기만 하면 득달같이 달려와 절 내쫓는다고요. 물건을 훔치러 왔다면서요. 정말 재수가 없으려니까. 제가 집을 처분한 마당에 뭐가 아쉬워서 그깟 물건들에 눈독을 들이겠어요? 아저씨만큼 돈이 많지는 않지만 저희도 먹고살만 하다고요. 물려받은 재산이 제아무리 많기로서니 그게 뭐 그리 대단하다고!"

아이는 입술이 얇은 게 한눈에 보기에도 말재간이 보통이 아니었다. 두 눈을 반짝이며 말을 할 때면 얼마나 진지한지 얼굴까지 온통 벌겋게 달아올랐다.

"네가 집을 처분하라고 했단 말이냐? 입만 살아서 잘도 지껄이는구나! 실은 너는 못 팔게 했는데도 다른 사람이 기어코 판 게 아니냐?" 친구가 하하 웃기 시작했다. "정말 재미있군. 올해 몇 살이냐?"

"제가 몇 살이든 아저씨와 무슨 상관이에요?" 아이는 발끈 성을 내며 고개를 돌려 그를 외면했다.

젊은 하인이 모습을 드러냈다. 그는 친구 앞에 서서 공손하게 물었다. "나리, 사랑채 청소를 마쳤습니다요. 한번 살펴보시겠습니까?"

"됐다. 물러가거라." 친구가 명령했다.

젊은 하인은 아이를 쳐다보며 또다시 물었다. "이 녀석은……"

친구는 하인의 말허리를 잘랐다. "리 선생과 얘기하도록 놔두거라." 그러고는 내게 말했다. "라오리(老黎), 이 아이와 얘기를 좀 해보게." (그가 아이를 가리켰다.) "자네 이 좋은 소재를 놓쳐서는 안 되네."

친구가 자리를 뜨자 하인도 그 뒤를 따라갔다. 아이와 나는 단둘이 남게 되자 난간 옆에 서서 서로를 멀뚱멀뚱 바라만 보았다. 아이 얼굴에 드리워진 분노는 어느새 사라졌지만, 여전히 미심쩍은 눈초리로 나를 빤히 쳐다보았다. 아이는 자리에서 한 발짝도 움직이지 않은 채 잠자코 있었다. 결국 내가 먼저 입을 열었다. "좀 앉아라." 나는 손바닥으로 돌난간을 톡톡 쳤다.

아이는 아무 대꾸도 하지 않고 미동도 없었다.

"올해 몇 살이니?" 내가 다시 물었다.

아이는 혼잣말처럼 작은 소리로 대답했다. "열다섯 살이요." 그러더니 별안간 눈을 반짝이며 손을 뻗어 내 팔을 잡고 애원했다. "동백꽃 좀 꺾어 주세요, 네?"

나는 아이의 눈길이 닿는 곳으로 시선을 돌렸다. 돌난간 너머 석가산 한쪽에 계화나무가 있었고, 그 옆으로 한 장(丈)* 정도 길이의 동백나무가 서 있었다. 진녹색의 도톰한 잎사귀가 탐스런 붉은 꽃송이들을 떠받치고 있었다.

"저 꽃 말이냐?" 내가 무심결에 물었다.

"꺾어 주세요. 빨리요. 조금 있으면 그들이 다시 올 거예요." 나는 애원하는 아이의 눈빛을 보자 차마 "안 돼"라고 말할 수 없었다. 정원에 있는 꽃을 마음대로 꺾어 주었다고 탓할 친구도 아니었다. 나는 난간을 훌쩍 뛰어넘어 단숨에 동백나무 아래까지 가서 동백꽃 네 송이가 탐스럽게 달린 작은 가지 하나를 꺾어 왔다.

아이는 난간 앞에 서서 손을 쭉 내민 채 기다리고 있었다. 나는 난간 너머로 꽃을 건네주었다. 아이는 냉큼 꽃을 받아 들고는 환하게 웃었다. 그리고 "감사합니다" 한마디만 남기고 몸을 휙 돌려 나는 듯이 달아났다.

"잠깐만, 잠깐 기다려!" 나는 아이를 소리쳐 불렀다. 하지만 아이는 순식간에 내 눈앞에서 사라져버렸다.

'괴상한 녀석을 다 보겠군.' 나는 생각했다.

---

* 길이의 단위. '1척(尺)'의 10배. 3.33m.

## 4

홀로 남겨진 정원은 매우 고즈넉했다. 친구는 나를 홀로 남겨두고 간 뒤로 코빼기도 보이지 않았다. 난간 너머에 한참을 서 있었지만 차 한 잔 내오는 하인조차 없었다. 나는 석가산을 돌아 구불구불 나 있는 산책로를 하릴없이 거닐었다. 석가산 중간은 뻥 뚫려 있었고, 그 공간에 빨강, 하양, 노랑 빛깔의 작은 화초들이 소담스럽게 피어 있었다. 발아래 작은 산책로 양옆으로는 꽃망울이 맺혀 있는 붓꽃이 심어져 있었다. 산책로 끝에 다다르니 사랑채로 통하는 층계와 연결되어 있었다. 사랑채 창턱은 제법 높았고, 지창(紙窓)에 끼워 넣은 유리는 꽃과 새가 수놓인 실크 커튼으로 가려져 있어 실내를 들여다볼 수 없었다. 위 사랑채일 거라고 짐작했다. 창 아래 담 모퉁이에는 키 큰 목련나무 한 그루가 매화가 그려진 담장 너머로 가지 몇 가닥을 길게 내려뜨리고 있었고, 가지 위에는 아직 떨어지지 않은 목련꽃이 애처롭게 매달려 있었다. 담 모퉁이 밑에는 사기 주걱 같은 하얀 꽃잎들이 사방에 떨어져 어지러이 흩어져 있었고, 벌써 갈색으로 변해버린 것도 있었다. 목련꽃의 은은한 잔향이 언뜻 내 코끝을 스쳤다.

나는 잠시 나무 아래 우두커니 서 있었다. 몸을 구부려 꽃잎 두어 장을 집어 들고 손끝으로 가만히 어루만져보았다. 목련나무는 내 오랜 친구였다. 어릴 적에 우리 집에도 정원이 있었는데, 어린 나는 목련꽃을 가장 좋아했었다. 나는 무심코 꽃잎을 코끝으로 가져갔다. 그러다 퍼뜩 정신을 차리고 주위를 두리번거렸다. 이런 기이한 행동에 스스로 터져 나오는 웃음을 참을 수 없었다. 나는 꽃잎을 찢어버렸다. 그때 문득 아까 아이의 심정이 지금의 나와 같지 않았을까 하는 생각이 머리를 스쳤다. 생각이 여기에 미치자 아까 아이 뒤를 좇아가 꽃을 꺾어 가는 이유를 물어보지 못한 것이 못내 아쉬웠다.

나는 층계에 올라 사랑채로 들어가는 대신〔사랑채 문 앞 층계 왼쪽으로 마호가니 테이블과 등받이 없는 둥근 자기(磁器) 의자가 놓여 있는 것이 보였다〕 담벼락을 따라 오른쪽으로 걸어갔다. 금붕어가 노닐고 있는 물 항아리와 꽃사과나무 두 그루 그리고 납매(臘梅)* 한 그루를 지나니 직사각형의 화단이 나왔다. 화단 한쪽은 담장과 접해 있고, 다른 한쪽은 창문 전체를 유리로 끼워 넣은 또 다른 사랑채와 마주하고 있었다. 친구가 나를 위해 마련해준 임시 거처인 아래 사랑채였다. 화단에는 모란꽃 세 그루가 심어져 있었고, 화단 앞마당에는 돌이 깔려 있었다. 정원에 심어져 있는 계화나무 두 그루는 흡사 아래 사랑채 양옆을 지키는 초소 같았다. 좌우 양쪽으로 늘어선 돌난간 너머로 난초 화분이 놓여 있는, 둥근 녹색의 자기 의자 세 개가 있었다.

섬돌에 올라서서 막 사랑채로 들어가려는데 친구 목소리가 들려 발걸음을 멈추었다. 멀리서 그가 부르고 있었다. "라오리, 왜 자네 혼자야? 아이는 언제 갔어? 얘기 좀 해봤나?"

나는 그를 돌아보며 대답했다. "자네들이 모두 가버렸으니 나 혼자일 수밖에……" 나는 말을 채 끝마치기 전에 하려던 말을 꿀꺽 삼켰다. 그의 뒤로 담청색 치파오(旗袍)**에 회색 덧저고리 차림의, 파마머리를 한 여인이 침구를 안고 있는 나이 든 하녀와 함께 서 있었다. 그의 아내가 내 잠자리를 봐주기 위해 하녀를 데리고 온 것이었다. 나는 곧장 그들

* 중국이 원산지로 관상수로 널리 심는다.

** 여성용 중국식 전통 의상.

을 맞으러 갔다.

“소개하지. 이쪽은 내 아내 완자오화(萬昭華), 앞으로 자오화라고 부르게. 이쪽은 리 선생, 내가 가끔 말했던 바로 그 친구야.” 친구는 득의에 찬 얼굴로 우리 두 사람을 소개해주었다. 그의 아내는 살며시 미소 지으며 고개를 가볍게 끄덕였다. 나는 마치 읍하는 자세로 고개를 아래로 푹 숙여 인사했다. 고개를 드는데 그녀가 말했다. “말씀 많이 들었어요. 저희가 손님 접대가 서툴러 머무시는 동안 대접에 소홀하지 않을까 걱정이네요……”

친구는 내가 대꾸할 틈도 주지 않고 끼어들었다. “접대라면 딱 질색하는 친구라, 귀찮게 하지 않고 조용히 사랑채에서 머물 수 있게만 해주면 돼.”

친구의 아내는 그를 힐끗 쳐다보며 무슨 말을 할 것처럼 입술을 달싹였지만 결국 아무 말 없이 미소만 지었다. 친구도 다정하게 웃었다. 부부간 금실이 퍽 좋아 보였다.

“절친한 동창생이라고는 해도 엄연히 손님인데 대접을 소홀히 할 수는 없지요.” 친구의 아내는 미소를 머금고 말했다. 친구에게 하는 말이었지만 그녀의 눈은 담담하게 나를 향해 있었다.

길지 않은 계란형 얼굴에 검고 커다란 두 눈동자, 오뚝한 코, 얇은 입술, 가냘픈 어깨와 가는 허리의 그녀는 남편과 나란히 서면 친구의 이마에 머리가 닿을 정도로 키가 컸다. 나이는 스물서너 살 정도로 앳돼 보였고, 웃는 상에 붙임성 있어 보이는 상당한 미인이었다.

“그럼 얼른 들어가서 방부터 말끔하게 치워줘. 그리고 오늘 저녁에는 당신 요리 솜씨 좀 발휘해봐. 저 친구와 거나하게 한잔해야 할 테니.” 친구는 웃으며 아내를 재촉했다.

"자네 부인보고 손수 음식을 장만하게 하다니, 몸 둘 바를 모르겠네……" 나는 황급히 예의를 갖춰 말했다.

"당신은 리 선생님 모시고 위 사랑채에 가서 좀 앉아 계세요. 오신 지 한참 됐는데 여태 차 한 잔도 대접하지 못했네요." 그녀는 겸연쩍은 듯 말하며 나를 향해 보일 듯 말 듯 고개를 살짝 숙여 보이고 아래 사랑채를 향해 발걸음을 옮겼다. 나이 든 하녀는 진작 들어간 뒤였고, 물건을 한 아름 안은 늙은 하인 라오원이 그녀 뒤를 따랐다.

5

"어때? 아내 말마따나 위 사랑채에 가서 좀 앉아 있을까, 아니면 그냥 난간 위에라도 걸터앉을까? 정원을 걷는 것도 좋고." 친구는 웃으며 물었다.

우리는 복도 왼쪽으로 나 있는 난간에 서 있었다. 나는 난간 너머 석가산을 등지고, 커튼이 쳐 있지 않은 유리창에 시선을 고정시킨 채, 유리창 너머로 고서들이 빼곡히 꽂혀 있는 실내 서가를 바라보았다. 친구 서재였다. 그가 과연 저런 책을 즐겨 읽을까 하는 의구심에 나는 결국 질문을 하고 말았다. "자네 요즘 이런 고서에 취미를 붙였나?"

그가 웃음을 터뜨렸다. "무료할 때면 가끔 읽기도 하지. 하지만 저건 양씨 일가의 고서야. 저택을 사들일 때 함께 딸려 온 거지. 읽지는 않지만 장식용으로는 그만이야."

그가 양씨 일가를 들먹이자 아까 그 아이가 생각난 나는, 오른쪽 난간에 걸터앉으며 부탁했다. "양 도령에 대해 알고 있는 대로 소상히 얘기 좀 해줘."

"글 쓸 소잿거리라도 찾은 거야? 아이가 무슨 말이라도 하던가?" 그는 내 질문에 대답은커녕 도리어 내게 되물었다.

"아니. 동백꽃을 꺾어 달라기에 꺾어 주었더니 받자마자 잽싸게 달아나는 통에 붙잡을 새도 없었어." 나는 대답했다.

그는 손으로 머리를 긁적이더니 자기도 오른쪽 난간 위에 걸터앉았다.

"솔직히 나도 아는 건 별로 없어. 양씨 집안 셋째 아들의 차남이야. 양씨 집안은 형제가 넷인데 첫째는 몇 년 전에 죽었고, 나머지 셋은 모두 성(省) 안에 살고 있다고 해. 둘째와 넷째는 장사로 성공해서 떼돈을 벌었지. 셋째는 변변한 직업도 없이 빈둥거리다 패가망신한 사람으로 유명해. 가산도 모조리 탕진하고, 아마 그 후에 죽었다지. 지금은 식구가 큰아들, 그러니까 아이의 형 하나만 바라보고 사는 형편인가 봐. 형이 우정국에 다니면서 식구를 먹여 살리고 있다더군. 그런데 하필 그 꼬마 녀석이 딴 데 정신이 팔려서, 공부는 뒷전이고 허구한 날 우리 집 정원에 들어와 꽃을 꺾어 간다네. 하루는 이웃하고 있는 다셴츠(大仙祠) 사당 문 앞에서 어떤 비렁뱅이와 얘기를 하고 있더군. 그러더니 녀석이 뛰어들어오는 거야. 나가라고 해도 통 말을 들어먹어야지. 하는 수 없이 녀석을 억지로 쫓아냈는데 어느새 다시 쪼르르 기어들어오지 뭔가. 알고 보니 특별한 재주가 있어서가 아니라 우리 집 문지기인 리(李) 노인이 눈감아준 거더군. 리 노인은 본시 양씨 집안 문지기로 20년 넘게 일했거든. 양씨 집안 둘째 아들이 추천해줬어. 워낙 충직한 사람이라 나무랄 수도 없더군. 언젠가 한마디 했더니 바로 눈물을 뚝뚝 흘리는 거야. 별수 있겠나? 옛 주인을 많이 따랐던 모양인데 인지상정이지. 어쨌든 녀석이 집을 더럽히거나 내 물건에 손을 대거나 하지는 않아. 그래서 내 눈에 띄지 않으면 그냥 모르는 척해. 하지만 아랫것들은 그 아이라면 질색을 해서 어떻게든 내쫓으려고 혈안이 되어 있어."

"그게 다야? 내가 이해할 수 없는 건, 왜 굳이 이곳에 와서 꽃을 꺾어 가는 거지? 어디에 쓰려는 걸까?" 친구가 입을 다물자 호기심이 동한 내가 다그치듯 물었다.

"글쎄 나도 잘 몰라." 친구는 무심하게 머리를 가로저으며 대꾸했다. 내가 그 아이 일에 이렇게 지대한 관심을 보일 줄은 몰랐을 터였다. "리 노인은 뭘 좀 알고 있을지도 몰라. 나중에 한번 얘기해보던지. 아니면 꼬마 녀석이 또 올 테니 그때 직접 물어봐도 되고."

"그럼 한 가지만 약속해주게. 앞으로 아이는 내가 상대할 테니까 하인들이 나서지 못하게 해줘."

친구는 흐뭇하게 웃으며 고개를 끄덕였다. "자네 말대로 하지. 하고 싶은 대로 마음껏 해봐. 단, 글감을 찾아 작품을 쓰게 되면 나한테 제일 먼저 보여줘야 해!"

"소잿거리 때문이 아니야. 그냥 아이한테 관심이 생겼어. 어느 정도 아이를 이해할 수 있을 것 같기도 하고. 자네도 알다시피 예전에 우리 집에도 큰 정원이 있었는데 저택과 함께 팔렸잖아. 나도 한번 가보고 싶다는 생각을 했어." 나는 정색을 하며 말했다.

"한번 가보지 않고? 수와가(暑襪街)에 있었던 걸로 기억하는데. 지금은 그 저택에 누가 살지? 알아는 봤어? 누가 살고 있는지만 알면 무슨 수를 써서라도 자네와 함께 들어가볼 수 있을 텐데." 친구는 연민 어린 눈길로 따뜻하게 물었다.

"알아봤어. 팔린 지 16, 17년쯤 됐는데, 그동안 주인도 많이 바뀌고 그때마다 개조되었더군. 지금은 백화점이 들어서 있어." 울적해진 나는 머리를 저으며 말했다. "그 아이와 마찬가지로 나도 집을 팔겠다고 한 적이 없어. 게다가 집을 팔아 생긴 돈이라고는 구경도 못해봤지. 다른 사람이 팔아버렸어. 그들이 내 아름다운 유년의 기억을 짓밟아버렸다고."

"슬퍼하지 마! 나중에 다른 저택을 사서 정원을 다시 멋지게 꾸미면 되잖아?" 친구는 좋은 뜻으로 나를 위로해주었다. 하지만 내 귀에 전혀 들어오지 않았다.

나는 고개를 저으며 쓴웃음을 지었다. "난 부자 될 복도 타고나지 못했지만, 자손들에게 똑같은 죄를 짓고 싶지도 않아."

"당치도 않은 소리! 지금 나를 두고 하는 말인가?" 친구는 벌떡 일어서며 나를 책망했지만 얼굴은 웃고 있었다. 나에게 화를 내고 있는 건 아니었다.

"자네하고 무슨 상관이야? 물려줘봤자 팔아먹을 게 분명한데도 자손들에게 저택을 사 주는 멍청이들을 두고 하는 말이네." 이렇게 말하고 있자니 슬그머니 부아가 치밀어 올랐다.

"그렇다면 안심해. 난 내 아들에게 순순히 저택을 물려줄 생각은 없으니까." 친구는 마치 큰 포부를 품고 있기라도 한 듯, 오른손을 내밀어 제스처를 취하고는 머리를 치켜들며 눈웃음을 지어 보였다. 나는 잠자코 있었다. 잠시 뜸을 들이던 그가 다시 말을 이었다. "쓸데없는 소린 그만하지. 돌 위에 한참 앉아 있으려니 영 불편하군. 아래 사랑채로 가보세. 지금쯤 자오화가 방을 깨끗이 치워놓았을 거야."

## 6

친구를 따라 아래 사랑채로 들어섰다. 친구의 아내는 창문 앞에 놓여 있는 네모난 대리석 테이블 옆에 서서 화병의 꽃을 손질하고 있었다. 그녀는 발소리가 들리자 남편 쪽으로 고개를 돌리며 다정한 미소를 지어 보인 다음 내게 웃으며 말했다. "대충 치우기는 했는데 리 선생님 마음에 드실지 모르겠어요. 집안 꾸미는 재주가 없어서……"

"아주 훌륭해요. 멋진걸요." 나는 사랑채 왼쪽을 훑어보며 흡족한 표정으로 대답했다. 말과 표정에서 진심이 묻어났는지 그녀의 얼굴에도 미소가 번졌다.

그녀가 웃자 방 안이 온통 환해지면서, 늘 내 가슴 한쪽을 짓누르고 있는 '알 수 없는 중압감'(그것은 외로움이나 번뇌, 회한, 갈망이나 연민일 수도 있었다. 딱히 꼬집어 말할 수는 없지만, 막연한 무언가가 늘 내 가슴을 무겁게 짓누르고 있었다. 나는 이런 감정들을 좀처럼 떨쳐버릴 수가 없었고, 그것이 내가 글을 쓰게 된 이유였다)도 어느 정도 씻겨 나가는 듯했다. 창문 앞에 선 그녀는, 한 손으로는 큼직한 비취색 자기 화병을 잡고 다른 한 손으로는 화병에 꽂혀 있는 빨간 동백꽃잎과 짙푸른 잎사귀를 다듬고 있었다. 유리창 앞에 드리워진 담청색 커튼이 그녀의 얼굴로 쏟아져 들어오는 햇살을 막아주어 엷은 실루엣을 드리웠다. 한 폭의 눈부신 그림 같았다. 그 테이블이 앞으로 내가 글을 쓰게 될 책상이리라. 방 한쪽 구석에는 옛날식 그대로 발판이 놓여 있는 온돌 침대가 자리하고 있고, 침대 위로는 비단결 휘장이 둘러쳐져 있었다. 침대 머리맡은 창 쪽을 향해 있고, 그 옆 사각 의자 위에 내 가죽 가방이 놓여 있었다. 침대 발치에는 티 테이블을 사이에 두고 소파 두 개가 마주하고 있었다.

그녀는 화병에서 손을 떼고 테이블에서 물러나 남편 쪽으로 걸음을 옮기며 내게 말했다. "리 선생님, 앉으세요!" 그러고는 막 소파를 제자리에 옮겨놓은 라오원에게 지시했다. "라오원, 리 선생님께 올릴 차 한잔 내오게." 그런 다음 이부자리를 개켜놓고 침대 머리맡에 대기하고 있던 나이 든 하녀에게 일렀다. "저우(周) 어멈, 잠시 뒤에 보온병 들여놓는 거 잊지 말게." 이번에는 나를 보며 말했다. "리 선생님, 필요한 게 있으면 주저하시지 말고 하인들을 시키세요. 어려워하시지 말고요."

"네, 알겠습니다. 감사합니다, 야오 부인. 오늘 여러 가지로 폐가 많습니다." 나는 고마운 마음을 전했다.

"리 선생님, 아니라고 하시면서 말끝마다 '감사합니다'느니 '폐를 끼쳤다'느니 하시잖아요. 그렇게 격식 차리시지 않아도 돼요." 야오 부인이 웃으며 말했다.

그때 내 친구가 끼어들었다. "이봐, 자네 오늘 처음으로 '야오'자를 입에 올린 거 알아? 그런데 나한테는 여태 이름은 고사하고 성(姓)조차 불러주지 않는군. 혹시 내 이름을 잊은 건 아니겠지!" 그가 호탕하게 웃었다.

나도 따라 웃으며 말했다. "위대한 자네 이름을 어떻게 잊을 수 있겠나? 야오궈둥, 자넨 나라의 기둥 아닌가!"

"아버님께서 지어주신 이름이니 내가 그 이름에 책임질 이유는 없지. 그러니 자네도 이름 가지고 날 놀릴 생각은 하지 말게. 모르긴 몰라도 아버지께서 그런 큰 뜻을 가지고 지으신 이름은 아닐 거야." 친구는 여전히 웃음 띤 얼굴로 말을 이었다. "예를 들어 일본 사람이 아들에게 가메타로*라고 이름을 지어줬다고 해서 바람피우라는 법은 없지 않겠나?

"물론이지. 아들이 거북이처럼 장수하길 바랐던 거겠지!" 내가 따라 웃었다. "그러고 보니 자네 별명이 쑹스**였지. 그럼 자넨 평생 시만 끼고 살아야겠네?"

"우리 이제 그만 가요. 리 선생님도 무척 고단하실 텐데 좀 쉬게 해 드려야죠. 저도 저녁상을 봐야 하고요. 못다 한 말씀은 이따 저녁에 술 한잔하면서 회포를 풀도록 하세요." 야오 부인은 터져 나오는 웃음을 가까스로 참느라 낮게 잠긴 목소리로 남편에게 말했다.

"응, 그러지." 그는 연신 고개를 끄덕이더니 웃음을 머금은 채 그녀를 흘끗 쳐다보았다. "딱 한 마디만 더 하고." 그는 다시 내게로 눈길을 돌렸다. "이곳은 한적하니 글쓰기에는 딱 안성맞춤이야. 그런데 귀신이 나올 정도로 조용해서 자네가 밤에 무섭지 않을까?" 그는 내 대답은 기다리지 않고 계속 말을 이었다. "만약 무서우면 큰 소리로 하인들을 시켜 나를 부르게. 기꺼이 와서 말벗이 되어줄 테니까."

"마음 내킬 때면 언제든 놀러 오게. 하지만 무서워서 자넬 부르는 일은 없을 테니 그런 걱정일랑 접어두게." 나는 웃으며 대꾸했다.

친구는 아내와 함께 사랑채를 떠났다. 그의 웃음소리가 창문을 타고 넘어 들어왔다. 나는 약간의 피로를 느꼈지만 기분은 날아갈 것 같았다. 창밖에서 들려오는 이름 모를 새들의 지저귀는 노랫소리에 가만

* 龜太郎: 일본어에서 太郎은 남자 이름에 많이 사용되는 단어로 중국식으로 公이라고 표현할 수 있다. 즉 龜太郎은 龜公으로 바꿔 표현할 수 있으며, 이때 龜公은 중국어로 '오쟁이 진 남자'라는 뜻이 있다. '오쟁이 진 남자'는 '남자가 다른 남자의 아내와 바람을 피우다'라는 뜻이다.

** 誦詩: '시를 낭송하다'의 뜻으로 야오귀둥의 별명.

히 귀를 기울였다.

## 7

그날 저녁 라오야오(앞으로는 내 친구를 '라오야오'로 부르겠다)와 나는 아래 사랑채에서 흑단으로 만든 작은 사각 테이블을 사이에 두고 마주 앉아, 그의 아내가 손수 마련한 요리를 안주 삼아 오래 삭힌 사오주* 를 마셨다. 요리도 훌륭했고, 술맛도 일품이었다. 그는 기분이 한껏 들떠 있었다. 그의 거침없는 입담에 내가 끼어들 틈은 없었다. 친구는 많은 사람을 술안주로 씹어댔고, 각종 사건에 대해서도 이러쿵저러쿵 촌평을 늘어놓았다. 그는 모든 것을 마뜩잖아했다. 계속되는 불평을 듣다 보니 분명한 사실 하나를 알 수 있었다. 현재 자신의 삶에는 어떤 불만도 없을 뿐 아니라, 두번째 결혼을 인생 최대의 행복으로 여기고 있다는 점이었다. 그는 아내를 무척 마음에 들어했고, 깊이 사랑하고 있었다.

"라오리, 자오화 어떤가?" 불현듯 그가 술잔을 내려놓으며 웃음 띤 얼굴로 물었다.

"한마디로 훌륭하지! 자넨 행운아야." 나는 그를 한껏 치켜세웠다.

그는 흥에 겨워 두 눈을 지그시 감은 채, 오른손 가운뎃손가락으로 테이블을 톡톡 두드리며 장단에 맞춰 머리까지 까딱거리더니 술잔을 들어 한입에 털어 넣었다. 그러더니 갑자기 피식거리며 웃기 시작했다.

"라오리, 충고 하나 할까. 하루 빨리 장가를 가게. 가정이 생기면

---

* 紹酒: 소흥주로, 황주 중에서도 으뜸으로 치는 술.

마음이 안정된다네." 그는 잠시 말을 멈추었다가 다시 이었다. "공연히 연애할 꿈에 젖어 있지 말고. 그건 소설가들이 지어낸 허상에 불과해. 자오화와 나는 연애 근처에도 못 가봤어. 다른 이 소개로 알게 됐지. 그런데도 결혼해서 잘 살고 있잖아. 우린 지금 무척 행복하다네."

"내가 듣기로 친척뻘이라며." 나는 그의 말허리를 잘랐다.

"친척이긴 하지만 촌수로 치면 한참 멀지. 만난 적도 거의 없고. 솔직히 전(前) 부인보다 지금 아내가 훨씬 좋다네." 이미 취기로 발그레해진 그의 얼굴은 기쁨으로 더욱 붉게 물들었다.

"결혼 생활에 만족한다는 자네조차 온종일 불평을 입에 달고 사는 걸 보면, 역시 난 자유를 만끽하며 혼자 사는 편이 낫겠어." 나는 말했다.

"자네가 뭘 모르는군. 하기야 자네한테 아무리 말해봤자 이해 못하는 게 당연하지. 중국 사람과 서양 사람의 연애관은 전혀 달라. 서양 사람들은 자유연애를 하고 나서 결혼을 하지만, 중국 사람들은 결혼한 뒤에 연애를 시작하거든. 난 우리 식이 더 멋스럽다고 생각해." 그는 득의에 찬 표정으로 대단한 이치를 밝혀내듯 차근차근 설명하며, 오른손으로는 제스처를 취해가며 자신의 말을 강조했다.

나는 더 이상 참지 못하고 그의 말을 가로챘다. "됐네, 됐어. 그런 이치일랑 린위탕* 박사와 논의를 해보게. 혹시 알아? 자네더러 『신부생육기(新浮生六記)』**를 써서 서양 사람을 골려먹게 할지. 여하튼 난 모르겠네!"

---

* 林語堂(1895~1976): 중국 작가이자 문예비평가로 『생활의 발견』이라는 책으로 우리에게 잘 알려져 있다. 부모가 소개해준 여인과 결혼한 린위탕은 훗날 어느 서양인이 자유연애가 아니라 부모가 골라준 신부와 결혼하는 것에 대해 묻자 이렇게 반문했다고 한다. "당신은 부모를 스스로 선택했기 때문에 부모님을 사랑하고 효도하나요?"

** 청조 심복(沈復)이 쓴 자전체 산문집인 부생육기(浮生六記)를 빗대서 한 말로, 『부생육

"모르겠다고? 이봐, 가장 좋은 예가 있는데도?" 그는 다소 거만한 웃음을 띠며 사랑채 문 쪽으로 시선을 던졌다. 나도 따라서 고개를 돌렸다. 그의 아내가 들어오고 있었다. 저우 어멈이 등롱을 들고 뒤따르고 있었다.

나는 급히 일어섰다.

"그냥 앉아 계세요. 음식 솜씨가 없어 리 선생님 입에 맞으실지 모르겠어요." 그녀가 웃자 가지런한 새하얀 치아가 내 눈앞에서 살짝 반짝였다.

"너무 맛있어서 과식을 했는걸요. 오늘 여러모로 폐가 많습니다. 야오 부인은 식사하셨어요?" 나는 여전히 선 채 그녀의 물음에 답했다.

"네, 고마워요. 그렇게 서 계시지 말고 앉으세요." 그녀가 말했다. 나는 자리에 앉았다. 그녀가 남편 곁으로 다가가자 그가 고개를 들며 말했다. "좀더 들지 그래." 그러면서 젓가락을 그녀에게 건네주었다. 그녀는 마다하며 고개를 가로저었다. "방금 먹었어요…… 술은 어지간히 마신 거 같은데 더 드시면 취하겠어요. 리 선생님께서는 주량도 약하시다면서요. 이젠 식사를 좀 하시죠. 음식이 다 식겠어요."

"알았소, 그만 마시지. 라오원, 저우 어멈 밥 좀 가져오게." 라오야오는 고개를 끄덕이고서 목소리를 높여 하인에게 밥을 가져오라고 시켰다.

"샤오후*는 여태 안 돌아왔소?" 그는 관심을 보이며 물었다.

"데려오라고 라오리(老李)를 보낸 지 한참 지났으니까 지금쯤은 돌

---

기』는 작가가 자기 부부의 생활을 주 내용으로 하고, 평범하지만 정취가 물씬 풍기는 일상생활과 각지를 떠돌며 보고 들은 이야기를 서술하고 있다. 부생육기는 린위탕 박사가 영어로 번역해 외국에 소개한 바 있다.

* 小虎: 후 도령을 일컫는 말로, 이름 앞에 샤오(小)를 붙여 친근감을 나타낸다.

아왔을 거예요." 그녀가 대답했다.

"라쯔장* 좀 남겨두지 그랬소?" 그가 다시 물었다.

"남겨두었어요. 아이가 좋아하는 음식은 제가 다 알아서 별도로 챙겨 먹이니까 걱정하지 마세요."

밥그릇이 식탁에 올랐다. 나는 손으로 그릇을 받쳐 든 채 밥을 먹었다. 부부의 대화를 방해하고 싶지 않았다. 그때 별안간 큰 소리로 외치는 아이의 목소리가 들려왔다. "아빠, 아빠!" 고개를 들어 보니 서양식으로 말끔하게 차려입은, 열한두 살쯤 되어 보이는 아이가 친구를 향해 뛰어오고 있었다.

"돌아왔니? 외할머니 댁에서는 재미있게 놀았고?" 친구는 한 손으로 반들반들 윤이 나게 잘 빗어 넘긴 아이의 머리를 쓰다듬으며 애정 어린 목소리로 물었다.

"정말 재미있었어요. 사촌 형들이랑 바둑도 두고 카드놀이도 했어요. 라오리가 닦달만 하지 않았어도 내일이 주말이라 더 있을 수 있었는데. 외할머니께서 내일 다시 놀러 오라고 하시면서, 라오리는 따로 보내지 말래요. 외할머니 댁 인력거로 직접 바래다주신댔어요."

"알았다. 인력거는 따로 보내지 않을 테니 실컷 놀다 오너라." 친구가 웃으며 말했다. "돌아왔으면 엄마한테도 인사드려야지, 엄마가 여태 걱정하고 계셨어!"

아이는 친구의 왼쪽에, 아내는 그의 오른쪽에 서 있었다. 아이는 고개를 들어 새엄마에게 인사를 하는 둥 마는 둥 하고는 곧장 얼굴을 돌려버렸다. 그런데도 새엄마는 온화한 미소를 잃지 않고 부드럽게 말

---

* 辣子醬: 고추장 볶음.

했다. "샤오후, 손님께도 인사드려야지. 이분은 리 아저씨란다."

"리 아저씨께 예의를 갖춰야지." 친구는 아이의 어깨를 살짝 떠밀며 말했다.

아이는 앞으로 두어 발짝 내디디며 내게 머리를 숙이고는 불분명한 목소리로 "리 아저씨" 하고 웅얼거렸다.

아이는 친구의 축소판이라고 해도 좋을 만큼 얼굴이며, 눈썹, 코, 입매에 이르기까지 친구를 쏙 빼다 박았다. 복장만 달랐다. 라오야오는 푸른색 실크 창파오*를 입고 있었고, 아이는 커피색의 서양식 상의에 황갈색 반바지 차림으로, 눈부시게 하얀 셔츠에 자홍색 넥타이를 매고 있었다. 체격이나 신체 조건만 놓고 보면, 양 도령과 상당히 비슷했지만, 옷차림이나 풍기는 분위기는 전혀 딴판이었다.

"라오리, 어때, 나랑 닮았지? 이 아이가 내 두번째 보배라네!" 라오야오는 자못 으스대며 하하 웃었다. 나는 은연중에 그의 아내를 바라보았다. 그녀는 얼굴을 붉히며 고개를 숙였다. 그녀가 내 친구의 첫번째 보배임을 짐작할 수 있었다.

내가 대답이 없자 라오야오는 왼손으로 아이의 등을 가볍게 떠밀며 말했다. "리 아저씨가 잘 볼 수 있게 좀더 가까이 가보렴!"

아이는 앞으로 두서너 발짝 떼더니, 시큰둥하게 고개를 가로저으며 웃을 듯 말 듯한 표정으로 한마디 했다. "보세요." 아이는 팔짱을 낀 채 내 앞에 우뚝 서더니 오만한 듯도 하고 경멸하는 듯하기도 한 눈빛으로 나를 훑어보았다.

"닮았지?" 친구가 재촉하듯 다시 물었다.

---

* 長袍: 중국 고유의 긴 남자 옷(우리나라의 두루마기와 비슷한 옷).

"쏙 빼닮았군! 하지만 내가 보기에."

"쏙 빼닮았군." 그에게는 그 한마디로 충분했는지, "하지만……" 이후의 말은 들으려고도 하지 않고 왼손으로 아들에게 손짓하며 말했다. "샤오후, 이리 오너라. 엄마가 라쯔장을 남겨두었는데, 좀 먹지 않을래?"

"지금 배불러요. 이따 저녁에 '야식'으로 먹을게요." 말을 마친 아이는 아빠 품으로 파고들며 그의 손을 잡고 졸라대기 시작했다. "아빠, 오늘 사촌 형들이랑 카드놀이 하다가 450위안*을 잃었어요. 좀 갚아주세요."

"알았다. 조금 있다가 엄마한테 5백 위안 받아 가거라." 친구는 흔쾌히 승낙해주었다. "외할머님 댁에서는 무슨 요리를 해주시던?"

"엄마, 조금 있다가 주셔야 돼요." 아이는 아버지 물음에 대답도 하지 않고 새엄마 쪽으로 고개를 휙 돌리며 활짝 웃어 보였다. '엄마'라고 부르는 소리가 자못 다정하기까지 했다.

"들어가서 가져올게. 지금은 아버지께서 말씀 중이시잖니. 조금 있다가 함께 들어가자. 옷도 갈아입어야 하고 공부도 봐줘야 하니까." 새엄마는 여전히 온화한 미소를 지으며 말했다.

"네." 아이는 마지못해 대답하며, 눈을 내리깐 채 아랫입술을 오른쪽으로 샐쭉거렸다. 좀 전에 그들 부자의 생김새를 비교할 때 눈에 띄었던 표정이다. 바로 이 표정 때문에 전체적인 분위기가 제 아버지와는 사뭇 달라 보였다.

친구 아내는 그런 샤오후의 표정을 보며 은연중에 나를 쳐다보았는

---

* 元: 중국의 화폐 단위.

데, 그녀의 얼굴엔 여전히 미소가 어려 있었지만, 왠지 모를 애수가 눈가에 깃들어 있었다. 그런 그녀를 주의 깊게 바라보려는데 그녀가 남편과 유쾌하게 대화를 나누기 시작했다. 그녀의 얼굴에서는 더 이상 애수 어린 표정을 찾아볼 수 없었다.

야오 부인이 샤오후를 데리고 먼저 자리에서 일어났다. 라오야오와 나는 식사를 마친 뒤에도 한참 동안 이런저런 이야기를 더 나누었다. 이번에 그는 불평을 늘어놓는 대신 아내와 아들 자랑에 여념이 없었다. 그는 결혼한 지 3년이 지났고 아내와의 사이에 아직 아이가 없었다. 전 부인과의 사이에는 아들 하나 딸 하나를 두었는데, 전 부인이 세상을 떠난 두 달 뒤에 딸아이마저 저세상으로 보냈다고 했다.

그날 밤 나는 휑뎅그렁한 사랑채에서 홀로 잠을 청했다. 스산한 바람이 불자 문은 덜컹거리고, 나뭇잎은 우수수 떨어지고, 새는 나뭇가지 위에서 푸드덕거리며 요란하게 날갯짓을 해대고, 모래는 사방으로 날렸다. 무섭지는 않았다. 하지만 이런 환경에 익숙지 않은 나는 쉽사리 잠들지 못했다.

나는 친구 가족을 떠올려보기도 하고, 양 도령을 떠올려보기도 했다. 나는 오랫동안 생각에 잠겼다. 두 아이를 비교해보기도 했다. 야오 부인의 가정생활이 과연 친구 말처럼 행복할까 하는 생각까지 들었다. 이런저런 생각으로 잠은 더욱 멀리 달아났다. 심란해진 나는 스스로를 타일렀다. '남 일에 웬 참견이야? 다들 자신만의 생활 방식이 있게 마련인 것을, 내가 왜 걱정하고 있는 거지! 잠이나 자자.'

하지만 창밖은 어느새 밤이 어두운 빛을 서서히 잃어가고, 나무와 처마 끝에서는 작은 새들이 서로 뒤질세라 시끄럽게 지저귀고 있었다.

## 8

오전 10시를 지나 가까스로 자리에서 일어났을 때는 눈부신 햇살이 집 안을 온통 금빛으로 물들이고 있었다. 라오원이 세숫물을 들여오고 차를 타주었다. 뒤이어 저우 어멈이 아침상을 들여왔다. 점심 식사는 아래 사랑채에서 라오야오 부부와 함께했다.

"오늘이 처음이자 마지막일세. 손님에 대한 예의라고 해두지. 앞으로는 자네 편할 때 혼자 식사하도록 하게. 간섭하지 않을 테니." 라오야오가 웃으며 말했다.

"응, 좋아. 마음 내킬 때 식사하는 게 나도 편해." 나는 만족스럽게 대답했다.

"리 선생님, 필요한 게 있으면 어려워 말고 아랫사람에게 시키세요." 야오 부인이 말했다. 오늘 그녀는 연녹색 치파오에 짧은 하얀색 겉옷을 걸치고 있었다. 내가 간밤에 잠을 설쳤다고 친구에게 하는 말을 듣고 그녀가 말했다. "그러셨을 거예요. 방이 너무 휑하죠. 어제 라오원에게 병풍 하나 들여놓으라고 한다는 걸 깜빡했어요. 병풍을 갖다 놓으면 한결 나을 거예요."

식탁 위에 놓여 있던 그릇과 접시 들을 내가고 얼마 지나지 않아 병풍을 들여왔다. 검게 옻칠 된 가장자리에 자색 비단으로 수를 놓은 병풍은 침실과 사랑채의 나머지 부분을 나누어주었다.

우리 세 사람은 '침실'에서 한동안 이야기꽃을 피웠다. 부부는 각자 소파 위에 앉았다. 라오야오는 담배를 꺼내 피워 물고 이따금 입을 크게 벌려 한가로이 도넛 모양의 담배 연기를 뿜어댔다. 야오 부인은 단정하게 앉아 찻잔을 손에 든 채 천천히 차를 음미하며 상념에 잠긴 듯했다. 나는 창문 앞에 놓인 등나무 의자에 다리를 꼬고 편히 앉았다. 우리는 주로 성(省) 안 돌아가는 얘기를 나누었는데, 내가 질문을 하면 그들이 대답하는 식이었다.

잠시 뒤 야오 부인이 남편에게 나지막하게 몇 마디 속삭이자, 친구가 갑자기 담배꽁초를 내던지며 일어나 방 안을 서성이더니 내게 말했다. "오늘 오후에는 우리 두 사람 모두 집에 없을 거야. 장모님(그는 아내를 돌아보았다) 댁에 가기로 약속했거든. 장모님 댁 식구들과 함께 경극을 보러 가야 해. 자네 혹시 경극 좋아하나? 좋아하면 함께 가지. 그런데 이곳엔 좋은 배우가 없어."

"내가 경극을 좋아하지 않는다는 건 자네가 더 잘 알 텐데." 나는 대답했다.

그의 아내가 일어섰다. 그가 이어서 말했다. "자네도 이젠 많이 변했을 거라고 생각했지. 나이를 먹으면 으레 융통성이 좀 생기잖아."

"나이가 들수록 고집불통이 되는 경우도 있지." 나는 웃으며 대답했다.

친구도 웃고 아내도 따라 웃었다. 그녀가 말했다. "본인 얘기예요. 자기는 융통성 있는 사람이라고 늘 자처하거든요."

"나만 갖고 그러지 마. 당신도 다를 게 없어. 멀리 갈 것도 없이, 당신은 경극을 좋아하지도 않으면서 당신 어머니께서 경극이라는 말만 꺼내면 두말 않고 모시고 가잖아. 난 당신이 '싫어요' 하고 대답하는 걸 단 한 번도 들어본 적이 없어. 외화를 좋아해도 함께 갈 사람이 없으면 아예 보러 갈 생각도 않잖아. 잘 모르는 사람들은 당신이 경극 팬인 줄 알 거야!" 친구가 아내에게 농담을 던지자 연하게 화장을 한 그녀의 얼굴에 홍조가 피어올랐다. 그녀는 남편에게 시선을 돌리며, 그만 하라고 말하려는 듯 입술을 달싹였다. 하지만 친구는 기어코 입을 열었고, 입을 연 이상 하고 싶은 말을 다 하기 전에는 여간해선 입을 다무는 경우가 없었다. 그가 말했다. "라오리가 남도 아니고 좀 듣는다고 문제될 건 없어. 소설에 당신 얘기를 쓸 것도 아니고." (얼굴이 온통 붉게 물든 그녀는 다급하게 무언가를 보는 척하며 몸을 돌렸다.) "실은 라오리도 당신과 같은 부류야! 이 친구도 외화를 꽤 좋아하거든. 앞으로 좋은 영화가 있으면 함께 보러 가자고 해. 아, 라오리, 혹시 따분할 때 고서(古書)라도 괜찮다면 마음껏 읽도록 해. 서재에 쌓여 있는 게 다 고서들이거든. 아예 열쇠를 자네한테 줄 수도 있어." (그가 웃기 시작했다.) "자네가 그런 구닥다리에는 눈길도 주지 않을 거라는 건 누구보다 내가 더 잘 알지. 아내가 소설책을 많이 소장하고 있다네. 신간뿐 아니라 오래된 책까지 없는 게 없어. 상무인서관*에서 출판한 『설부총서(說部叢書)』** 전질도 소장하고 있다네. 물론 자네 같은 소설가들이 쓰는 종류의 책은 아니야. 그래도 소설은 소설이니까. 나도 몇 권 읽어봤는데 문어체인데도 생동감이 넘치더군. 새로 나온 백화소설(白話小說)***도 있고."

야오 부인은 그가 또 무슨 말을 할지 안절부절못했다. 그녀 얼굴에 드리워졌던 홍조는 이미 사라지고 없었다. 그녀는 남편 쪽으로 몸을 돌리며 재촉했다. "당신은 입만 열었다 하면 끝이 없어요. 리 선생님 좀 쉬게 해드려요. 저도 들어가서 나갈 채비도 해야 하고……" 그녀의 얼

---

* 商務印書館: 1897년에 설립된, 중국에서 역사가 가장 오래된 현대적인 출판기구로 베이징 대학교와 함께 중국 근대문화의 쌍두마차로 불렸다.

** 중국 원말(元末)·명초(明初)의 도종의(陶宗儀, 저장 성 황옌 현 사람)가 편찬한 총서.

*** 중국의 구어체 소설. 특히 백화 운동 시대의 소설을 이르는 말로 루쉰(魯迅)의 「광인일기(狂人日記)」가 유명하다.

굴에 햇살보다 더 환한 미소가 걸렸다.

"알았어. 여기까지만 하지. 조급해하는 모양이라니!" 친구는 아내를 바라보며 흐뭇한 미소를 지었다. "우리가 라오리를 너무 귀찮게 한 것 같으니 이제 그만 갑시다. 조용히 글 쓰게 해줘야지."

나는 부부에게 미소를 지어 보였다. 부부를 배웅해주고 나니, 아래 사랑채는 비로소 온전히 나만의 공간이 되었다. 창 아래 돌난간 앞에 서서 그들의 뒷모습을 바라보았다. 부부는 도란도란 이야기를 나누며 돌난간을 따라 위 사랑채를 향해 걸어갔다.

## 9

부부는 과연 오후 내내 모습을 보이지 않았다. 저우 어멈이 보온병에 뜨거운 물을 채워주러 들어오거나 라오원이 밥상을 들여올 때 빼고는 아무도 나를 방해하지 않았다.

저녁 식사를 마치자 라오원이 세숫물을 가져왔다. 내가 무심코 한마디 던졌다. "너무 번거롭게 하는 것 같군. 앞으로는 이럴 필요 없네……"

라오원은 팔을 길게 늘어뜨리고 눈을 동그랗게 뜬 채 말했다. "리 나리, 무슨 그런 말씀을 하십니까! 나리께서는 저희 나리의 둘도 없는 친구 분이신데 아랫사람으로서 응당 잘 모셔야지요. 만에 하나라도 모시는 데 소홀함이 있으면 주저하시지 말고 꾸짖어주십시오."

라오원의 말에 나는 온몸에 소름이 돋았다. 누군가가 나를 "리 나리"라고 부르는 것은 난생처음이었다. 듣고 있자니 귀에 영 거슬렸다. 그는 앞으로도 그렇게 부를 것이고, 내가 야오 저택을 떠나는 그 순간까지 그렇게 부를 것은 불 보듯 뻔했다. 그것이 나를 못 견디게 했다. 고민 끝에 솔직하게 내 마음을 털어놓기로 했다. "자네는 이곳 터줏대감이나 다름없고, 다른 사람들과는 다르지 않은가." (이 말은 즉시 효과를 보였다. 그의 얼굴에 미소가 피어올랐다.) "부탁이니 다시는 '리 나리'라고 부르지 말게. 우리 '아랫사람들'끼리는 통상 선생이라 칭하지 않나. 그러니 앞으로는 나를 '리 선생'으로 불러주게."

"알겠습니다. 앞으로는 리 나리 말씀대로, 아니 리 선생님 말씀대로 합죠. 터줏대감이라고 하니 말인데, 제가 야오 저택에서 일한 지 벌써 30년이 넘었습죠. 나리께서 나고 자라는 과정을 쭉 지켜봤습니다요. 나리께서는 마음씨도 착하고, 일에서나 사람을 대할 때나 한결같이 너그럽고 관대하세요. 생전에 영감님께서도 그러셨지요."

"야오 부인은 어떤 분인가?" 내가 물었다.

"지금 계신 마님 말씀이신가요?" 그가 물었다. 나는 고개를 끄덕였다. 라오원은 계속 말을 이어갔다. "마님께서 이 저택에 발을 들여놓으신 지도 벌써 3년이 넘었는데, 그동안 저희를 나무라신 적이 한 번도 없답니다. 마님께서 이곳에 오시기 전에는 신식 여성이라 당돌하고 제멋대로일 거라고 다들 수군거렸지요. 하지만 정작 마님께서 오신 뒤로는 마음씨가 외모만큼이나 곱다고 입에 침이 마르게 칭찬을 한답니다. 마님께서는 늘 웃는 얼굴을 하고 계세요. 무엇보다 저희들을 무시하지 않고 한 식구로 대해주세요. 그리고 무슨 일이 생기면 꼭 저희들의 의견을 물어보시지요. 이렇게 좋은 나리와 마님을 모시고 있는 건 저희 아랫사람들한테는 큰 복이지요." 그가 미소를 짓자 얼굴의 주름이 더욱 깊게 파였다. 작은 두 눈에는 눈물이 가득 고여 금방이라도 울 것만 같았다.

내가 얼굴을 다 씻자 그는 세숫대야를 작은 찻상 옆으로 들고 갔다. 그의 말이 내 호기심을 자극했고, 궁금증을 견디다 못한 나는 서둘러 질문을 던졌다.

"그럼 전(前) 마님께서는 어떤 분이셨나?"

라오원은 세숫대야를 내려놓고 나를 힐끗 쳐다보더니 어깨를 늘어뜨린 채 찻상 옆에 서서 고개를 절레절레 흔들었다. "저희 같은 아랫사람이 함부로 입에 올릴 일은 아니지만, 지금 마님과는 비교도 안 되지요. 발끝도 못 따라가세요. 전 마님 소생으로 도련님과 아가씨가 있었는데 아가씨는 돌아가셨지요……" 갑자기 그는 하던 말을 멈추고 고개를 돌려 문밖의 동정을 살폈다.

"도령은 나도 봤네. 자네 나리와 판박이더군." 내가 얼른 그의 말을 받았다. 그가 하던 말을 계속하도록 하기 위해서였다.

"하지만 성격은 나리와 전혀 딴판입죠." 그는 나를 한 번 쳐다보더니 다시 문밖을 살폈다. 행세를 보아하니 방금 한 말을 주워 담고 싶어 하는 눈치였지만, 이미 엎질러진 물이었다. 내가 이미 똑똑히 들었다는 것을 본인도 모르지 않았다.

"걱정 말게. 무슨 말이든 숨기지 말고 해보게. 다른 사람에게는 절대 말을 옮기지 않을 테니. 자네 말이 맞네. 나 역시 그렇게 보았네. 더구나 마님을 대하는 도령 태도가 썩 좋지 않더군."

"리……선생님은 아직 모르세요. 후 도련님은 날 때부터 성미가 워낙 고약했어요. 새엄마는 말할 것도 없고, 자기 생모한테도 아주 못되게 굴었지요. 전 마님께서 세상을 떠나셨을 때 후 도련님 나이가 여덟 살이었는데, 눈물 한 방울도 흘리지 않으셨답니다. 외할머님께서 도련님을 편애하시는 데다, 나리마저 너무 끼고도니 마님께서도 속수무책이시지요." 그는 내 쪽으로 바짝 다가서며 목소리를 낮추었다. "저우 어멈 말이, 마님께서 도련님 일로 우신 적이 한두 번이 아니랍니다. 나리께서도 모르시는 일이에요." 그는 잠시 뜸을 들이더니 여전히 나지막한 목소리로 말을 이었다. "마님께서 친정에 가실 때 도련님을 모시고 가려고 해도 도련님은 죽어도 안 가겠다고 버티곤 한답니다. 도련님 외할머니께서는 마님이 전처소생인 도련님을 구박한다고 험담을 일삼으시고요. 요 몇 년간 자오(趙) 노마님께서는 이 집에 발걸음도 하지 않으시고, 시도 때도 없이 사람을 보내 후 도련님을 모셔가곤 합니다요. 춘절*이나 명절 때면, 마님께서는 자오씨 댁으로 가세요. 지난해에는 공습경보에 놀란 자오씨 댁 사람들이 시골로 내려가 반년 동안 머물다 오기도 했는데, 그때 후 도련님도 3, 4개월 동안 함께 지내셨어요. 후 도련님은 본래 돌아올 생각이 없었지만, 나리와 마님께서 도련님을 데려오라고 여러 차례 저희를 보내신 끝에 간신히 모셔 올 수 있었지요. 돌아오는 길에 후 도련님이 어찌나 성질을 피우던지, 만약 성(城) 안에서 폭격에 맞아 죽으면 누가 책임을 질 거냐고 따지셨어요. 그런데도 나리께서는 도련님 역성만 드시니 마님께서도 말을 꺼내기가 쉽지 않으신 거예요. 도련님은 자오씨 댁에 계실 때면 책 한 번 들춰보지 않고 온종일 사촌들과 도박에만 빠져 지내시는데……"

"자네 나리는 어째 그리 사리 판단이 어두운가? 도령같이 어린 나이에는 아버지가 따끔하게 야단을 쳐서라도 잘 가르쳐야 하는 법인데." 내가 그의 말을 잘랐다.

"아," 라오원은 걱정에 땅이 꺼져라 한숨을 내쉬었다. "도련님을 애지중지하신 나머지 어릴 때부터 너무 오냐오냐하며 키우신 거죠. 옆

* 음력설.

에서 지켜보는 저희가 다 몸이 달 지경이에요." 그의 목소리는 어느새 커져 있었지만 그는 알아채지 못했다. "적은 나이도 아니에요, 벌써 열세 살인데 여태 소학교 4학년 교재를 보고 있어요." 잠시 뒤 그는 화가 치미는지 고개를 치켜들더니 혼잣말로 중얼거렸다. "없는 말 꾸며대는 것도 아니고 들을 테면 들으라지, 무서울 게 뭐 있어. 여차하면 다 때려치우고 고향으로 내려가면 그뿐인걸."

"열세 살이라고? 기껏해야 열한 살쯤으로밖에 안 보이던데!"

"마음 씀씀이가 그 모양이니 키가 클 수가 없지요. 누굴 탓하겠어요?" 라오원의 목소리에는 여전히 분노가 서려 있었다.

"어제 봤던 양 도령도 비슷한 또래 같던데……" 나는 말했다.

"양 도령 말인가요?" 라오원이 놀라 되묻더니 내가 대답하기도 전에 바로 말을 이었다. "가끔 뛰어들어와 꽃을 꺾어 가는 도령이라면 저도 알고 있어요. 그 도령 집안이 예전에는 굉장한 부자로, 나리보다 돈이 많았다고 하는데 지금은 쫄딱 망했어요. 다행히 사는 데 지장은 없나 봅니다. 문지기 리 노인 말에 따르면, 양 도령은 올해 열다섯 살도 채 안 되었는데 벌써 중학교 3학년이라고 하더군요. 공부도 곧잘 하는 모양이에요."

"자네 나리 말로는 공부와 담을 쌓았다고 하던데?" 내가 물었다.

"그거야 나리 말씀이고요. 저도 리 노인 말을 전했을 뿐, 사실 여부는 확인할 길이 없습죠. 공부도 제법 잘한다는 아이가 왜 허구한 날 우리 정원에 기어들어와 꽃을 꺾어 가는지 저희도 의아하게 여기니까요. 지금도 그 이유는 알 길이 없어요. 리 노인에게 물어봐도 통 대답이 없고, 몇 마디 더 물어볼라치면 눈물까지 글썽이곤 하거든요. 어제도 나리 눈에 띄지 않고 자오칭윈에게 들키지만 않으면, 양 도령이 꽃을 꺾어 가도 눈감아달라고 통사정을 하더군요. 저희도 난감하긴 마찬가지예요. 양 도령을 난처하게 만들고 싶지 않은 게 솔직한 심정이거든요. 아이가 착해 보이기도 하고, 저택이 원래는 양 도령 집이었기도 하니까요. 더구나 꽃 한두 가지 꺾어 간다고 돈 몇 푼 드는 것도 아니고, 나리나 도련님이 꽃을 좋아하시는 것도 아니라서요. 꽃을 좋아하는 분은 마님이 유일한데, 그런 마님께서도 일전에 꽃 한두 가지쯤이야 뭐 대수냐고, 아이가 원하면 꽃을 꺾어 주라고 당부하셨거든요. 그런데 유독 자오칭원만은 질색해요. 정원사 류(劉) 씨가 3개월간 병가를 내는 바람에 자오칭원이 정원 손질을 떠안게 된 뒤로는 누가 정원에 발을 들여놓기만 해도 눈에 불을 켜고 달려들거든요. 후 도련님 물든다고 양 도령을 저택에 얼씬도 못하게 하라는 나리 분부도 계셨고요. 자오칭원이 양 도령과 부딪치기만 하면 실랑이를 벌이는 이유지요. 한 사람은 쫓아내려 하고, 또 한 사람은 죽어도 안 나가려고 하니까요. 양 도령이 몸은 왜소해도 힘이 센 데다 말재간은 또 얼마나 뛰어난지 몰라요. 자오칭원 혼자 상대하기 버거운 상대라, 저희가 보게 되면 못 이기는 척하고 자오칭원 편을 들어주지요."

"후 도령이 양 도령에게 물들 걸 걱정한다니, 그럼 후 도령과 양 도령이 함께 어울리기라도 한단 말인가?" 내가 다시 물었다.

"흥, 우리 도련님이 양 도령과 어울리다니 어림도 없지요. 도련님이 얼마나 유세를 떠는 분인데요. 여태껏 저희들한테 다정한 말 한마디는커녕 눈조차 맞추려 하지 않았어요. 괜한 걱정이세요."

"마님은 현명한 분이니, 나리께 잘 말씀드려 후 도령이 더 이상 제멋대로 하지 못하게 교육시킬 수 있을 걸세." 나는 말했다.

라오원은 절망스럽게 고개를 가로저었다. "소용없어요. 나리께서는 매사에 분명한 분인데, 유독 이 일에 있어서만큼은 판단력이 흐려지세요. 선생님께서 말씀하셔도 듣지 않으실 거예요." 그는 진지한 표정을 지으며 몸을 앞으로 숙여 나지막하게 말했다. "마님도 나리께 여러 차례 말씀을 드렸던 모양이에요. 후 도련님께서 공부는 하지 않고 걸핏하면 외가댁에 가서 도박이나 하고, 나쁜 버릇만 배워 오는데, 새엄마인 마님이 가르치자니 자오씨 댁에서 또 무슨 트집을 잡지 않을까 염려되니, 나리께서 직접 나서서 가르쳐야 하지 않겠느냐고요. 하지만 나리께서는 어린 나이에는 누구나 한번쯤 겪는 일이고, 나중에 크면 자연스레 고쳐질 거라고 하셨답니다. 후 도련님이 남달리 총명하니 굳이 엄하게 가르칠 필요가 없다고 하시면서요. 몇 차례 나리의 반대에 부딪히자 마님께서도 차마 더는 말을 꺼내지 못하고 계세요. 게다가 자오씨 댁에서는 마님을 얼마나 못살게 구는지, 도련님 외할머니와 두 분 외숙모가 한통속이 돼 뒤에서 험담을 늘어놓기 일쑤고, 툭하면 후 도련님을 앞세워 마님을 괴롭힌답니다. 그런데도 나리께서는 나 몰라라 하세요. 마님께서는 불행 중 다행히 아직 소생이 없으니 망정이지 그렇지 않았다면 새엄마 노릇하기가 더 어려웠을 거라고 저우 어멈한테 말씀하셨다고 합니다."

"마님 처지가 참으로 딱하군." 나는 연민과 분노가 동시에 일었다. "정말 뜻밖일세."

"네. 저우 어멈이 아니었다면 저도 알 수 없었을 거예요. 그런데도 마님께서는 내색 한 번 하지 않으시고 늘 웃는 낯으로 사람을 대하시죠. 돌아가신 영감님께서 부디 복을 내려주셔서 하루빨리 아기 도련님을 점지해주시고, 자라서 큰 인물이 되게 해주시길 바랄 뿐이에요. 그러면 마님께서도 한숨 돌리실 수 있을 텐데." 늙은 하인의 진심 어린

축복의 말이 넓은 사랑채를 소리 없이 울렸다. 나는 눈가를 훔치는 그의 모습이 안쓰러워 자리에서 일어나 조용히 방 안을 서성거렸다.

등 뒤에서 라오원의 시선이 느껴져 나는 자리에 멈춰 섰다. 그리고 고개를 가만히 떨어뜨리고 있는 그를 바라보며 다음 말을 기다렸다.

"리 선생님, 방금 제가 한 말 다른 사람은 모르게 해주세요." 그는 조심스럽게 부탁했고, 그의 얼굴에 드리워졌던 분노의 빛은 사라졌다. 나는 부탁하는 그의 힘없는 표정을 바라보았다. 앞니가 몽땅 빠져버린 그의 입은 검은 동굴 같았다.

"걱정 말게. 아무한테도 말하지 않을 테니." 나는 감동해서 말했다.

"고맙습니다요. 그동안 가슴속에 응어리졌던 말을 몽땅 털어버렸네요. 리 선생님, 저는 비록 책 근처에도 가보지 못한 비천한 몸이지만, 무엇이 좋고 나쁜지, 옳고 그른지 정도는 판단할 수 있답니다. 제 마음이 얼마나 아픈지 몰라요." 라오원은 몸을 굽혀 세숫대야를 들어 올리고는 슬픔에 눈물을 흘리며 방을 나갔다.

나는 홀로 아래 사랑채 문간에 섰다. 그가 한 말들을 차분히 되새겨보며 새삼 많은 사실을 깨달았다. 하지만 그걸로 내 호기심이 충족되었을까?

아니다. 야수의 날카로운 발톱이 내 가슴을 할퀴고 지나가는 것만 같았다.

## 10

이튿날 라오원이 점심상을 봐주러 와서는 엊저녁에도 후 도령이 집에 돌아오지 않았다고 귀띔해주면서, 후 도령에 대해 몇 가지 더 알려 주었다. 밖에서 새엄마를 헐뜯고 다닌다는 것이었다. 그 말을 듣자 내 마음이 편치 않았다. 점심을 마치고 방에 앉아 있어도 일이 손에 잡히지 않았다. 바람을 쐬러 밖으로 나가자니 그것도 귀찮았다. 사랑채와 정원을 몇 차례 오가다 피로가 몰려오자 소파에 주저앉아 휴식을 취했다. 계속 앉아 있자니 좀이 쑤셔서 다시 자리를 털고 일어났다. 갑갑함을 풀길 없던 차에, 불현듯 머리도 식힐 겸 영화관에 가는 편이 낫겠다는 생각이 들었다. 내가 막 돌난간을 돌아 복도로 들어서는데 저녁상을 들여오는 저우 어멈과 딱 마주쳤다. 라오원이 말미를 얻어 잠깐 자리를 비우게 돼서 자신이 저녁을 준비해 왔다고 했다.

나는 하는 수 없이 도로 아래 사랑채로 돌아가 저녁을 먹었다. 저우 어멈은 차도 타 주고, 세숫물도 부어주었다. 그녀는 매사에 몸놀림이 빨랐다. 마흔 남짓한 나이에 쪽진 머리, 긴 얼굴, 툭 튀어나온 광대뼈, 누렇게 뜬 안색, 두툼한 입술과 짙은 눈썹의 그녀는 몸이 꽤 실해 보였다. 그녀는 내 앞에서 입을 잘 열지 않았다. 나는 짐짓 모르는 체하며 후 도령이 집에 있는지 물어보았다.

"도련님이요? 보나 마나 또 자오씨 댁에 갔을 게 뻔해요. 마님께서 친정에 함께 가자고 할 때는 콧방귀도 안 뀌면서, 틈만 나면 자오씨 댁에 가서 노름할 궁리만 하지요." 저우 어멈은 입을 실룩거리며 다분히 경멸조로 말했다.

"나리가 함께 가라고 해도 말을 듣지 않나?" 나는 다시 물었다.

"나리께서도 어쩌지 못하세요. 도련님은 야오씨 댁의 작은 호랑이요, 소황제랍니다." 그녀는 고개를 돌리더니 이내 입을 다물었다.

나는 저녁상을 물린 뒤 시내 중심가에 있는 영화관에 가볼 생각으로 대문을 나섰다. 리 노인이 대문 안쪽에 놓여 있는 구식 팔걸이 나무 의자에 앉아 잎담배를 피우고 있다가 나를 보더니 벌떡 일어나 담뱃대를 내려놓으며 공손하게 인사를 했다. "리 나리." 그는 나를 향해 상냥하게 웃어 보였다.

나는 대문을 나섰지만 "리 나리"라는 호칭이 귀에 영 거슬려, 가던 길을 멈추고 되돌아왔다. 자리에 막 앉으려던 그가 다시 몸을 일으켜 세웠다.

"리 노인 앉게. 어려워하지 말고." 나는 손짓으로 그에게 도로 앉으라 하고는 부드럽게 말했다. "앞으로 '나리'라고 부르지 말게. 다들 '리 선생'이라고 부른다네. 내 말 알아듣겠나?"

"네, 리 선생님. 알겠습니다요." 그는 공손하게 대답했다.

"앉게나, 앉아." 주위에 아무도 없음을 확인한 나는 이 기회에 양도령에 대해 알아보기로 했다. 내가 맞은편에 놓여 있던 나무 걸상에 걸터앉자 그도 하는 수 없이 따라 앉았다.

"전에 양씨 집안에서 오랫동안 일을 봐주었다고 들었네만 사실인가?" 머리카락 한 올 남아 있지 않은 반들반들한 그의 정수리를 바라보며 나는 물었다.

"네, 양씨 영감님 댁이 막 지어졌을 무렵에 들어갔지요. 그때가 광서(光緖)* 32년이니까 벌써 30년도 훨씬 지난 일이지요. 당초 저는 인력거꾼으로 들어갔는데, 민국(民國)** 6년에 어떤 사람과 대판 싸움이 붙었다

* 청나라 덕종(德宗) 광서 황제. 청조 제11대 황제로, 1871년에 태어나 4세에 즉위했고 1908년(광서 34년) 11월 14일 38세의 나이로 사망했다. 광서 32년은 1906년을 가리킨다.

** 중화민국의 약칭으로, 청조 멸망 이후 중화인민공화국 건국 이전 시기의 국가 명칭 겸 연호. 중국 현대사에서 가장 혼란스런 대격동의 시기로 봉건 체제가 막을 내렸다. 1912년이 민국 원년으로, 민국 6년은 1917년.

가 된통 넘어지는 바람에 다리를 크게 다쳤습죠. 그때 영감님께서 돈을 대주고 고쳐주신 뒤로는 죽 그 댁 문지기로 일했습죠." 그는 고개를 숙여 담뱃대를 한쪽 신발 바닥에 탁탁 쳐서 담배꽁초를 땅으로 털어내고는 담뱃재를 급히 발로 비벼 껐다. 그러고는 담뱃대를 등 뒤 의자 위에 가로로 내려놓았다.

"양씨 일가는 다들 잘 지내시나?" 나는 관심을 보이며 넌지시 물어보았다.

"영감님께서는 민국 20년에 돌아가셨지요. 첫째 나리께서 돌아가신 지도 벌써 5년이 넘었어요. 첫째 나리 슬하에 도련님이 한 분 계신데 저택을 팔고 나서 '남쪽 지방'으로 내려가신 뒤로는 소식이 끊겼답니다. 둘째 나리는 헝양(衡陽)에서 장사를 하고 계신데 손대는 일마다 술술 잘 풀리고 있습죠. 넷째 나리도 성도(省都)*에서 내로라하는 회사의 부지배인으로 남부럽지 않게 살고 계십니다. 유독 셋째 나리만 가산을 모두 탕진하고 입에 풀칠하기도 어려운 형편이지요……" 그는 연거푸 한숨을 내쉬며 고개를 흔들더니 이미 허옇게 세어버린 짧은 수염을 몇 차례 쓰다듬었다.

"어제 왔던 그 도령도 양씨 집안 식구인가?"

"그렇습죠. 셋째 나리의 작은 도련님입니다. 나리를 닮아 용모가 준수하고 총명한 데다 몸도 튼튼합죠. 영감님께서는 셋째 나리를 너무 사랑하신 나머지, 셋째 나리가 어렸을 때부터 매사를 마음대로 하게 내버려두셨지요. 셋째 나리는 장성해서 장가를 가신 뒤에, 나쁜 친구들과 어울려 다니며 가산을 모두 탕진한 것도 모자라 셋째 마님께서 혼수

* 성정부(省政府) 소재지로 우리의 도청 소재지에 해당한다.

품으로 해오신 폐물에까지 손을 대셨지요. 나중에 그 일로 셋째 마님과 큰 도련님이 나리와 자주 다투셨는데, 작은 도련님만큼은 아버지를 잘 따르셨어요."

"셋째 나리는 아직 살아 계시나?" 나는 불쑥 그의 말허리를 자르며 물었다.

"그건…… 저도 잘 모릅니다요." 그는 몇 차례 고개를 세차게 흔들었다. 내가 그의 눈을 유심히 들여다보자 그는 나를 외면하며 고개를 돌렸지만, 그의 두 눈에 눈물이 가득 차오르는 것을 나는 놓치지 않았다. 무언가 감추고 있는 게 분명했다. 어떻게 해서든 그의 입을 열게 하고 싶었다.

"양씨 댁 큰 도령이 우정국에 다닌다고 하지 않았나? 그럼 집안 살림은 그런대로 꾸려갈 만할 테고. 그나저나 작은 도령이 아직 학생이라 학교에 보내려면 목돈이 꽤 필요하겠군!"

"그렇습죠. 그나마 형제간 우애가 깊은 데다, 작은 도련님께서 공부도 곧잘 하시니 다행이지요. 큰 도련님이 아버지는 싫어해도 작은 도련님은 끔찍이 아끼신답니다. 더구나 작은 도련님은 시험만 봤다 하면 늘 1, 2등을 다툴 정도로 성적이 뛰어나세요." 리 노인은 수염을 지그시 누른 채 뿌듯한 미소를 지어 보였는데 눈가엔 여전히 눈물이 맺혀 있었다.

"대단하군. 나도 일찌감치 알아봤다네. 정말 괜찮은 아이야." 나는 짐짓 그를 치켜세우며 말을 이었다. "그런데 이해가 잘 가지 않는 구석이 있어. 야오씨 댁 하인들한테 구박을 받아가면서까지 왜 굳이 이곳에 와서 꽃을 꺾어 가는 거지? 꽃을 좋아하면 정당하게 값을 치르고 사면 될 것을, 비싸지도 않을 텐데 굳이 남의 집에까지 들어와 꽃을 꺾어 갈 필요가 뭐가 있지?"

"리 선생님은 모르세요. 작은 도련님은 마음씨가 착한 분이세요. 자신을 위해 꽃을 꺾어 가는 게 아니에요."

"다른 사람에게 주려고 해도 그렇지. 돈을 주고 사면 그만인 것을! 동백꽃이라면 밖에도 파는 곳이 있을 텐데." 대화가 계속 이어지자 뭔가 손에 잡힐 듯했다.

"동백꽃을 파는 곳은 많지 않아요. 있다 하더라도 이 댁 저택에 있는 동백꽃과는 비교도 안 되지요. 벌써 30년도 넘게 기른 나무니까요. 셋째 나리가 아주 어렸을 때부터 정원에 동백나무가 있었어요. 모두 두 그루였는데, 한 그루는 붉은 동백나무고 또 한 그루는 하얀 동백나무지요. 후 도련님이 지지난해에 하얀 동백나무를 잘라버려서 지금은 붉은 동백나무 한 그루만 남았지요. 셋째 나리께서는 동백꽃을 유난히 좋아하셨어요. 비록 변변한 일자리 하나 없으신 분이었지만, 저택을 판 건 셋째 나리 뜻이 결코 아니었어요. 장사 밑천이 필요했던 둘째 나리와 넷째 나리가 저택을 팔자고 성화셨지요. 첫째 나리의 큰 도련님은 당시 스물에닐곱 살로 결혼 전이었어요. 워낙 거칠고 불같은 성미에 평소 집안 삼촌들을 무시하기 일쑤였던 큰 도련님마저 가세해서, 저택을 처분한 뒤 재산을 정확히 나누자고 목소리를 높였죠. 그때 마침 유학을 계획하고 계셨던 터라 성(省)에는 다시 돌아오시지 않을 작정이었어요. 셋째 나리께서 돈을 모두 탕진하자, 셋째 마님도 자신 몫으로 받게 될 돈이면 살림을 그럭저럭 꾸려나갈 수 있겠다 싶으셨겠지요. 그렇게 하나같이 집을 팔고 싶어 했어요. 셋째 나리만이 눈에 흙이 들어가도 절대 팔 수 없다고 끝까지 버티셨지만 아무 소용이 없었어요. 아무도 귀를 기울이지 않았거든요. 시간을 질질 끌다가는 일을 그르치게 될까 봐 모두들 조바심을 치는 바람에 집도 헐값에 팔아넘겼지요. 집을 처분한 돈은 다들 나눠 가졌지만 셋째 나리께서는 돈 한 푼 손에 쥐어보지 못하셨어요." 말을 마치자 그의 입은 짧고 짙은 하얀 수염 속에 묻혔다.

"어째서 돈을 한 푼도 받지 못했다는 건가? 셋째 마님이 자기 몫에서 조금 떼어드리면 됐을 텐데. 먹고 자는 데 필요한 최소한의 돈 말일세." 의아하게 여긴 나는 추궁하듯 캐물었다. 중요한 무언가를 숨기고 있는 게 분명했다.

"네. 지당하신 말씀이죠." 그는 공손하게 답했다.

하지만 나는 그가 더 이상 어떤 말도 하지 않으리라는 것을 직감했다. 내가 그에게서 뭔가 알아내려고 한다는 걸 눈치챘으리라. 나는 그가 마음속에 품고 있는 비밀을 캐보려고 여러모로 시도해보았지만, 그는 "네" 한마디로 내 입을 막아버렸다. 더 물고 늘어져봐야 건질 건 하나 없고 오히려 나에 대한 경계심만 부추길 뿐이어서 오늘은 이쯤에서 접고 차후에 기회를 봐서 다시 알아보기로 했다.

이런 생각에 잠겨 있는데 난데없이 그림자 하나가 문 앞에서 어른거렸다. 별안간 리 노인이 벌떡 일어나더니 이내 안색이 싹 변하며 얼굴에 경련마저 일었다. 마치 봐서는 안 될 것을 본 사람처럼.

나 역시 놀라기는 마찬가지였다. 얼떨결에 나도 따라 일어나 대문을 나선 뒤 거리를 두리번거렸다. 누군가의 뒷모습이 얼핏 내 눈에 들어왔다. 호리호리한 몸매에 흙먼지가 덕지덕지 내려앉은 긴 머리카락, 기름때에 절어 이제는 거의 검은색이 되어버리다시피 한 회색 도포 차림의 사내였다. 그는 누군가에게 쫓기듯 발걸음을 재촉하고 있었다.

## 11

그가 사라진 방향을 따라 걷다 보니 절 비슷한 건물을 하나 지나쳤는데, '다셴츠'라고 크게 씌어진 세 글자가 언뜻 눈에 들어왔다. 문득 라오야오가 했던 말이 떠올랐다. 양 도령이 이 절 앞에서 웬 비렁뱅이와 함께 있는 것을 본 적이 있다고 했다. 그리고 다셴츠는 자기의 거처와 벽 하나를 사이에 두고 있으며, 저택과는 불과 반 블록 정도 떨어진 아주 가까운 거리라고도 했다. 호기심이 발동한 나는 다셴츠로 발길을 돌렸다.

절은 아담했다. 예전에는 참배객들로 북적거렸을 법한데 지금은 정적만이 흐르고 있었다. 감실* 위에 다셴(大仙)**의 위패가 앙상하게 놓여 있었고 휘장은 한쪽 끄트머리만 남아 있었다. 담벼락 위에는 '유구필응(有求必應)'***이라고 씌어진, 다 부서져가는 편액 하나가 걸려 있었다. 제상의 다리 한쪽은 잘려 나갔고, 나무 향로 안에서는 향이 타고 있었다. 커다란 무 두 쪽이 촛대를 대신하고 있었고, 불이 붙었던 흔적이 있는 양초 두 개가 무 위에 꽂혀 있었다. 제상 한가운데에 놓여 있는 땅딸막한 유리병에 붉은 동백꽃이 꽂혀 있었다. 분명 내가 어제 양 도령에게 꺾어 준 꽃이었다.

이상해라, 이 꽃이 왜 여기에 있을까? 한참을 골똘히 생각에 잠겼던 나는 왠지 이 수수께끼를 풀 수 있을 것만 같았다.

---

* 신상(神像)이나 위패를 모셔두는 장(欌).

** 불(佛)의 존칭.

*** 요구하는 대로 다 들어준다.

감실 옆에는 뒤쪽으로 이어지는 작은 문이 하나 있었다. 나는 그 문을 통해 뒤쪽으로 들어가보았다. 뒤쪽에는 돌계단과, 작은 마당이 벽돌담에 둘러쳐져 있었다. 계단 위에 나무로 만든 감실의 뒷면이 벽처럼 자리하고 있었고, 나무 벽 쪽으로 거적때기가 덮인 건초 더미가 깔려 있었다. 거적때기 위로는 낡은 이불 한 채가 놓여 있었고, 베개 옆에는 자질구레한 세간들이 들어 있는 세숫대야가 있었다. 마당 한쪽 구석에 누군가가 벽돌을 쌓아 만든 아궁이 위로 김이 모락모락 피어오르고 있는 물동이 하나가 걸려 있었다.

누가 이곳에 살고 있는 거지? 양 도령은 이 사람과 어떤 관계일까? 설마 양 도령이 다센의 신도? 하고 자문해보았다. 나는 반은 넋이 나간 사람처럼 계단 위에 우두커니 서서 허름한 아궁이 위에 걸려 있는 물동이만 멍하니 쳐다보았다.

그때 별안간 뒤에서 힘없는 기침 소리가 들려왔다. 고개를 돌려 보니, 내 뒤에 누군가가 서 있었다. 깡마른 몸에 어지러이 헝클어진 긴 머리카락하며 기름때로 잔뜩 얼룩진 회색 도포를 보아하니, 방금 야오 저택 문 앞에서 보았던 그 사람이 틀림없었다. 그는 의심에 찬 눈빛으로 나를 찬찬히 뜯어보았다. 나 역시 뒤돌아 유심히 그를 살펴보았다. 며칠 동안 세수도 하지 않은 듯 땟국으로 얼룩진 갸름한 얼굴은 비록 늙어 쭈글쭈글했지만 수려한 용모였다. 빛나는 눈에, 왼쪽으로 약간 기운 코 그리고 입을 다물어도 윗니가 살짝 보일 정도로 얇은 입술. 이상하다, 어디선가 본 얼굴인데.

그는 여전히 선 채로 나를 훑어보며 입을 열지도, 길을 비키지도 않았다. 나를 쳐다보는 그의 시선 때문인지 그의 옷에 절어 있는 기름때가 내 몸에 엉겨 붙는 것만 같아 영 께름칙했다. 말없이 뚫어져라 쳐다보는 시선을 더는 견디지 못하고 결국 내가 먼저 입을 열었다.

"이곳에 사시오?"

그는 무표정하게 고개를 끄덕였다.

잠시 뒤 나는 다시 물었다.

"물이 다 끓었소." 나는 아궁이에 걸려 있는 물동이를 가리켰다.

그는 다시 고개를 끄덕였다.

뭐야, 설마 벙어리? 우리는 3, 4분 정도 그렇게 서서 서로를 마주 바라보았다. 그때 문득 떠오르는 얼굴이 있었다. 입과 코가 양 도령과 판에 박은 듯 똑같았다. 두 사람의 눈매도 매우 흡사했다.

예상 밖의 소득이었다. 이 사람이 양씨 집안 셋째 나리인가? 양 도령의 아버지란 말인가?

나는 어떻게든 그에게 말을 걸어 그의 처지를 털어놓게 하고 싶었다. 하지만 소용없는 일이다. 말 한마디 하지 않고 그저 고개만 끄덕일 뿐인데 내가 무슨 수로 그의 의중을 파악할 수 있단 말인가? 설령 그가 벙어리가 아니라 아이의 아버지라고 하더라도, 생판 모르는 내게 자신의 비밀을 털어놓을 리 만무했다. 그렇다면 멍하니 이곳에 서 있어본들 무슨 소용이 있을까?

나는 실망한 나머지 작은 문을 걸어 나왔다. 그도 따라 나왔다. 나는 제상 앞으로 다가가 붉은 동백꽃이 꽂혀 있는 꽃병을 바라보다가 그만 참지 못하고 다시 물었다.

"이 꽃 당신 것이오?"

그는 다시 한 번 고개를 끄덕였다. 그때 그의 입언저리에 미소가 살짝 어리는 것을 나는 놓치지 않았다.

"이 꽃은 그저께 내가 야오 저택에서 직접 꺾어 준 거요." 나는 동백꽃을 가리키며 말했다.

그는 미심쩍은 표정으로 나를 한 번 쳐다보고는 살며시 미소를 짓더니(그가 웃고 있었는지 아닌지는 확실하지 않다) 잠시 뒤 고개를 또 끄덕였다.

"양 도령이 준 거요?" 나는 쓸데없는 질문인 줄 뻔히 알면서도 묻지 않을 수 없었다.

그는 다시 고개를 끄덕이더니 이번에는 아예 나를 밀쳐내고 돌이 깔린 정원으로 내려가 대문 앞에 우뚝 멈춰 섰다. 그의 표정은 읽을 수 없었다. 그때 절 안에는 햇살이 사그라지며 어둠이 내려앉고 있었다.

허탈해진 나는 절 문을 나섰다. 내 뒤로 문이 닫혔다. 고개를 돌려 보았다. 검은색 옻칠이 벗겨지고 빛이 바랜 대문은 고개만 끄덕일 줄 아는 벙어리를 절 안에 홀로 남겨둔 채 굳게 닫혔다.

절 앞에 서서 시계를 꺼내 보니 6시 10분을 가리키고 있었다. 나는 마침 내 앞을 지나는 인력거를 급히 불러 세웠고, 젊은 인력거꾼은 나를 룽광(蓉光) 대극장으로 데려다 주었다.

내 머릿속은 많은 이의 비밀로 뒤죽박죽이었다. 나는 휴식이 필요했고 모든 것을 훌훌 털어버리고 싶었다.

## 12

야오 저택으로 돌아왔을 때는 9시 반이 채 되지 않았다. 샤오후가 대청마루 위에 서서 자오칭윈에게 마구 욕설을 퍼붓고 있었다. 샤오후는 차마 입에 담을 수 없는 저속한 말만 골라 했다. 문간방 문지방에 걸터앉아 있던 짧은 셔츠 차림의 자오칭원은 소매를 어깨 위까지 바싹 걷어 올려 다부진 어깨를 고스란히 드러낸 채 샤오후의 말을 맞받아치고 있었다. 라오원은 중문(中門) 안 오른쪽에 놓여 있는 검은색의 긴 나무 걸상에 앉아 잎담배를 피우고 있었다.

"리 선생님, 돌아오십니까?" 라오원이 일어서며 인사를 건넸다.

"무슨 일인가?" 나는 샤오후를 가리키며 물었다.

"돈을 잃었다고 돌아오는 길 내내 성질을 부렸나 봅니다. 일찍 데리러 온 자오칭원 탓을 하면서요. 사실 마님께서 도련님을 모셔 오라고 보내신 건데. 마님께서 저녁에는 학교에서 배운 걸 복습도 해야 하고, 또 내일은 아침 수업이 7시로 앞당겨졌기 때문에 6시에는 일어나야 한다고 말씀하셨거든요. 솔직히 도련님은 공부는 하지 않고 매일 빈둥거리며 시간만 죽이고 있어요." 라오원은 고개를 흔들며 한숨을 내쉬었다. "한 달 중 열흘이 결석이요, 반이 지각이지요. 7년이나 학교를 다녔는데도 아는 글자라고는 손가락에 꼽을 정도예요. 한심하기 짝이 없지요!"

"나리께서는 아직 안 돌아오셨나?" 나는 물었다.

"아직 이른 시간인걸요. 오늘은 마님과 함께 장모님 모시고 경극을 보러 가셨으니까 12시가 넘어야 돌아오실 거예요. 도련님은 나리께서 집만 비우셨다 하면 어김없이 성질을 피우곤 하는데, 다들 못 들은 척 상대도 해주지 않는답니다. 그런데 자오칭원은 워낙에 앞뒤가 꽉 막힌 사람이라 일부러 져주는 일이 없다 보니 도련님이 늘 본전도 못 찾지요."

샤오후는 대청마루 위에서 길길이 날뛰며, 말끝마다 ×자식, 빌어먹을 × 하며 막말을 서슴지 않았는데, 갈수록 듣고 있기가 거북했다. 한번은 손을 봐주겠다며 다짜고짜 대청마루에서 마당까지 뛰어내려오기까지 했다. 그러자 자오칭윈도 행여 질세라 벌떡 일어나 어깨까지 들썩이며 똑같이 욕설을 퍼부었다. "×자식, 손가락 하나 까딱이라도 하는 날에는 이 늙은이가 너를 개 패듯 패 어디 가서 명함도 못 내밀게 해줄 테다!"

그러자 샤오후는 이내 몸을 사리며 한 발짝 주춤 물러섰다. 그때 중문 밖에서 딸랑거리는 소리와 함께 인력거꾼의 고함 소리가 들려왔다. 그러자 샤오후는 기세 좋게 두어 발짝 앞으로 나오며 양복 주머니에 양손을 찔러 넣고 의기양양하게 웃으며 말했다. "좋아, 칠 테면 어디 한번 쳐봐. 아버지가 돌아오셨다고. 네가 감히 날 치겠다고!"

자가용 인력거 한 대와 영업용 인력거 두 대가 중문 앞에 멈춰 섰다. 하얀 옷차림의 중년 부인과 꽃무늬 치파오를 입고 양 갈래로 머리를 땋아 내린 아가씨 그리고 청색 학생복 차림의 열일고여덟 살로 보이는 청년이 인력거에서 내렸다. 그들은 줄지어 문지방을 넘어 들어왔다. 라오원은 두 팔을 내려뜨리고 안부를 물었다. 그들도 그를 향해 고개를 끄덕여 보였다.

아버지가 아닌 것을 알자 샤오후는 냉큼 몸을 돌려 대청마루 돌계단까지 한달음에 뛰어올라가더니 다시 고래고래 악을 쓰며 욕을 하기 시작했다. 부인과 아가씨가 지나가는데도 본체만체했다. 그녀들도 샤오후를 보고 아는 척도 하지 않았다. 유독 청년만이 발걸음을 멈추고 웃으며 한마디 건넸다. "후야, 누구랑 싸우고 있는 거니?"

"참견하지 마!" 화가 머리끝까지 치밀어 오른 샤오후가 온몸을 비틀며 대답했다.

청년은 아무 일도 없었다는 듯이 웃으며 옆문을 통해 내원 쪽으로 사라졌다.

"샤오후의 사촌 형인가?" 나는 라오원에게 물었다.

"네, 과부이신 고모님하고, 아가씨와 도련님이세요. 세 분 모두 후 도련님 성미를 잘 알고 계신 터라 가능하면 피하려 하시지요. 나리만 안 계시면 후 도련님은 세 분을 대놓고 무시하세요. 고모님이 웃어른이신데도 버르장머리 없이 인사도 하지 않는 거 보세요. 고모님은 나리의 친누나로 두 살이 더 많아요. 고모부님이 일찍 돌아가셨는데, 불행 중 다행으로 고모님 식구가 지내기에 부족하지 않을 만큼 땅을 남기셨어요. 그런데도 나리께서는 가족이라고 해봐야 겨우 셋뿐인 데다 저택에 방도 남아돌고 하니, 고모님을 모셔와 지내시도록 마음을 써주셨어요. 나리와 마님께서는 고모님께 극진하신데, 유독 후 도련님은 고모님을 무시한답니다. 고모님은 땡전 한 푼 없지만, 야오씨 댁은 땅이 천여 무(畝)에 달한다고 자랑을 일삼으면서요. 기껏해야 조상 잘 둔 덕에 많은 땅을 물려받은 것에 불과한데 말이에요! 아가씨와 도련님 두 분 모두 대학에 다니시는데 아주 검소하셔서 다들 칭찬을 아끼지 않는답니다. 그게 진짜 능력 아니겠어요." 샤오후라면 치가 떨리는지 라오원은 입만 열었다 하면 핏대를 세우고 불만을 쏟아놓았다. 그 분노가 어디서 오는지 잘 알고 있는 나는 그 심정을 충분히 이해하고도 남았다.

"언제 하루 날 잡아서 나리께 잘 말씀드려보겠네. 계속 이렇게 방치했다가는 샤오후 인생은 물론이고 마님까지 고통을 받게 될 거라고 말일세." 내가 말했다.

"소용없어요. 리 선생님, 아무 소용이 없어요. 나리께서는 도련님 일이라면 분별력을 잃으세요. 자오씨 댁에서는 또 얼마나 극성인지. 무엇보다 자오씨 댁이 나리 댁보다 돈이 훨씬 많다는 게 문제예요. 후 도련님이 돈이라면 껌뻑 죽거든요. 그런데 하필 마님 친정댁은 돈도 없고, 가정 형편도 고모님 댁보다 훨씬 못하니 후 도련님 눈에 찰 리가 없지요. 마님께서 이 집에 들어오신 그해, 완(萬)씨 댁에 딱 두 번 가보고 나서는 두 번 다시 발걸음을 하지 않으세요."

"마님 친정댁에는 누가 계시는가?"

"완씨 댁에는 마님 어머님, 큰 외숙 나리 부부와 두 분 도련님이 계세요. 큰 외숙께서는 마님보다 열 살쯤 많고 대학에서 교편을 잡고 계신데 명망이 높으세요. 두 도련님은 와이저우(外州) 현에 있는 학교에 다니고요. 비록 넉넉지는 않지만 화목한 가정이랍니다. 사람 냄새 나는 진짜 가정이지요. 자오씨 댁처럼 변변히 하는 일도 없으면서 돈 좀 있다고 거들먹거리기나 하고 도박에 빠져 사는 집이 또 어디 있겠어요! 저희 아랫것들 눈에도 영 거슬리는걸요. 리 선생님께서도 한번 생각해 보세요. 후 도련님이 하루가 멀다 하고 자오씨 댁에 드나드는데 무슨 수로 나쁜 물이 안 들겠어요?"

"자네가 이렇게 사리에 밝은 줄 미처 몰랐네." 나는 그를 치켜세웠다.

"리 선생님도, 과찬의 말씀이세요. 하지만 우리 아랫것들이 아무리 똑똑하다 한들 뭐에 써먹겠어요. 한평생 하인으로 살아야 하는걸요! 나리 앞에서는 방귀조차 마음대로 뀔 수 없어요. 공부도 많이 하고 견문도 넓으신 나리께 감히 말대꾸라도 할 수 있나요? 마님 편을 들고 싶은 마음이야 굴뚝같지만 나리께 차마 한 말씀도 올리지 못한답니다. 그래도 부부간 금실이 좋아 다행이지요. 다들 나리와 마님 금실이 이보다 더 좋을 수 없다고들 하지요!…… 후 도련님 들어가셨네요. 리 선생님께서도 들어가 쉬세요. 오랫동안 귀한 시간을 빼앗았어요. 세숫물 곧 대령하겠습니다." 그는 줄곧 손안에 쥐고 있던 잎담뱃대를 바지춤 뒤에

꽂아 넣더니, 머리를 절레절레 내두르며 마당으로 내려갔다. 나도 뒤따라 '휴식의 정원'으로 들어갔다.

## 13

이렇게 해서 나는 야오 저택에 눌러앉게 되었다. 친구는 내가 방해받지 않고 편히 지낼 수 있도록 여러모로 마음을 써주었다. 정원은 오가는 이 없이 늘 한산했다. 손님이 방문이라도 하면, 친구는 위 사랑채로 모셔 접대했다. 그는 아침과 저녁 시간을 제외하면 집에 있는 경우가 극히 드물었다. 특별히 하는 일이 있는 것도 아니고, 사교 모임을 즐기는 것도 아니었다. 그런데도 대체 무슨 일을 하느라 날만 밝으면 외출을 하는지 라오원에게 물어보자, '정우(正娛) 화원'에 가서 차를 마시며 죽금(竹琴) 연주를 듣기도 하고, 가끔은 마님을 모시고 함께 가기도 한다고 했다.

나는 야오 저택으로 짐을 옮긴 지 6일째 되는 날부터 본격적인 작업에 들어갔다. 이는 나의 일곱번째 책이자 네번째 장편소설이 될 터였다. 늙은 인력거꾼과 창(唱)하는 눈먼 여인에 관한 이야기였다. 고향으로 돌아오기 전에 나는 문단 선배에게 소설의 구성과 내용에 대해 상의를 한 적이 있었다. 선배는 당시 대형 서점에서 문학총서의 편집을 맡고 있었는데, 소설이 완성되면 자신이 몸담고 있는 서점에서 출판을 해주겠다고 했고, 나는 그 제안을 받아들였다. 선배와의 약속은 하늘이 두 쪽이 나는 한이 있어도 지켜야 했다. 작업은 매우 순조로웠다. 아래 사랑채에 꼬박 일주일 동안 틀어박혀 글을 쓴 덕에 3만 자도 넘게 썼다.

20일 내로 소설을 완성할 수 있으리라.

나는 저녁 식사를 마치면 바람도 쐴 겸 으레 거리로 나가곤 했다. 먼 곳까지 갈 때도 있었고, 두세 블록 산책하다 돌아와 대문 안쪽에 놓여 있는 긴 나무 걸상에 걸터앉아 리 노인과 노닥거릴 때도 있었다. 우리는 무슨 말이든 다 터놓고 얘기했지만, 내가 양씨 집안을 화제로 올리기만 하면 그는 바로 입을 다물어버리거나 화제를 돌리기 일쑤였다. 나를 경계하는 듯했다.

다셴츠를 지날 때마다 대문은 늘 굳게 닫혀 있었다. 가만히 밀어봐도 문은 꿈쩍도 하지 않았다. 어느 날 나는 다셴츠에서 대여섯 발짝 떨어진 곳에서 한 아이가 절에서 나오는 것을 보았다. 한눈에 양 도령임을 알아볼 수 있었다. 아이는 앞을 향해 나는 듯이 뛰어가더니 순식간에 인파 속으로 사라졌다. 다셴츠에 가보았다. 대문의 한쪽 문이 빠끔 열려 있었고 벙어리가 문 앞에 서 있었다. 우리는 서로를 응시했다. 그의 모습은 전과 다름없었지만 그날따라 두 눈 가득 눈물을 머금은 채 책 한 권을 왼손에 들고 있었다.

그가 두어 걸음 뒷걸음질 쳐 문을 닫으려고 했다. 나는 황급히 오른손으로 문을 막아서고는 그가 쥐고 있던 책으로 시선을 옮기며 물었다. "무슨 책인가?"

그는 힘없이 고개를 떨어뜨리더니 손에 든 책을 위로 약간 들어 보였다. 펼쳐져 있는 책 위로 석판 인쇄가 되어 있는 큰 글자들이 보였고, 글자 옆에는 빨간 동그라미가 쳐 있었다. '共看明月應垂淚, 一夜鄕心伍處同'* 14자가 언뜻 보였다. 20년도 훨씬 지난 「당시삼백수(唐詩三百數)」

* 백거이의 시 『망월유감(望月有感)』의 한 구절. "서로 멀리 떨어져 밝은 달을 바라보니 눈물은 하염없이 흐르고, 오늘 밤 고향을 그리워하는 마음은 다섯 곳이 똑같네"라는 뜻으

인쇄본이었다.

"당시(唐詩)를 읽고 있었소?" 나는 온화한 말투로 물었다.

그는 고개를 끄덕이더니 다시 두어 발짝 뒤로 물러섰다.

나는 두어 발짝 앞으로 다가가며 친절하게 다시 물었다. "성이 뭐요?"

그는 여전히 고개만 끄덕일 뿐이었다. 눈물이 흘러내렸지만 닦을 생각도 하지 않았다. 아무것도 느끼지 못하는 것 같았다.

제상을 보니 향로 안에 향이 타고 있었다. 동백꽃은 여전히 꽃병에 꽂혀 있었지만 말라비틀어진 지 이미 오래였다. 그에게 말했다. "새 꽃으로 바꿔야겠네."

그는 이번에는 고개를 끄덕이는 것조차 잊었다. 우두커니 서서 망연히 꽃을 바라보던 그의 두 눈에서 눈물이 한 줄기 흘러내렸다.

나는 문득 오늘이 토요일이라는 데 생각이 미쳤다. 내가 야오 저택에 온 지 정확히 2주일째 되는 날이었다. 지난번 양 도령이 꽃을 꺾으러 온 날도 토요일이었다. 아이는 매주 토요일마다 이곳에 오는 모양이었다. 자기 아버지를 보러 오는 것이 분명했다. 벙어리가 바로 양씨 집안 셋째 나리였던 것이다. 리 노인 말에 따르면, 양씨 일가는 저택을 처분한 뒤 재산을 나눠 가졌지만, 셋째 나리는 돈 한 푼 손에 쥐어보지 못했다고 했다. 분명 그날 이후 가족에게 쫓겨났으리라. 무슨 이유로 그가 이곳에 숨어들게 되었고, 어쩌다 벙어리 신세가 되었는지 많은 사연이 있을 텐데, 어떻게 알 방법이 없을까? 그가 말해줄 리 없다. 양 도령 역시 마찬가지일 것이다. 리 노인은—리 노인도 양씨 집안을 화제로 올리기만 하면 나와는 말도 섞으려 하지 않는다.

---

로 전란으로 인해 다섯 곳으로 뿔뿔이 흩어진 형제자매들을 그리워하는 마음을 표현하고 있다.

뒤에서 문이 닫혔다. 이번에는 고개를 돌리지 않았다. 옅은 코발트빛 하늘에 은백색 반달이 걸렸고, 아직 밤이 내리지 않은 초저녁 공기는 맑고 상쾌했다.

나는 거리를 천천히 거닐었다. 풀 길 없는 수수께끼 같은 이 일에서 하루빨리 벗어나고 싶었다.

## 14

"라오리! 라오리!" 낯익은 목소리에 나는 발걸음을 멈추었다. 마주 오던 인력거에서 거대한 그림자 하나가 뛰어내렸다.

나는 가던 길을 멈추고 고개를 들어 바라보았다. 라오야오가 만면에 웃음을 띤 채 내 앞에 서 있었다.

"자네를 못 만나면 어쩌나 걱정하던 참인데, 이렇게 길에서 만나게 되다니, 절묘하군!" 그가 만족스럽게 웃었다. 그는 인력거꾼을 돌아보며 일렀다. "자네는 먼저 집에 돌아가 있게."

인력거꾼은 대답과 함께 인력거를 끌고 먼저 갔다.

"무슨 좋은 일이라도 있어? 꽤 들떠 보이는데!" 내가 물었다.

"자네를 만났으니 골칫거리가 해결된 셈이거든." 라오야오가 웃으며 말했다. "오늘 7시에 자오화와 함께 영화를 보러 가기로 약속했었어. 표도 벌써 두 장 사놨고. 그런데 자오씨 댁에 들렀더니 저녁 식사 후에 노마님을 모시고 경극을 보러 가라고 성화지 뭔가, 거절하기도 그렇고. 그렇다고 그 말에 따르자니 아내와의 약속이 마음에 걸리고. 그래서 자네가 아내와 함께 가주면 좋겠더라고. 그런데 혹시 자네가 집에 없으면 어쩌나 걱정하던 참이었거든. 이젠 됐네."

"영화 먼저 보고 경극을 보러 가면 되겠네." 내가 말했다.

"저녁 먹으러 다시 자오씨 댁으로 돌아가야 하거든. 우선 집으로 가서 자오화에게 말을 해두어야겠어."

"난 싫네. 자네 부인이 달가워하지 않을 거야."

"그럴 리 없어." 그는 고개를 가로저으며 자신 있게 말했다.

"그 사람 성격이 얼마나 좋은데. 더구나 내가 평소 영화를 좋아하지 않는데도 자기를 위해서 함께 가준다는 걸 잘 알고 있거든."

"자오씨 댁에서 자네 부인은 식사에 함께 초대하지 않았어?"

"왜 이렇게 잔소리가 늘었지? 말 많은 시어머니같이." 라오야오가 웃으며 투덜거렸다. "빨리 가세. 자오화가 기다리고 있을 거야. 나도 빨리 자오씨 댁으로 다시 돌아가봐야 하고. 자오씨 댁은 남문 쪽인데 우리는 지금 북문에 있다고!"

나도 웃으며 그를 따라 저택으로 향했다. 그는 가는 길에 아까 내가 던진 질문에 답을 해주었다. 해명을 덧붙이는 것도 잊지 않았다. "자오 노마님께서는 자오화를 보고 싶어 하시지 않아. 자오화를 보면 당신 딸이 생각나 마음이 불편하시다는 거야. 전처가 죽은 뒤로는 우리 집에 발길도 딱 끊으셨어. 처음에는 자오화도 자오씨 댁에 참 잘했지. 그런데 노마님 심기가 불편할까 봐 차마 아내를 초대할 엄두도 못 낸다는 말이 자오씨 댁에서 흘러나오자, 아내도 자오씨 댁을 멀리하기 시작했지. 자오씨 댁을 탓할 수도 없는 것이 노마님께서 당신 딸을 너무 사랑하셔서 그런 거니 다 인지상정 아니겠어. 더구나 전처가 노마님의 외동딸이었으니 오죽하시겠냐고."

"노마님께서 자네나 샤오후를 볼 때는 외동딸이 생각나지 않으시는 모양이지?” 그의 설명에 불만을 느낀 내가 한마디 쏘아붙였다.

“노마님은 샤오후를 무척 아낀다네. 오늘 저녁에 경극을 보러 가자고 한 것도 샤오후야.” 그는 내 말뜻을 알아차리지 못하고 듣기 싫은 말만 골라 했다.

집에 도착했다. 라오야오는 내게 방에 들어가 기다려달라고 했다. 내가 휴식의 정원으로 들어서는데, 라오원에게 지시하는 그의 목소리가 들렸다. “리 선생 타실 인력거 한 대 불러오게!”

## 15

나는 10분 정도 정원을 거닐며 밤의 정적이 담장과 나무 위를 지나 서서히 땅으로 내려앉는 모습을 지켜보았다. 까마귀 두세 마리가 피곤한 탄식 소리를 내며 나뭇가지 끝을 스치고 날아갔다. 계화나무 가지 위에 앉아 있던 작은 새 한 마리가 갑자기 날개를 푸드덕거리더니 푸른 잎사귀만 남아 있는 동백나무 사이를 뚫고 석가산 너머로 날아가버렸다.

라오야오 부부가 왔다. 친구 아내의 얼굴에는 예의 그 미소가 어려 있었다. 그녀는 회색 모직 치파오 위에 검은 실로 짠, 몸에 착 달라붙고 허리까지 내려오는 짧은 외투를 둘렀다. 라오야오는 창파오를 벗어버리고 양복 차림을 하고 왼쪽 어깨에 얇은 겹옷 코트를 걸치고 있었다.

“라오리, 가세. 따로 챙겨갈 건 없지?” 돌난간 앞에 서서 라오야오가 신이 난 듯 큰 소리로 외쳤다.

“응. 없어.” 나는 대답과 함께 돌계단을 올라가 난간을 따라 그들을 맞으러 갔다.

"리 선생님, 일하시는 데 번번이 방해를 해서 죄송해요." 그녀가 웃음을 지으며 사과했다.

"야오 부인, 별 말씀을요. 제가 영화 팬인 걸 이 사람이(그녀의 남편을 가리키며) 잘 알고 있거든요." 나는 웃으며 말을 이었다. "그리고 영화까지 보여주시면서 도리어 제게 미안하다고 하시면 제가 드릴 말씀이 없네요."

"점잔 빼는 얘기는 그만하고 빨리 가자고. 더 꾸물거리다가는 늦겠어." 라오야오가 옆에서 재촉했다.

우리는 정원 문을 나섰다. 인력거 세 대가 중문 밖에 대기하고 있었다. 부부는 자가용 인력거에, 나는 영업용 인력거에 올라타고 대문을 나섰다.

두 블록을 지나 사거리에서 친구는 아내와 헤어졌다. 예닐곱 블록을 더 가자 우리를 태운 인력거는 영화관 입구에 멈춰 섰다.

시계를 보니 영화 시작까지는 아직 8, 9분 정도 남아 있었다. 영화관 입구에는 열 명 남짓한 사람만 보일 뿐 한산했다. 오늘 상영하는 영화는 「전운 속에 핀 사랑(戰雲情淚)」으로, 이렇다 할 유명배우도 나오지 않거니와 미국 남북전쟁을 배경으로 한 영화라 관중들의 입맛에 맞을지 의문이었다.

영화관 안은 상당히 넓었고, 자리는 60퍼센트도 채 차지 않았다. 우리 앞줄에는 다섯 자리나 비어 있었다. 야오 부인이 홍보 책자를 미처 다 보기도 전에 영화관 불이 꺼졌다.

은막 위로 화목한 가정의 일상이 호젓하고 아름다운 시골 풍경과 함께 그려졌다. 뒤이어 비극적인 이야기가 과장 없이 채워졌다. 선량한 사람들에게 닥친 불행에 내 마음이 아릿해왔다. 야오 부인은 자주 손수건을 꺼내 눈가를 닦았고, 간간이 가벼운 한숨을 내쉬기도 했다.

전쟁터에서 돌아온 부친이 긴 소파에 누워 죽어가는 모습이 비칠 때 갑자기 상영이 중단되며 불이 들어왔다. 야오 부인은 천천히 한숨을 내쉬고는 말없이 고개를 떨어뜨렸다. 나는 고개를 들어 무심코 다른 자리를 둘러보았다.

순간 숨이 멈추었다. 오른쪽 셋째 줄 앞좌석에 양 도령이 앉아 있는 게 아닌가. 좀 전에 다센츠 입구에서 봤던 그 모습 그대로였다. 아이는 옆자리에 앉아 있는 중년 부인과 이야기를 나누고 있었다. 중년 부인은 옅게 화장을 하고, 머리는 뒤로 빗어 넘겨 하나로 작게 쪽을 짓고, 꽃문양의 남색 치파오 위에 회색 덧저고리를 걸치고 있었다. 그녀 오른쪽에는 회색 정장 차림의 젊은이가 앉아 있었다. 그녀가 젊은이에게 고개를 돌려 한두 마디 하고 웃자 젊은이도 따라 웃었다. 잠시 후 젊은이가 문득 고개를 돌려 뒤를 바라보았다. 그 덕분에 그의 얼굴을 똑똑히 볼 수 있었다. 윤이 나게 잘 정돈된 머리와 살결이 하얀 얼굴만 빼면 양 도령과 풀빵 찍어놓은 듯 꼭 닮았다.

정말 뜻밖이군! 많은 일이 한꺼번에 일어났다. 영화관에서 양 도령의 어머니와 형을 보게 될 줄이야.

불이 꺼지고 영화는 다시 돌아가기 시작했다. 마침내 전쟁이 끝나고 병사들이 고향으로 속속 돌아왔다. 착한 아가씨는 어머니와 함께 밭을 일구며, 절망 속에서도 희망을 잃지 않고 꿋꿋하게 오랜 시간을 견딘 끝에 귀향하는 애인을 맞을 수 있었다.

사람들이 하나 둘 자리를 뜨기 시작했다. 불이 들어왔다. 야오 부인이 나를 쳐다보더니 이내 자리에서 일어났다. 내가 짧게 한마디 던졌다. "영화 좋은데요." 그녀는 살며시 고개를 끄덕이며 대답했다. "기대 이상이에요."

사람들로 북적일 것을 염려해, 야오 부인이 천천히 나가자고 제안했다. 우리가 입구로 나왔을 때는 인력거란 인력거가 모두 동이 난 뒤였다. 양씨 모자가 마지막 인력거 세 대에 나눠 타고 가는 모습이 보였다.

마침 계단 아래에서 야오 부인을 기다리고 있던 라오리가 그녀를 발견하자 큰 소리로 외쳤다. "마님, 이쪽입니다요."

"리 선생님 인력거는 어디 있는가?" 야오 부인이 물었다.

라오리가 대답했다. "한 대 예약해놓았는데 다른 사람이 먼저 타고 가버렸어요. 오늘은 인력거가 많지 않아요. 앞쪽으로 가면 잡을 수 있을 거예요. 마님 먼저 타시겠어요?"

내가 재빨리 말했다. "야오 부인, 먼저 타시지요. 저는 앞쪽으로 가서 잡아타겠습니다. 인력거를 못 잡더라도 걸어가면 그만이고요."

"라오리, 자네 먼저 가게. 나는 리 선생님과 함께 걷다가 인력거가 잡히면 그때 타겠네. 다행히 오늘 저녁은 날씨도 좋고 달까지 비추니 산책하기에 아주 좋군." 야오 부인은 나는 아랑곳하지도 않은 채 라오리에게 온화한 목소리로 일렀다.

"네, 마님." 라오리는 공손하게 대답했다.

나는 하는 수 없이 야오 부인과 함께 계단을 내려갔다. 라오리는 인력거를 끌고 천천히 앞서갔다. 우리는 그의 뒤를 따랐다.

## 16

우리는 시끌벅적한 사람들 소리와 휘황찬란한 불빛을 뒤로하고, 모퉁이를 돌아 돌이 깔린 한적한 골목길로 접어들었다. 그녀의 낮은 구두 소리만 규칙적으로 들려올 뿐 우리는 아무 말도 하지 않았다.

달빛이 거리를 희미하게 비추고 있었다.

"최근 몇 년간 걸어본 적이 없어요. 툭하면 인력거를 타곤 했거든요." 둘 사이에 흐르던 어색한 침묵을 깨고 그녀가 말문을 열었다.

"야오 부인 먼저 돌아가세요. 아직 몇 블록은 더 가야 하는데, 저는 걷는 데 이골이 난 사람이니 걱정 마시고요." 나는 이때다 싶어 다시 한 번 권했다. 인사치레로 한 말이 결코 아니었다. 첫째는 그녀가 힘들지 않을까 걱정스러웠기 때문이고, 둘째는 그녀와 함께 걷는 게 어색했기 때문이다.

"괜찮아요. 리 선생님, 제 걱정은 하지 마세요. 이렇게라도 걷지 않으면 머지않아 걷는 방법조차 잊어버리게 될 거예요." 그녀는 나를 보며 웃음을 지어 보였다. "지지난해 공습경보가 발령됐을 때도 인력거를 타고 피난을 갔었어요. 시골에 있을 때도 걸을 기회는 거의 없었죠. 그나마 지난 2년간은 공습경보도 많이 줄었고요. 쑹스가 걷는 걸 워낙 싫어해요. 심지어 저나 샤오후가 걷는 것조차 싫어할 정도예요."

"야오 부인, 집안일로 많이 바쁘시죠?"

"아뇨. 오히려 시간이 남아돌아요. 식구라고 해봐야 겨우 셋뿐인걸요. 데리고 있는 하인들도 하나같이 제 일처럼 열심이라, 무슨 일이 생기면 따로 시키지 않아도 알아서들 척척 한답니다. 딱히 할 일도 없고 해서 독서로 소일하고 있어요. 리 선생님께서 쓰신 대작도 몇 권 읽어보았어요."

내 책을 읽어보았다는 사람을 만나는 것이 내겐 가장 큰 고역이었다. 그런데 지금 다른 사람도 아닌 그녀가 그런 말을 하니 쥐구멍에라도 들어가고 싶은 심정이었다. "글 솜씨가 형편없어요. 야오 부인께서 읽으실 만한 책은 못 되지요."

"리 선생님, 너무 겸손하세요. 쑹스의 친구시면 남도 아닌데 저한테 너무 예의 차리지 않으셔도 돼요. 쑹스가 선생님 얘기를 종종 했어요. 제가 선생님 작품에 대해 이렇다 저렇다 평가할 입장은 못 되지만, 선생님 책을 읽고 나서 좋은 분일 거라는 믿음이 갔어요. 선생님같이 훌륭한 친구가 있다는 건 그이 복이에요. 그이는 알고 지내는 사람은 많아도 진정한 친구는 손에 꼽을 정도거든요." 진심에서 우러나오는 말이었다. 그녀의 목소리는 작았지만 또박또박했고 감미롭기까지 했다. 꼭 집어 말할 수는 없지만 그녀의 말투에서 어렴풋한 애수가 느껴졌다. 나는 연민에 사로잡혀 속으로 되뇌었다. '그럼 당신은요? 당신에겐 벗이 있나요? 당신은 왜 자신을 돌보지 않는 거죠?' 하지만 그녀 면전에서 이 말을 입 밖에 꺼낼 수는 없었다. 그녀 말에 그저 "네" "네" 하고 대답만 할 뿐이었다.

우리는 세 블록을 더 걸어갔다. 내겐 차마 꺼내지 못하고 가슴속에 묻어둔 말이 너무 많았다.

"소설가는 세상의 모든 고통을 함께 아파하고 걱정해주는 따뜻한 마음을 지니고 있을 거라고 늘 생각했어요. 그렇지 않다면 어떻게 수많은 사람의 불행을 가슴속에 담아두었다가, 펜 하나에 의지해 그들의 슬픔을 풀어낼 수 있겠어요? 그런 점에서 언젠가는 리 선생님께서 쑹스에게 큰 힘이 되어주실 거라고 생각해요……"

"야오 부인, 과찬의 말씀이세요. 제가 그 친구에게 무슨 힘이 돼줄 수 있겠어요? 그는 잘 지내고 있을 뿐 아니라, 저보다 훨씬 나은 삶을 누리고 있는 친구인걸요!" 나는 감동해서 말했다. 나는 한편으로 그녀의 말을 충분히 이해한다고 생각했지만, 또 한편으로는 그녀의 진의를 오해한 건 아닌지 걱정도 되었다. 그래서 그녀를 위로하면서도 정작 내가 할 수 있는 건 아무것도 없음을 은연중에 드러냈다.

"리 선생님이라면 제 말을 충분히 이해하실 거예요. 지금은 아니라도 언젠가는 아실 날이 있겠죠. 소설가는 보통 사람들이 보지 못하는 것을 보는 능력이 있으니까요. 보통 사람들은 겉으로 드러나는 것만 보지만, 소설가는 내면의 소리에도 귀를 기울이잖아요. 소설가의 삶도 고통스러울 거예요. 내면 깊은 곳에는 기쁨보다는 고통이 더 많을 테니까요……"

그녀의 목소리가 살짝 떨리며 긴 여운을 남겼다. 탄식 같기도 하고 울음 같기도 한 그녀의 말이 고스란히 내게 전해져 내 심장을 도려내는 것만 같았다.

나는 그만 자제력을 잃고 내 처지도 잊은 채 간곡하게 말했다. "야오 부인의 말을 모두 이해했다고 할 수는 없어요. 하지만 너무 걱정하지 마세요. 그리고 이걸 꼭 기억하세요. 쑹스 곁에 부인이 있는 한 그는 세상에서 가장 행복한 사내라는 걸요……" 감정이 북받쳐 올라 나는 다음 말을 잇지 못했다. 순간 그녀가 내 말을 오해하고 농담으로 받아들이지는 않을지, 심지어 무례하다고 여기지는 않을지 걱정이 앞섰다.

그녀는 침묵한 채 아무 기척도 없이 살며시 고개를 떨어뜨렸다. 이윽고 다시 고개를 들었다. 하지만 여전히 내 말에 아무런 대꾸도 하지 않았다. 나도 차마 다시 말을 꺼낼 엄두가 나지 않았다. 그녀의 시선이 하늘을 향해 있어 그녀의 표정을 읽을 수가 없었다.

어색한 침묵이 참기 어려웠지만 피하고 싶지는 않았다. 그녀가 인력거에 타겠다고 하지 않는 이상 저택까지 함께 걸어가야 했다. 내 말이 그녀의 마음에 어떤 파문을 일으켰는지 모르지만 진심을 말한 이상 그로부터 파생될 모든 짐은 내가 짊어져야 했다. 후회는 없었다.

그녀의 발걸음은 전처럼 안정적이지 못했다. 그녀 역시 평정심을 잃은 듯했다. 지금 이 순간 그녀가 무슨 생각을 하고 있을지 몹시 궁금했다. 하지만 어떻게 알 수 있을까?

집까지는 아직 두 블록을 더 가야 했다. 사거리에 다다랐을 때 그녀가 뜬금없이 나를 돌아보며 물었다. "리 선생님, 또 소설을 집필 중이라고 들었는데, 맞나요?" 그녀의 감미롭고 부드러운 목소리가 어색한 침묵을 깼다.

"네. 딱히 할 일도 없고 해서 글을 쓰면서 시간을 때우고 있지요."

"하루 종일 글 쓰는 데만 매달리다 보면 건강을 해치기 쉬워요. 저우 어멈 말이 온종일 책상에 쭈그리고 앉아 글을 쓰신다고 하던데. 책상 키가 낮아 더 불편하실 거예요. 내일 쑹스에게 책상을 바꿔드리라고 말할게요. 그 전에 글 쓰는 시간을 좀 줄여보세요. 건강도 돌보셔야지요." 그녀가 관심을 보였다.

"많이 쓰는 편은 아니에요." 그녀의 관심에 나는 감동했다. 뒤이어 나는 몇 마디 덧붙였다. "글을 쓰지 않으면 달리 할 일도 없어요. 영화 감상 외에는 다른 취미도 없는데 요즘은 괜찮은 영화도 드물거든요."

"저는 소설을 유난히 좋아해요. 소설이든 영화든 마찬가지예요. 한 사람의 머리에서 어쩌면 그렇게 복잡한 이야기들을 끊임없이 만들어낼 수 있을까 궁금한 적이 한두 번이 아니에요. 지금 쓰고 계신 소설의 내용은 모두 구상해놓으신 건가요? 어떤 사람에 관한 이야기죠?"

나는 소설의 내용을 대강 얘기해주었다. 그녀는 귀 기울여 듣는 듯했다. 이야기를 마칠 무렵 우리는 이미 집에 도착해 있었다.

라오리가 먼저 인력거를 끌고 안으로 들어갔다. 야오 부인과 나도 뒤따라 들어갔다. 리 노인은 구식 팔걸이의자 앞에 공손히 서 있었고, 그 뒤로 웬 시커먼 사내가 판자벽에 기대서 있었다. 처마 아래로 늘어뜨린 등롱에서 불그스레한 불빛이 새어 나오고 있었지만 그 사람 얼굴은 정확히 보이지 않았다. 나 역시 급히 눈길 한 번 준 게 다였다. 그런데도 나는 그가 다셴츠의 벙어리라고 단정 지었다. 야오 부인에게 한두 마디 더 건넨 뒤 고개를 돌려 보니, 길게 늘어진 그림자가 언뜻 어른거리는가 싶다가 순식간에 거리 쪽으로 사라졌다.

어찌된 영문인지 따져볼 겨를도 없이 나는 야오 부인과 함께 마당을 가로질러 중문 안으로 들어갔다.

"야오 저택으로 시집온 이후로 이렇게 오래 걸어보기는 처음이에요." 그녀가 유쾌하게 웃으며 말했다. 잠시 뒤 그녀는 한마디 덧붙였다. "그런데도 전혀 피곤하지 않아요." 두어 걸음 옮기더니 그녀가 다시 말을 이었다. "모두 선생님 덕분이에요."

그녀가 곧장 안채로 들어가리라 여겼던 나는 웃으며 말했다. "별 말씀을요. 내일 뵙겠습니다!"

그녀는 우뚝 선 채 나를 보며 잠시 망설이더니 어렵게 말문을 열었다. "리 선생님, 어째서 늙은 인력거꾼과 눈먼 여인을 행복하게 해주지 않으시죠? 세상사가 기쁨보다 슬픔이 더 많고, 무엇 하나 뜻대로 되는 게 없다는 건 잘 알아요. 하지만 소설가는 세상을 좀더 따뜻하게 만들어줄 수 있잖아요. 눈물 흘리는 이들의 눈물을 닦아주고, 모든 이가 즐겁게 웃을 수 있는 세상을요. 저라면 눈먼 여인을 물에 뛰어들어 죽게 하지도, 늙은 인력거꾼을 미치게 하지도 않을 거예요." 간청하는 그녀의 목소리에는 동정과 연민이 진하게 배어 나왔다.

나쁠 건 없지, 나는 웃어 보였다. "야오 부인을 위해서라도 그들을 행복하게 해주지요."

"감사해요. 내일 뵐게요." 그녀는 감사의 웃음을 지어 보이며 몸을 돌려 멀어져 갔다.

나는 무심코 말은 그렇게 했지만, 그녀의 말대로 소설의 마지막 부분을 손볼 생각은 전혀 없었다. 사랑채로 돌아와 말없는 전등을 벗 삼아 앉아 있으려니 지독한 외로움이 밀려왔다. 원고지를 꺼내 들었지만 한 자도 쓰지 못했다. 마음속에 있는 말을 남김없이 쏟아내고 싶었다. 책상 앞 등나무 의자에 앉아 있으려니 그녀의 목소리가 들려왔다. 방 안을 이리저리 서성거릴 때도 그녀의 목소리는 떠나지 않았다. 소파에 앉아 있어도 그녀의 목소리가 내 귓가를 울렸다. '세상을 좀더 따뜻하게 만들어주세요. 눈물 흘리는 이들의 눈물을 닦아주고 모든 이가 즐겁게 웃을 수 있는 세상을요.' 그녀의 말이 끊임없이 내 귓전을 두드렸다. 나는 그녀의 말을 끝내 떨쳐버릴 수 없었다. 눈앞에 불현듯 새로운 세계가 펼쳐졌다. 나는 난생처음으로 나의 무능과 실패를 맛보았다. 내 반평생이, 내가 쓴 작품들이, 나의 모든 계획이 전부 무의미해졌다. 나는 여태껏 세상에 고통만을 안겨주었고, 순결한 이들을 눈물짓게 했다. 고통으로 얼룩진 세상에 기쁜 웃음 하나 보태주지 않았다. 내가 만든 작은 세계에 스스로를 가두어둔 채 이기적으로 살아왔고, 젊음의 에너지를 원고지 위에 고갈시키며, 비참한 이야기만 끊임없이 주절대고 있었던 것이다. 선량한 사람들을 고통 가운데 밀어 넣고, 열정에 넘치는 사람을 멸망의 길로 인도했고, 불행한 사람에게 더 큰 불행만을 안겨주었다. 마음씨 착한 눈먼 여인이 강에 몸을 던지게 했고, 정직한 늙은 인력거꾼을 미치게 했으며, 순결한 소녀가 스스로 목숨을 끊게 만들었다.

나는 왜 손을 내밀어 눈물 흘리는 이들을 닦아주지 못했을까? 왜 작은 힘이라도 보태 세상에 만연한 추위와 굶주림을 달래주지 못했을까? 그동안 닫혀 있던 내 마음의 빗장이 열리면서 난생처음으로 공허를 맛보았다. 모든 것이 허무했다. 나의 일과 생활과 작품 모두.

절망과 회한으로 미쳐버릴 것만 같았다. 나는 나만의 세계라는 보좌(寶座)에서 떨어져 나왔다. 불빛도 참을 수 없었고, 방 안의 모든 장식품도 견딜 수 없었다. 화원으로 내달렸다. 오래된 계화나무 두 그루 사이를 오가며 한참을 그렇게 서성거렸다.

그날 밤 늦게야 잠이 들었지만 연이은 악몽으로 결국 잠을 설치고 말았다. 꿈속에서조차 나는 스스로를 부정하고 있었다.

## 17

이튿날 아침 나는 일찍 눈을 떴다. 머리는 무겁고 눈도 뻑뻑했다. 그래도 자리를 털고 일어났다. 원고지를 펼쳐 들고 글을 쓰려고 했지만 내 자신에게 화가 나 글이 잘 써지지 않았다. 아니 쓰고 싶지 않았다. 그래도 억지로 써 내려갔다. 아침 7시 반부터 10시 반까지 쉬지 않고 써 내려간 끝에 5백여 자를 완성할 수 있었다. 글 쓰는 세 시간 동안에도 그녀의 목소리는 끊임없이 내 귓가를 맴돌았다. '어째서 그들을 행복하게 해주지 않으시죠?' 나는 그 목소리를 떨쳐내려고 안간힘을 썼다. 그러나 펜은 마음먹은 대로 따라주지 않았다.

써놓은 5백여 자를 반복해서 읽다 보니 짧은 글 속에서 처음으로 야오 부인의 숨결이 느껴졌다. 나는 화가 치민 나머지 펜을 집어 던졌지만 왜 화가 나는지 도무지 설명할 길이 없었다. 그때 라오야오가 들어왔다.

나는 고개를 들어 그의 인사에 답하며 억지로 웃어 보였지만 일어서지도 않고 여전히 등걸이 의자에 앉은 채였다.

"오늘은 어째 안색이 안 좋아 보이는걸?" 그는 놀라 큰 소리로 물었다.

"간밤에 글 쓴다고 잠을 좀 설쳤어." 나는 힘없는 소리로 대답했다. 거짓말이었다.

"그랬군. 어쩐지 어젯밤 12시가 조금 넘어 집에 돌아왔는데 자네 방에서 기침 소리가 들리더군." 그는 계속 말을 이었다. "건강도 안 좋은 사람이 늦은 밤까지 자지 않고 무리하면 되나. 정원도 조용하겠다, 시간도 남아돌겠다, 굳이 늦게까지 죽을 둥 살 둥 글을 쓸 필요가 뭐 있어!" 그의 목소리와 표정을 보아하니 진심으로 나를 걱정해주고 있었다. 마음이 찡했다. 이참에 샤오후에 대해 충고 한마디 해줘야겠다고 생각했다.

"샤오후도 함께 돌아온 거야?" 내가 물었다.

"응. 샤오후가 경극에 조예가 깊어. 무척 재미있게 보더군." 라오야오는 뽐내듯 웃으며 말했다.

"하지만 밤늦게 돌아다니는 건 아이에게 안 좋아. 평소 일찍 자고 저녁에는 집에서 공부도 해야지. 더구나 외할머니가 아이를 너무 오냐오냐하며 떠받들어주니 아이가 응석받이가 될까 봐 걱정이네. 물론 자네가 잘 알아서 하겠지만." 나는 간곡한 마음에 천천히 그리고 한 자 한 자 또박또박 말했다.

라오야오는 큰 소리로 웃더니 느닷없이 내 어깨를 탁 쳤다. "자네가 세상 물정을 모르고 하는 소리야. 샤오후 교육이라면 내게 맡겨. 자오화도 처음엔 내 방식에 동의하지 않고 자네와 똑같은 소릴 하더군. 하지만 이젠 내 말을 수긍하게 되었다네. 노는 걸 싫어하는 아이가 오히려 걱정이지. 집에 돈이 없다면 또 모를까. 잘 노는 아이가 성격도 활발한 법이거든. 놀 줄 모르는 아이는 얼굴이 누렇게 뜨고 푸석푸석한데다 머리도 잘 돌아가지 않는다고. 책 몇 권 더 읽는다고 세상 물정에 밝아지는 건 아니거든. 내가 아버지라서 하는 소리가 아니고 밖에 나가면 다들 샤오후를 칭찬한다니까!"

"자오씨 댁 말고 다른 곳에는 거의 가지 않잖아." 내가 차갑게 비꼬아주었다.

라오야오는 내 말을 이해하지 못했는지 여전히 뿌듯한 미소를 지으며 말했다. "자오씨 댁에 사람이 얼마나 많은데!"

"그거야 그 애 외가댁이니까 그렇지. 외할머니가 외손자를 아끼는 거야 당연한 일 아닌가." 내가 정색을 하며 말했다. "하지만 다른 사람들은 어때? 다른 사람들도 모두 그 애를 좋아해?" 이 말은 삼키려고 했지만 끝내 입 밖으로 내뱉고야 말았다.

라오야오는 잠시 망설이더니 이내 고개를 높이 치켜들며 대답했다. "어떤 사람들? 먼저 우리 가족을 한번 살펴볼까. 자오화는 여태껏 아이를 나쁘게 얘기한 적이 없어. 아이를 좋아하지 않는 누님조차 샤오후한테는 잘해주신다고. 아이가 워낙 똑똑하다 보니 자부심이 강한 건 사실이야. 하지만 똑똑할수록 자부심이 강하게 마련 아닌가. 그건 앞으로 내가 잘 타이르면 돼."

"그게 가장 시급한 문제일세. 바로잡아주지 않으면 자네 아내를 고통에 빠뜨릴 수도 있어. 자네가 샤오후를 너무 감싸고도는 것 같아서

하는 말일세. 아이를 응석받이로 키우지 않도록 조심하게." 진심에서 우러나오는 충고였다. 그를 비웃자고 한 말은 결코 아니었다.

"그런 일은 없을 걸세." 그가 크게 하하 웃었다. "자네가 아직 결혼을 안 해봐서 아버지 마음을 알 턱이 없지. 내 걱정은 말게. 나는 그런 멍청이가 아니야."

"주변 사람들 보는 눈이 더 정확할 때도 있으니까 마음에 새겨들게." 내가 고집스럽게 말했다.

"이보게, 이런 일은 주변 사람이 정확히 알 수가 없어. 샤오후에게 거는 기대가 크다네. 그러니 아이 교육을 소홀히 할 리 없지 않은가." 그가 내 어깨를 툭툭 쳤다. "자, 우리 이제 그만하지. 이런 얘기는 끝이 없다니까. 더구나 자네는 이 방면엔 완전 문외한 아닌가." 그가 자신 있게 웃기 시작했다.

나는 따라 웃지 않았다. 머리를 떨어뜨린 채 아랫입술을 꽉 깨물었다. 말재간 없는 내 자신이 한없이 원망스러웠다. 결국 나는 그의 닫힌 시야를 열어 실상이 어떤지 똑똑히 보여주지 못했다. 그가 그토록 사랑하는 여인의 영혼에 드리워진 고통을 이해시키지 못했다.

그때 그의 아내가 들어왔다. 어제 입었던 옷차림 그대로였고, 그녀의 얼굴에는 여전히 햇살처럼 눈부신 미소가 어려 있었다. 그녀는 내게 인사를 건넨 다음 남편에게 말했다. "자오씨 댁에서 샤오후를 데려가겠다고 또 사람을 보내왔어요."

"보내주구려." 그녀의 남편은 한 치의 망설임도 없이 대꾸했다.

"샤오후가 너무 놀기만 해서 큰일이에요. 요즘 들어 공부하는 모습을 통 본 적이 없어요. 제 걱정은 이러다 올해도 혹시……" 그녀는 완곡하게 자신의 의사를 전했지만, "올해도 혹시……"라는 말에 이르러서는 하던 말을 삼키고, 간절한 눈빛으로 그의 말을 기다렸다.

"괜찮아, 괜찮아." 그는 고개를 가로저으며 말했다. "지난번은 학교 측이 불공평하게 처리한 거라 아이 탓만 할 수는 없어. 그리고 주말이라고 아이를 데려가려나 본데, 안 보낸다고 하면 자오씨 댁에서 또 괜한 말이 나올 거야. 그 댁 사람들 모두 아이를 좋아하고 아이도 잘 따르는데 무슨 걱정이야."

"날마다 자오씨 댁에 가느라 공부는 하지 않고, 부잣집 도련님 행세만 배워 오니 걱정이지요." 잠시 주저하던 그녀가 그를 한 번 쳐다보더니 이내 고개를 떨어뜨리며 느리게 말했다.

"아빠! 아빠!" 창밖에서 신이 난 샤오후의 외침 소리가 들렸다. 아이는 땀투성이가 된 채 방 안으로 뛰어들어왔다. 옷깃을 접은 하얀색 셔츠에 하얀 즈크* 반바지 차림이었다. 새엄마를 보고 짧게 "엄마" 하고 인사를 하더니 내게도 웅얼거리는 목소리로 아는 척을 하며 고개를 까딱했는데, 그 동작이 어찌나 빠른지 고개가 살짝 흔들리는 것만 보였다.

"무슨 일로 이렇게 신이 났어?" 라오야오는 사랑스럽게 웃으며 물었다.

"외할머니께서 놀러 오라고 또 인력거를 보내왔어요." 샤오후는 아버지 앞으로 뛰어가더니 손을 마주 잡으며 대답했다.

"알았다. 하지만 오늘은 일찍 돌아와야 한다." 라오야오는 아이의 머리를 쓰다듬어주었다.

"네." 신이 난 아이는 대답과 동시에 아버지 손을 놓으며 한마디 덧붙였다. "옷 가져올게요." 아이는 이 말 한마디만 남기고 부모에게는

---

* doek: 네덜란드어로 삼베나 무명실 따위로 두껍게 짠 직물. 인도에서 많이 나며 평직으로 튼튼하게 짜여 두께에 따라 천막이나 신, 캔버스, 수예, 자수 따위의 재료로 쓰인다.

눈길조차 주지 않은 채 쌩하니 밖으로 뛰어나갔다.

야오 부인은 창밖을 내다보며 무슨 생각에 잠긴 듯했다.

"아버지가 돼서 말을 너무 쉽게 하는군." 나는 지나가는 말처럼 라오야오에게 한마디 했다. 나는 그의 이런 '교육' 방식이 전혀 마음에 들지 않았다.

야오 부인이 고개를 돌려 나를 바라보았다.

"이게 부자지간의 정인걸, 어쩔 도리가 없어." 라오야오가 고개를 가로저으며 말했다. 그의 표정을 보아하니 그 역시 이런 '교육'이 전적으로 마음에 드는 것은 아닌 듯했다.

"샤오후를 저렇게 내버려두었다가 책을 영영 멀리하게 될까 봐 걱정이에요." 야오 부인이 여전히 미소를 띤 채 남편에게 말했다.

"아냐, 그럴 리 없어." 라오야오는 연신 고개를 저으며 말했다. "괜한 걱정이야. 샤오후가 나쁜 습관에 빠지지 않게 할 자신 있어."

"리 선생님께서도 그렇게 믿으세요?" 입가에 가벼운 웃음을 띤 채 그녀가 물었다.

"못 믿겠는걸요." 나는 고개를 저으며 웃어 보였다. "이 친구 말을 듣고 있으면 매사에 항상 자신이 넘쳐요."

야오 부인은 고개를 끄덕이며 말했다. "맞아요. 이이는 매사에 자부심이 강한 사람이라 다른 사람의 충고는 들으려고 하지 않아요." 그녀는 다시 한 번 남편을 힐끗 쳐다보았다.

라오야오는 여전히 유쾌한 웃음을 띤 채 무슨 말인가 하려는데 저우 어멈이 긴 얼굴을 불쑥 내밀었다.

"나리, 고모님께서 한번 들러주십사 합니다. 나리께 상의드릴 일이 있다고요." 저우 어멈이 말했다.

라오야오가 내게 말했다. "오후에 다시 얘기하세. 자오화는 좀더 있다 오고." 그는 저우 어멈을 따라나섰다.

"리 선생님, 쑹스에게는 벌써 말해두었어요. 이따가 새 책상을 들여올 거예요." 창가에 서서 남편의 뒷모습을 바라보던 그녀가 불현듯 내 쪽으로 몸을 돌리며 말했다.

"감사합니다. 그러지 않으셔도 돼요, 이 책상도 좋은데." 내가 예의를 차려 말했다.

"책상이 너무 낮아요. 고개를 숙인 자세로 하루 종일 작업을 하다 보면 불편하실 거예요." 그녀가 말했다.

"그런 자세로 글을 쓰는 게 이미 몸에 배서 불편한 줄도 몰라요. 폐를 끼치는 거 같아 오히려 마음이 편치 않네요."

"리 선생님, 그런 말씀 마세요. 쑹스의 둘도 없는 친구신데 모르는 사람한테 하듯 그렇게 격식 차리지 마세요." 그녀가 부드럽게 웃었다.

"격식을 차리는 게 아니라……" 그때 갑자기 들려온 떠들썩한 소리가 내 말을 잘랐다.

"무슨 일이지?" 그녀는 깜짝 놀라 혼잣말로 중얼거리며 문가 쪽으로 걸어갔다. 나도 그녀 뒤를 따랐다.

양 도령과 자오칭윈이 돌난간 앞에 서서 실랑이를 벌이고 있었다. 아이가 소리쳤다. "리 선생님께 상의드릴 일이 있어 찾아왔는데 당신이 무슨 참견이야."

"리 선생님이 널 어떻게 알아. 뭔가 훔치러 온 게 분명해. 네 꿍꿍이속을 모를까 봐!" 자오칭윈이 얼굴까지 벌게진 채 욕설을 퍼부었다.

"자오칭윈, 그 애를 들여보내게." 야오 부인이 문 안쪽에서 지시했다.

"네." 자오칭윈은 대답을 마치자 바로 입을 다물었다.

아이는 문 앞으로 다가와 그녀에게 예를 갖추었다. "야오 부인." 그녀도 미소를 띤 채 고개를 끄덕이며 가볍게 화답했다. "양 도령."

이번에는 내게 인사했다. "리 선생님."

"들어와 앉으렴. 무슨 일로 리 선생님을 찾아왔니?" 그녀가 다정하게 물었다.

아이 대답은 기다리지 않고 그녀가 내게 말했다. "먼저 갈게요. 양 도령이 꽃을 원하면 리 선생님께서 한두 가지 꺾어 주세요."

"감사합니다, 야오 부인." 아이가 감사의 마음을 전했다.

그녀가 자리를 떠났다. 나는 아이의 시선이 그녀의 뒷모습을 따라 움직이는 것을 놓치지 않았다.

## 18

"앉거라." 내가 먼저 입을 열었다.

아이는 나를 쳐다보며 입을 달싹였다. 하고 싶은 말이 있어 보였지만 쉽게 말을 꺼내지 못했다.

"꽃 때문에 온 거니?" 내가 미소를 지으며 물었다.

"아니에요." 아이는 고개를 가로저었다.

"그럼 무슨 일로 나를 찾아왔니?" 나는 창을 뒤로한 채 책상 앞에 섰다. 아이는 등걸이 의자 등받이에 손을 올려놓고, 커튼이 쳐진 창문만 바라보고 있었다.

"리 선생님, 한 가지 부탁드릴 일이 있어요……" 아이는 다음 말을 삼키고 고개를 돌려 간청하는 눈빛으로 나를 바라보았다.

"무슨 일이냐? 어려워하지 말고 어서 말해보거라." 나는 아이가 편히 말할 수 있게 격려해주었다.

"리 선생님, 앞으로는 다셴츠에 가지 말아주세요, 네?" 금방이라도 울음을 터뜨릴 것처럼 아이의 눈동자는 쉬지 않고 흔들렸다.

"왜? 내가 다셴츠에 들렀다는 건 어떻게 알았지?" 나는 깜짝 놀라며 되물었다.

"제가, 그러니까 제가……" 얼굴이 온통 빨갛게 달아오른 아이는 머뭇거리며 선뜻 대답을 하지 못했다.

"벙어리와는 어떤 사이지?" 내가 다시 물었다.

"벙어리? 벙어리라뇨?" 아이는 놀라 반문했다.

"다셴츠에 살고 있는 벙어리 말이다."

"저는 몰라요." 아이는 내 눈길을 피했다.

"네가 가져간 동백꽃을 봤는데도."

아이는 아무 말도 하지 않았다.

"어제는 어머니와 형과 함께 영화 보는 널 봤단다."

아이는 입술을 살짝 벌려 한숨을 내쉬고는 이내 고개를 떨어뜨렸다.

"내가 다셴츠에 가면 안 될 이유라도 있니? 이유를 알려주면 네 말대로 하마."

고개를 들어 나를 바라보는 아이의 얼굴에서 눈물이 하염없이 흘러내렸다.

"리 선생님, 선생님과 상관없는 일에 더 이상 나서지 말아주세요." 아이는 울며 사정했다.

"울지 말고, 다셴츠가 너와 무슨 관계가 있는지 알려다오. 왜 내게 사실을 숨기려는 거니? 내가 너에게 도움이 될지도 모르잖아." 나는 간곡하게 말했다.

"말할 수 없어요. 말 못 한다고요!" 아이는 손으로 눈물을 훔치며 말했다.

"알았다. 말할 필요 없다. 어찌 된 일인지 짐작하고 있으니까. 다센츠에 있는 그 사람이 네 아버지가 틀림없지……" 내 말이 채 끝나기도 전에 아이는 급히 내 손을 뿌리치더니 세차게 고개를 흔들며 큰 소리로 부인했다.

"아니에요, 아니란 말이에요!"

나는 아이에게 다가가 두 손을 꼭 쥐며 위로해주었다. "걱정하지 마라. 아무에게도 말하지 않을 테니. 네 잘못도 아닌걸. 네 아버지가 어쩌다 그 지경이 됐는지 말해다오."

"안 돼요! 말할 수 없어요!" 아이는 내 손을 힘겹게 뿌리치고는 문 밖을 향해 뛰쳐나갔다.

"기다려. 아직 할 말이 남아 있어." 나는 큰 소리로 아이를 만류했지만, 발소리는 점점 멀어져 갔다. 아이의 울음소리가 오랫동안 내 귓가에 맴돌았다.

나는 한 발자국도 움직이지 않았다. 쫓아가봐야 아무 소용이 없다는 걸 잘 알고 있었다.

## 19

그날 점심 식사 전에 책상이 아래 사랑채로 옮겨졌다. 새것이라 그런지 책상이 반짝반짝 윤이 났다. 반들거리는 책상 위로 야오 부인의 웃는 얼굴이 어른거렸다.

나는 오후 내내 책상 앞에 앉아 있었지만 한 글자도 쓰지 못했다. 양 도령의 일로 머릿속이 복잡했다.

계속 앉아 있을 수가 없었다. 마음도 심란한데, 정원은 쥐 죽은 듯 고요하기만 했다. 나는 라오원이 저녁상을 들여올 때까지 기다리지 않고 아래 사랑채 문까지 아예 닫아걸고는 서둘러 밖으로 나갔다.

다셴츠까지 걸어갔다. 문 앞에 서서 굳게 닫혀 있는 문을 살며시 밀어보았다. 문이 반쯤 열렸다. 안에는 아무도 없었다. 나는 몸을 돌려 그곳을 나왔다.

가던 길에서 오른쪽 모퉁이를 끼고 돌아 다른 골목으로 들어섰다. 순두부를 파는 식당이 보이자 가던 길을 멈추고 들어가 창가 쪽으로 나 있는 테이블을 골라 앉았다.

밥을 먹고 있는데 갑자기 옆 식당에서 소란스러운 소리가 들려 밥그릇을 내려놓고 밖으로 나가보았다.

옆 식당은 궈쿠이(鍋魁)* 전문점으로 한 무리의 사람이 궈쿠이를 진열해놓은 매대 주위를 빙 둘러싸고 있었다. 거친 욕설이 들려왔다.

"무슨 일입니까?" 짧은 소매 차림을 한 옆 사람에게 물어보았다.

"궈쿠이를 훔치다가 들킨 사람이 죽도록 맞고 있다오." 그 사람이 대답했다.

나는 사람들 틈을 비집고 들어가 궈쿠이 전문점 앞으로 나아갔다.

체격이 건장한 남자가 어떤 사람의 오른쪽 어깨를 우악스럽게 붙잡

---

* 산시(陝西) 관중(關中) 지역 주민들이 즐겨 먹는 전통의 맛을 지닌 분식의 일종.

고 밀방망이로 머리와 등을 사정없이 때리고 있었다. 그 사람은 왼팔로 머리를 막아 자신을 보호하고 있었지만 입에서는 끊임없이 신음 소리가 터져 나왔고 이렇다 할 말 한마디조차 제대로 하지 못했다.

"말해. 어디 사는 누구냐? 사실대로 말하면 더 이상 때리지 않고 놔준다니까." 때리는 남자가 으름장을 놓았다.

매를 맞는 사람은 한사코 입을 열지 않았다. 다 해져 너덜너덜해진 옷은 어깨로부터 흘러내려 등에 간신히 걸쳐 있었고 해진 옷 사이로 거무죽죽한 등이 훤히 드러나 보였다. 다센츠에 사는 벙어리였다.

"어서 말해. 말하면 놔준다고 하지 않나. 벙어리도 아니면서 왜 말을 안 해?" 옆에 섰던 사람이 보다 못해 참견을 했다.

매를 맞는 사람은 끝내 입을 열지 않았다. 얼굴은 심하게 부어올랐고 등에도 벌써 여러 곳에 상처가 생겼다. 코피가 터져 입 전체가 붉게 물들었고, 피가 뚝뚝 떨어져 왼손을 흥건하게 적셨다.

"놔주게. 더 때려봐야 소용없네. 벙어리라……" 내가 때리는 사내를 말리며 입을 떼는 순간 고통스러운 외마디 소리가 들려 뒤를 돌아보았다.

양 도령이 눈물범벅이 된 채 빨갛게 상기된 얼굴로 벙어리에게 뛰어들며 사내의 손을 밀쳐냈다. 그러고는 큰 소리로 욕을 했다.

"무슨 죽을죄를 지은 것도 아닌데 당신이 뭐라고 사람을 때려요? 사람을 이 지경이 되도록 때리다니! 당신들은 착한 사람을 괴롭힐 줄만 알죠!"

주위에 모여 있던 사람들이 깜짝 놀라 어리둥절한 눈초리로 아이를 쳐다보았다. 사내조차 때리던 손을 멈추고 할 말을 잊은 채 멍하니 아이를 내려다보았다. 매를 맞던 사람은 여전히 고개를 푹 숙인 채 사람을 쳐다보지도 말을 하지도 않았다.

“우리 가요.” 아이는 다정하게 말하며 주머니 속에서 손수건 한 장을 꺼내 그에게 건네주었다. “코피 닦아요.” 아이는 그의 오른손을 힘주어 잡으며 다시 반복했다. “우리 가요.”

아이를 말리는 사람도 막아서는 사람도 없었다. 아이는 몰매를 맞던 사람을 부축해 거리 한복판으로 천천히 걸어갔다. 사람들 시선이 일제히 그들에게 쏠렸다. 색다른 경극 한 편을 보는 듯했다.

두 사람의 모습이 시야에서 사라졌다. 사람들이 다시 웅성거리기 시작했다. ‘아이’와 ‘거지’가 무슨 관계인지 모두들 이러쿵저러쿵 의견이 분분했다. 그들의 대화를 통해 벙어리가 돈을 내지 않고 궈쿠이 하나를 슬쩍하다 들키는 바람에 이 소동이 일어났다는 것을 알게 되었다.

“선생님, 밥 다 식었어요. 어서 들어가 드세요. 따뜻한 밥으로 다시 내올게요.” 옆 식당에서 일하는 사환 아이가 내가 있는 곳까지 일부러 찾아와 나를 재촉했다.

“알았다.” 나는 대답했다. 식사를 마친 뒤 다셴츠에 가보리라 마음먹었다.

## 20

다셴츠로 향했다. 나는 여전히 굳게 닫혀 있는 문을 밀고 들어갔다. 문은 원래대로 다시 닫아놓았다.

전당(前堂)에 사람은 보이지 않았고 뒤쪽에서도 아무런 인기척이 느껴지지 않았다. 뒤쪽으로 돌아 들어가보았다.

침대 위에 벙어리가 누워 있었다. 얼굴 여기저기가 퉁퉁 붓고 검붉은 멍 자국으로 온통 얼룩덜룩했으며, 동글게 만 종이로 양쪽 콧구멍을 틀어막고 있었다. 초점 없는 눈이 나를 맞았다. 그는 내가 누구인지 생각이 났는지 몸을 일으켜 세우려고 했지만 결국 도로 드러누웠다. 고통스런 신음 소리가 새어 나왔다.

"두려워하지 마시오. 당신을 해치려고 온 게 아니오." 나는 손짓을 해가며 최대한 부드러운 목소리로 그를 안심시켰다.

그는 의심에 가득 찬 눈으로 나를 올려다보았다.

밖에서 발자국 소리가 들렸다. 가죽 신발 소리였다. 양 도령이라는 걸 알았다.

역시 내 짐작이 맞았다. 아이 손에는 약병과 보온병 등의 물건이 들려 있었다.

"또 왔어요! 지금 염탐이라도 하고 계신 거예요?" 아이는 나를 보자마자 대뜸 안색이 변하며 나를 사정없이 몰아붙였다.

아이의 태도에 나는 몹시 당혹스러웠다. 이렇게까지 나를 몰아붙이리라고는 예상치 못했다. 얼굴이 화끈 달아오른 나는 말까지 더듬었다.

"오해하지 마. 진심으로 걱정이 돼서 혹시 도울 일은 없을까 하고 와본 거야. 결코 다른 뜻은 없어."

아이는 나를 한 번 쳐다보더니 눈빛이 한결 부드러워졌다. 하지만 입은 여전히 꾹 다문 채였다. 아이는 침상 앞으로 다가가 가져온 약병과 물건들을 내려놓았다. 거들어줄 생각으로 보온병을 받아 들었다. 아이는 가져온 물건을 머리맡에 모두 내려놓고 내게서 보온병을 건네받았다. 내게 살짝 미소까지 지어 보였다. "고마워요. 뜨거운 물 좀 받아 올게요." 아이는 몸을 구부려 세숫대야를 집어 들었다.

"같이 가자. 너 혼자서는 무리야. 보온병은 내게 주고." 나는 가슴이 뭉클해졌다.

"아니에요, 혼자 들 수 있어요." 아이는 손에 들고 있던 물건을 내게 주려고 하지 않았다. 아이의 시선이 침대에 누워 있는 환자에게로 향했다. "함께 있어주세요." 아이는 한 손에는 빈 세숫대야를, 다른 한 손에는 보온병을 들고 밖으로 나갔다.

나는 환자 머리맡으로 다가갔다. 그는 눈을 동그랗게 뜬 채 나를 바라보았다. 굼뜨고 무기력해 보이는 그의 눈빛에 깊은 고통이 서려 있었다. 그의 눈은 마치 기름이 바싹 말라버린 등불처럼 희미한 불빛이 점점 잦아들다 마침내 꺼져버릴 것만 같았다.

"걱정 말고 푹 쉬시오." 나는 몸을 숙여 그를 위로해주었다.

그는 내 말을 제대로 알아듣지 못했는지 눈을 크게 치뜨고 나를 쳐다보았다. 그의 얼굴에 경련이 일었고 몸은 사시나무 떨 듯 덜덜 떨렸다. 나는 어떻게 돌봐주어야 할지 몰라 허둥거렸다. "많이 아프오?"

"고맙습니다." 그가 힘겹게 말했다. 비록 작은 목소리였지만 분명히 알아들을 수 있었다. 나는 깜짝 놀랐다. 벙어리가 아니다! 그렇다면 왜 이제껏 말 한마디 하지 않았을까?

밖에서 발자국 소리가 들려왔다.

"착한 아이요." 그가 이어서 말했다. "아이 잘 부탁드려요……" 그는 기운이 달리는지 뒤의 말은 끝맺지 못했다.

아이가 보온병은 들고 세숫대야는 손으로 받쳐 든 채 들어왔다.

내가 얼른 세숫대야를 건네받은 뒤 쪼그리고 앉아 환자 머리맡에 내려놓은 다음 물이 반쯤 담긴 대야에 수건을 담갔다 비틀어 짰다.

"제가 할게요." 아이가 보온병을 내려놓더니 손을 뻗어 수건을 건네받았다.

나는 잠자코 일어나 자리를 내주었다. 나는 옆에 서서 아이가 환자의 얼굴을 씻기고 몸을 닦아준 뒤 새 옷으로 갈아입히고, 콧속까지 말끔히 닦아주고 나서 깨끗한 탈지면으로 바꿔 끼운 다음 환자에게 약을 먹이는 과정을 가만히 지켜보았다. 작은 두 손의 미세한 움직임도 놓치지 않았는데 그 손길에서 인내와 따뜻한 관심을 엿볼 수 있었다. 결코 열서너 살짜리 아이가 해낼 수 있는 일이 아니었음에도 불구하고 그런 훈련을 받기라도 한 듯 일 처리가 꼼꼼하고 세심했다.

환자는 잠자코 신음 소리 한 번 내지 않았다. 그저 초점 없는 두 눈을 동그랗게 뜨고 아이를 물끄러미 바라보며 아이가 시키는 대로 고분고분 따를 뿐이었다. 호빵처럼 부풀어 오른 그의 얼굴에 미소가 번졌지만 그의 얼굴은 금방이라도 울 것처럼 일그러져 보였다. 눈 속 가득 자상한 아버지의 그윽함이 서려 있었다. 아이가 모든 일을 끝내자 그는 여윈 손을 내밀어 아이의 손을 힘주어 잡았다. "면목이 없구나." 그는 기어들어가는 소리로 말했다. "이렇게 잘 해주는데……" 그의 눈에서 눈물이 솟구쳤다.

"다 저희 잘못이에요. 아빠 혼자 이 고생을 하게 하잖아요." 아이는 작은 소리로 흐느끼며 한마디 하고는 목이 메어와 한동안 말을 잇지 못했다. 그러고는 침상 옆에 털썩 주저앉았다.

"내가 스스로 자초한 일인걸." 환자는 한 마디 한 마디 말을 내뱉을 때마다 몹시 고통스러워했고 목소리도 심하게 떨렸다.

"말씀하지 마세요. 자 보세요. 저 이렇게 잘 컸잖아요. 저희 모두 잘 지내고 있어요." 아이는 울먹이며 말했다.

"잘 지낸다니 마음이 한결 놓이는구나." 환자는 한숨을 쉬며 말했다.

"아빠가 뭘 잘못했다고 이곳에 숨어 지내야 해요? 왜 스스로 고생을 자처하세요?……" 아이는 아까보다 더욱 서럽게 울며 머리를 환자 어깨에 깊이 파묻었다.

환자는 아이의 머리를 사랑스럽게 어루만져주었다. "슬퍼하지 마. 이런 고생쯤은 아무것도 아니란다."

"아니, 안 돼요. 제가 반드시 병원에 모시고 갈 거예요!" 아이는 비통에 잠긴 채 고개를 가로저었다.

"병원에 가봐야 소용없어. 병원에서도 내 병은 고칠 수 없어." 환자는 보일 듯 말 듯 고개를 저으며 모든 걸 체념한 투로 말했다. 아이는 말이 없었다. "많이 좋아졌으니까 이제 그만 집으로 돌아가거라. 식구들 걱정시키지 말고." 환자는 한마디 했을 뿐인데도 몇 번이나 가쁜 숨을 몰아쉬어야 했다. 목소리는 모기 소리보다 더 가냘팠다. 해가 기울어 황혼이 깃들자 그의 얼굴이 더욱 초췌해 보였다. 하지만 생기가 도는 눈빛으로 사랑을 담뿍 담아 작게 떨고 있는 아이의 몸을 바라보고 있었다.

"저와 함께 돌아가요. 이곳보다는 집이 백배 나을 거예요." 아이는 갑자기 고개를 들더니 떼를 쓰기 시작했다.

"나한테 돌아갈 집이 어디 있어? 내가 무슨 권리로 너희들 삶에 끼어들겠니? 그건 너희 집이야." 환자는 고개를 세차게 흔들며 고통스럽게 말했다.

"아빠!" 아이는 북받쳐 오르는 감정을 억누르지 못하고 끝내 울부짖었다. "왜 돌아가면 안 돼요? 우리 집이 왜 아빠 집이 될 수 없는 거죠? 전 아빠 자식 아니에요? 아들이 아빠를 인정하는 게 창피한 일은 아니잖아요! 제가 뭘 잘못했다고 아빠를 아빠라고 부르지도 못하냐고요!……" 아이는 고개를 아래로 떨어뜨리더니 이번에는 아예 아버지 품에 엎드려 엉엉 울기 시작했다.

"한얼(寒兒)아, 네 착한 마음씨는 잘 안다. 하지만 네 어머니나 형은 결코 날 용서하지 않을 거야. 나 역시 내 버릇을 고칠 자신도 없고. 너희들한테 못할 짓을 많이 했다. 모질게 맘을 먹지 않으면 또다시……" 그는 두 손으로 아이의 머리를 감싸 안은 채 한동안 울음을 삼켰다. 나는 그들 곁에서 숨소리조차 내지 못했다. 나는 그들 가족의 비밀을 알아야 할 권리도, 부자의 고통을 외면할 권리도 없었다. 그렇다고 몰래 다셴츠를 빠져나가기엔 너무 늦어버렸다.

아이 아버지가 갑자기 한숨을 내쉬며 목소리를 높였다. "그만 돌아가거라. 죽어도 너희 집으로 돌아가지는 않을 거야."

아버지는 소리 죽여 울었다. 아이는 고개를 숙인 채 더욱 서럽게 울었다. 아이 아버지의 표정을 정확히 볼 수는 없었지만 아이의 뒷머리를 꼭 감싸고 있는 두 손은 볼 수 있었다. 잠시 뒤에는 두 손조차 보이지 않게 되었다.

나는 아이 곁으로 다가가 몸을 숙이고 어깨를 살며시 토닥여주었다. 얼마간 토닥여주자 아이는 그제야 고개를 들고 내 쪽을 바라보았다. 나는 연민 어린 말투로 말했다. "그만 쉬게 해드려야지."

아이는 천천히 일어났다. 아버지가 가볍게 한숨을 내쉬었다. 다른 말은 없었다.

"많이 지쳐 있는 상태라 안정이 필요하실 거야. 말을 너무 많이 시키면 안 돼. 가슴 아프게 해드려도 안 되고, 마음을 상하게 해드려도 안 돼." 내가 또 말했다.

"리 선생님, 어떻게 하면 좋을까요? 아빤 집에도 병원에도 가시려고 하지 않을 거예요. 그렇다고 이런 곳에 혼자 지내시게 내버려둘 수는 없어요!" 아이가 말했다.

"어머니와 형이 모셔간다면 아버지도 집에 돌아가실 거야." 내가 말했다. 한참을 말없이 잠자코 있던 아이는 고통스럽게 말했다. "절대 오시지 않을 거예요. 선생님은 어머니나 형 성격을 잘 모르세요. 아빠가 병원에 가시면 일이 쉬워질 텐데. 입원하는 데 돈이 얼마나 필요한지 모르겠어요." 아이 목소리는 겨우 나만 알아들을 수 있을 정도로 아주 작았다.

"내일 당장이라도 병원에 모시고 가보자. 삼등 병실이라도 여기보다는 훨씬 나을 거야. 네 수중에 돈이 없으면 내가 방법을 찾아보마." 나는 진지하게 말했다. 목소리가 다소 크긴 했지만 환자에게서 아무런 기척도 느껴지지 않았기 때문에 벌써 잠들었을 거라고 생각했다.

"안 돼요, 선생님께 빚을 질 수는 없어요." 아이는 고개를 저으며 단호하게 거절했다.

"고집부리지 말고. 환자의 건강이 최우선이야. 다른 것은 나중에 천천히 생각해도 늦지 않아. 네 아빠 건강이 회복되면 일자리를 알아봐 드릴 수도 있을 거야. 그런데 아버지가 일을 하려고 하실까?" 나는 아이를 살살 구슬렸다.

"그럼 선생님 말씀대로 따를게요." 아이는 감동을 받은 목소리로 말했다.

"내일 오전 9시 전에 여기서 만나 함께 병원으로 모시고 가자. 그런데 내일 학교는 어떻게 하지?"

"오전 수업 2교시쯤은 빼먹어도 상관없어요. 내일 이곳에서 기다릴게요. 선생님, 먼저 돌아가세요. 아빠 혼자 외롭지 않게 촛불이라도 켜드려야겠어요."

환자의 잔기침 소리가 들리는가 싶더니 어느새 잠잠해졌다. 아이는 성냥개비 다섯 개를 긋고 나서야 간신히 초에 불을 붙일 수 있었다.

"그래, 나 먼저 가마. 혹시 무슨 일이 생기면 야오 저택으로 날 찾아오너라."

나는 아이의 대답을 듣고 나서야 작은 문을 지나 컴컴한 어둠 속에 묻힌 마당으로 걸어 나왔다.

## 21

야오 저택으로 돌아와 대문을 들어서는데 리 노인이 벌떡 일어나며 인사를 건넸다.

"자네 셋째 나리가 다셴츠에 몸져누워 있네. 내일 양 도령과 함께 병원에 모시고 가보기로 했네." 그에게 알려주었다. 셋째 나리에게 관심을 가져줄 사람은 양 도령을 제외하면 그가 유일하다는 생각에서였다.

리 노인은 눈을 동그랗게 뜨고 입을 쩍 벌린 채 말을 잇지 못했다.

"날 속일 생각은 꿈에도 하지 말게. 셋째 나리가 자넬 찾아왔던 것도 다 알고 있네. 하지만 안심하게. 다른 사람에게는 입도 뻥끗하지 않을 테니." 나는 그를 안심시켰다. 그리고 한마디 덧붙였다. "짬을 내서 한번 찾아가보는 게 좋을 듯싶네만."

"정말 고맙습니다, 리 선생님." 리 노인은 가슴이 뭉클해졌다. 그러고는 다급하게 물었다. "셋째 나리 병세가 심각한 건 아니겠지요?"

"걱정하지 말게. 푹 쉬면 곧 좋아질 걸세. 하지만 다셴츠에 머무는 건 결코 좋은 생각이 아니야. 자네같이 현명한 사람이 어째서 집으로 돌아가시도록 권하지 않았나? 보아하니 집안 형편도 그리 나쁜 것 같지 않던데."

리 노인은 고통스럽게 한숨을 내쉬었다. "리 선생님은 너그럽고 인정도 많은 분이니 솔직하게 모두 말씀드리지요. 하지만 얘기가 너무 길고, 지금은 제가 경황이 없어서 말씀드릴 형편이 안 되니 제 마음이 무겁습니다. 다음 기회에 말씀드리지요." 그러면서 그는 문밖으로 나 있는 거리로 시선을 돌렸다.

"그러지. 내가 안에 들어가 라오원에게 자네 대신 문을 지켜달라고 부탁할 테니 자넨 얼른 다셴츠로 가보게."

"네, 네." 그는 연이어 대답했다. 내가 내문(內門)을 넘어 계단 아래로 내려서는데 그가 갑자기 나를 불러 세웠다. 뒤돌아보자 그는 꽤 난처한 투로 부탁했다. "셋째 나리 얘기, 라오원에게는 비밀로 해주십시오."

"알았으니 걱정 말게." 나는 그에게 고개를 끄덕여 보였다.

중문으로 들어가 마당으로 내려섰다. 문간방의 문들은 네 짝 모두 활짝 젖혀 있었고 사각 테이블 위로 등유가 타고 있었다. 라오원은 문지방에 앉아 청승맞게 잎담배를 빨고 있었다. 그는 옹색하게 짧은 담뱃대를 왼손에 꼭 쥐고 있었고, 어둠 속에서 담뱃불이 반짝였다. 선해 보이는 그의 늙수그레한 얼굴이 어렴풋이 비치는가 싶더니 담뱃불과 함께 이내 사라졌다.

나는 그가 있는 쪽으로 다가갔다. 그가 벌떡 일어나 계단 아래로 내려서며 나를 맞았다.

"리 선생님, 돌아오셨어요." 그는 미소를 띠며 인사를 건넸다.

나는 마당에 선 채 그와 얘기를 나누었다. 리 노인이 내 일로 잠시 자리를 비울 일이 생겼다고 간단하게 설명한 뒤 대신 대문을 지켜줄 수 있는지 물어보았다.

"그럼요, 되고말고요." 그는 선선히 대답했다.

"나리와 마님 모두 집에 계시고?" 나는 내친김에 물어보았다.

"두 분은 영화 보러 외출하셨습니다."

"후 도령은 돌아왔는가?"

"자오씨 댁에 한번 갔다 하면 11시, 12시는 돼야 돌아오시는걸요. 전에는 마님께서 사람을 보내 데려오게도 했지만, 요즘은 나리께서 도련님 말만 듣고 사람을 일절 보내지 못하게 하셨답니다." 그는 몹시 분개했다. 내 얼굴에서 눈을 떼지 못하는 그의 시선을 어둠 속에서도 느낄 수 있었다. 마치 '무슨 방법이라도 좀 강구해보세요. 왜 한마디 해주시지 않는 거죠?' 하고 묻고 있는 듯했다.

"말해봤자 소용없네. 그렇지 않아도 오늘 아침에 한마디 했네만, 시종일관 후 도령만 두둔하더군." 나는 스스로에게 변명이라도 하듯 말했다.

"네, 네. 나리 성격이 원래 그렇습죠. 후 도련님이 장성하신 뒤에 바뀔 수만 있다면 더 바랄 게 없지요." 라오원이 말을 이었다.

나는 잠자코 있었다. 라오원은 담뱃대를 입에 문 채 천천히 중문을 빠져나갔다.

구름층을 뚫고 나온 달이 서서히 마당을 비추기 시작했고, 대저택은 쥐 죽은 듯 조용했다. 어디선가 피리 소리가 들려왔다. 잿빛 구름이 다시 달을 삼켜버렸다. 검은 그림자가 내 온몸을 감싸는 듯했다. 왠지 불길한 예감이 들었다. 나는 하릴없이 마당을 서성거렸다. 피리 소리가 갑자기 뚝 그쳤다. 달은 층층 구름 사이로 얼굴을 드러냈다 감추기를 반복했다. 자오칭원이 안뜰에서 나오더니 문간방 쪽으로 오지 않고 곧장 중문 밖으로 나갔다.

나는 휴식의 정원을 지나 방 안으로 들어갔다. 피리 소리가 다시 들려오기 시작했다. 옆집에서 들려오는 소리였다. 피리 소리가 멈추자 담장 너머로 젊은 여인의 웃음소리가 한동안 이어졌다.

나는 더 이상 방 안에 앉아 있을 수 없어 휴식의 정원을 나와 저택 밖으로 발길을 돌렸다. 구식 팔걸이 나무 의자에 앉아 있는 라오원과 노닥거릴 기분도 아니었다.

맞은편 저택 정문 앞에 한 무리의 사람이 떼 지어 몰려 있었다. 눈먼 남자 두 명과 눈먼 여인 하나가 긴 나무 걸상에 앉아 비파를 타며 창을 하고 있었다. 그들이 부르는 노래는 내게도 꽤 익숙했다. 「당명황경몽(唐明皇驚夢)」*이었다.

10분쯤 지나자 당 현종이 궁녀들에 의해 '달콤한 꿈'에서 깨어났다. 그렇게 창이 끝나고 맹인이 입을 다물자 비파 소리도 더 이상 들리지 않았다. 식모인 듯한 여인이 안에서 나오더니 그들에게 돈을 쥐어주었다. 맹인이 일어나 감사하다는 말을 남기고 대나무 지팡이로 땅을 톡톡 두드려가며 거리 한복판으로 걸어갔다. 앞서 걷는 이는 양귀비 역을 노래한 젊은이로 한쪽 눈은 빛을 식별할 수 있는지 대나무 지팡이에 의지하지 않고도 어렴풋한 달빛을 받아가며 걸어갔다. 그는 앞장서서 가는 길 내내 비파를 연주했다. 슬픔을 호소하는 듯한 곡조는 자못 애절하기까지 했다. 그 뒤로 안녹산 역을 노래한 늙은 맹인이 뒤따랐다. 겨

* "당 현종 놀라 꿈에서 깨다"라는 노래다.

드랑이에 비파를 끼운 채, 한 손은 젊은 동료 어깨 위에 올려놓고 나머지 한 손은 대나무 지팡이에 의지하고 있었다. 나는 그의 얼굴뿐 아니라 이름까지 기억하고 있다. 15년 전, 나는 기회가 닿을 때마다 그가 창하는 걸 듣곤 했다. 지금은 조연을 맡고 있었다. 그 뒤로 당명황(당 현종) 역을 노래한 눈먼 여인이 뒤따랐다. 그녀의 목소리는 여전히 매혹적이었다. 15년 전 그녀가 부르던 「남양관(南陽關)」과 「천제갈(薦諸葛)」을 들은 적이 있다. 이제는 벌써 40을 넘은 중년일 터였다. 그녀는 왼손으로 늙은 동료의 어깨를 잡고 오른손으로는 대나무 지팡이를 쥐고 있었다. 15년 전 어떤 이의 말에 따르면, 그녀는 늙은 맹인의 아내였던 걸로 기억한다. 작고 통통한 몸매와 타원형의 얼굴은 그때와 거의 변함이 없었다. 단지 전에 비해 많이 늙어 있었다.

슬픔을 호소하는 듯한 비파의 애절한 곡조는 점점 멀어져 갔다. 쓰러질 듯 쓰러질 듯 위태로운 세 사람의 쇠잔한 뒷모습도 마침내 희미해졌다. 그때 불현듯 내 소설 속에 등장하는 늙은 인력거꾼과 눈먼 여인이 떠올랐다. 방금 지나간 가난한 부부의 모습이 그 두 사람의 모습이 아니고 뭐란 말인가? 나는 그들에게 어떤 결말을 지어줘야 할까? 그들을 행복하게 해줄 수 있을까?

이런 생각들이 끊임없이 나를 괴롭혔다. 정적만이 흐르는 정원으로는 돌아가고 싶지 않았다. 나는 거리 한복판에 우두커니 서 있었다. 희미해진 그림자들이 보일락 말락 내 눈앞에서 흔들렸다. 불현듯 그들을 쫓아가고 싶다는 생각이 들었다. 나는 발걸음을 재촉했다.

가는 길에 다센츠 문 앞을 지나쳤다. 근처에서 맹인이 창하는 소리가 들려왔다. 어찌된 영문인지 내 발은 보이지 않는 어떤 힘에 이끌려, 이미 색이 바래버린 검은색 대문 앞에 우뚝 멈춰 섰다. 잠시 망설이다가 문을 밀려고 손을 내미는데 문이 스르르 열리면서 양 도령이 안에서 걸어 나왔다.

아이는 나를 보자 깜짝 놀란 표정을 짓더니 이내 다정하게 인사했다. "리 선생님."

"이제야 돌아가니?" 나는 부드러운 목소리로 물었다.

"네." 아이가 대답했다.

"차도는 좀 있으시니?" 내가 또 물었다. "잠드셨어?"

"조금 나아지셨어요. 감사해요. 지금 리 노인이 와 있어요."

"피곤할 텐데 어서 돌아가 쉬렴."

"네, 내일 아침 9시 전에 여기서 기다릴게요. 혹시 볼 일이 있으시면 늦게 오셔도 상관없어요."

"아니다. 다른 볼 일은 없어. 시간에 맞춰 오마."

우리는 문 앞에서 헤어졌다. 아이의 그림자가 더 이상 보이지 않게 되자 나는 다센츠 문을 살짝 밀어보았다. 한쪽 문이 소리 없이 스르르 열렸다.

마당으로 내려서자 뒤쪽에서 불빛이 새어 나오고 있었다. 리 노인의 울음 섞인 목소리가 들려왔다. "셋째 나리, 이러시면 안 됩니다……"

나는 그들의 대화를 엿들을 권리도, 방해할 권리도 없었다. 나는 잠시 망설이다 조용히 뒷걸음질 쳐 그곳을 빠져나왔다. 그때 '셋째 나리'가 하는 말이 언뜻 들렸다. "더 이상 아들에게 짐이 될 수는 없네."

나는 저택으로 돌아왔다. 중문 안은 여전히 쥐 죽은 듯 고요했다. 문간방 안에 놓여 있는 등잔에는 심지가 다 타고 남은 불똥이 꽃봉오리처럼 맺혀 있었다. 사람이라고는 그림자도 보이지 않았다. 달은 어느새 구름 조각들을 다 흩어버리고 커다란 전구마냥 하늘에 두둥실 떠 있었다.

고개를 숙인 채 하릴없이 마당을 서성이는데 "리 선생님" 하고 부르는 귀에 익은 목소리가 들렸다. 야오 부인이었다. 나는 대답을 하면서 고개를 들었다.

그녀는 얇은 모직으로 만든 청회색 치파오 위에 짧은 하얀색 상의를 걸치고 있었고, 얼굴에는 예의 사람 좋은 미소가 걸려 있었다. 라오리는 빈 인력거를 끌고 대청마루 쪽으로 가고 있었다.

"야오 부인, 영화 보고 돌아오는 길이세요, 쑹스는요?"

"오는 길에 그이 친구를 만났어요. 상의할 일이 있어 찾아왔다는데 잠시 뒤면 돌아올 거예요. 리 선생님은 돌아오신 지 한참 되셨어요? 선생님 모시고 함께 영화라도 볼까 하고 사랑채에 들렀더니 식사도 거르고 나가셨더군요. 식사는 밖에서 하셨어요?"

"볼일이 있었어요. 밥은 밖에서 해결했고요. 영화는 어땠어요?"

"「고해를 떠도는 원혼(苦海寃魂)」이라는 영화예요. 잘 만들어진 영화지만, 참혹한 내용이라 보고 나서 마음이 영 안 좋네요." 그녀가 살짝 이맛살을 찌푸렸다. 그녀의 얼굴에서 미소도 함께 사라졌다.

"아, 저도 봤어요. 의사와 한 여자에 관한 이야기죠. 마지막에 두 사람 모두 무고하게 교수형에 처해지죠. 두 주인공 모두 연기가 참 좋았어요."

그녀는 잠시 멈칫하더니 무언가 골똘히 생각에 잠긴 표정으로 말했다. "사람이 사람한테 어쩌면 그렇게 잔인할 수 있는지 이해할 수 없어요. 마음씨 착한 의사와 일자리를 잃은 여배우, 두 사람 모두 누구에게도 해를 끼친 적이 없는데, 사람들은 왜 그들을 기어코 교수대로 보내야 했을까요? 사람이 사람에게 좀더 따뜻하게 대해주지는 못할망정 왜 서로를 증오하는 걸까요?"

고개를 들어 하늘을 바라보는 애수 어린 그녀의 얼굴은 은백의 달빛을 받아 더욱 순결해 보였다. 그녀가 처음으로 속내를 꺼내 보였다. 그녀의 생활의 이면을 보여준 것이다. 자신을 원수같이 대하는 자오씨댁의 태도, 샤오후의 멸시, 남편의 몰이해. 모든 것이 마음속 깊은 곳에 얼마나 짙은 고독을 심어주었을까……

연민이 일며 내 마음이 아팠다. 그녀에게 느끼는 감정은 단순히 연민만은 아니었다. 하지만 그녀에 대한 내 감정의 실체가 무엇인지 나조차 설명할 길이 없었다. 분명한 건, 사회에서 차지하고 있는 내 위치가 한낱 보잘것없고, 내 생명이 한 푼어치의 가치가 없다고 하더라도, 그녀를 행복하게 해줄 수만 있다면 지금 이 순간 내 모든 것을 바치고 싶은 심정이었다.

내 감정을 어떻게 이해시킬 수 있을까? 그녀를 사랑한다고 말할 수는 없다. 사랑이 아닐 수도 있다. 딴 마음이 있는 것도 아니었다. 그저 그녀를 행복하게 해주고 싶고, 그녀의 얼굴에서 환한 미소가 영원히 사라지지 않게 해주고 싶을 뿐이었다.

"구태의연한 도덕관념이 빚은 결과지요. 하지만 영화 속 이야기는 꾸며낸 허구에 지나지 않아요. 우리가 사는 세상에는 아직 따뜻한 정이 남아 있어요." 나는 그녀를 위로했다. 짧지만 내 마음을 온전히 담아낸 말이라 힘주어 말했다. 그녀가 내 말을 믿고 마음속의 애수를 훌훌 털어버릴 수 있기를 바랐다.

그녀는 내게 시선을 던지고 가만히 고개를 끄덕이며 나지막하게 말했다. "무슨 말씀인지 알아요. 하지만 저는 너무 안일한 삶을 살고 있어요. 거창하게 다른 사람을 돕겠다는 것도 아니고, 쑹스를 도와 집안을 잘 돌보고 싶은데 그조차 마음대로 안 돼요. 가끔 그런 생각이 들 때면 막막해져요."

"샤오후 일이라면 저도 알고 있어요." 결국 나는 샤오후를 입에 올리고야 말았다. "쑹스가 너무 쉽게 생각하고 있는 것 같아서 한마디 해줬어요. 샤오후 일로 야오 부인께서 마음고생이 이만저만이 아니셨을 거예요. 머지않아 쑹스도 이해하게 될 날이 올 거예요. 그러니 마음 편히 가지세요."

그녀는 가볍게 한숨을 내쉬고 잠시 잠자코 있다가 작은 소리로 말했다. "정말 모르겠어요. 자오씨 댁에서는 왜 저를 미워할까요? 저 때문에 왜 착한 샤오후까지 망치려 드는 거죠? 전 다만 자오씨 댁의 딸로, 샤오후의 엄마로 살고 싶었을 뿐인데, 그들은 제게 기회도 주지 않고 오히려 원수처럼 대했어요. 다른 사람들은 사정도 제대로 모르면서 새엄마인 제 탓만 할 거예요."

나는 목구멍에 무언가 걸린 사람처럼 아무 말도 하지 못한 채 미간을 모으고 있는 그녀를 바라보기만 했다. 그녀의 시선은 줄곧 중문 너머 조벽 위에 머물러 있었다. 내가 그녀를 바라보고 있다는 사실도 모르는 것 같았다.

"자오씨 댁에서는 저를 왜 그렇게 미워할까요? 아무리 생각해봐도 도무지 이유를 모르겠어요." 그녀는 계속해서 말을 이었다. "제가 야오씨 댁으로 시집와서 쑹스에게 많은 사랑을 받았기 때문일 수도 있어요. 들리는 말로는 샤오후 친엄마에게 했던 것보다 저한테 훨씬 더 잘해준다고 하더군요. 저를 싫어할 만한 유일한 이유지요. 저는 스무 살도 채 되지 않은 어린 나이에 야오씨 댁으로 시집왔어요. 시집오기 전까지는 철부지처럼 그냥 저 편한 대로 하며 살았어요. 어머니는 그런 제가 살림도 제대로 못하고 아이 교육도 제대로 시키지 못할까 봐 걱정이 태산 같으셨어요. 저도 겁이 나긴 마찬가지였지요. 어느 날은 대궐 같은 대저택에서 주부 노릇, 아내 노릇에 엄마 노릇까지 해야 한다고 생각하니 눈앞이 캄캄해지더군요. 그 당시 저는 철부지에 지나지 않았고, 그런 저를 가르쳐줄 사람 하나 없었으니까요. 전처의 어머니를 제 친어머니처럼, 전처의 아들을 친아들처럼 대하고 싶었어요. 하지만 어느 것 하나 뜻대로 되지 않았어요. 어떡해야 좋을지 정말 모르겠어요. 쑹스는 전혀 도움이 안 돼요. 점점 자신이 없어져요." 그녀는 다시 고개를 떨어뜨렸다.

"야오 부인, 너무 낙심하지 마세요. 저 같은 사람도 자신을 하찮게 여기지 않는데, 부인께서 이렇게 약한 모습을 보이시면 되나요?" 나는 진심으로 그녀를 위로했다.

"저요? 리 선생님 농담이시죠?" 그녀는 고개를 들어 미소를 띠며 말했다. "저를 어떻게 선생님과 비교할 수 있겠어요?"

"그렇지 않아요. 엊저녁에 부인께서 해준 몇 마디가 제 눈을 새롭게 뜨게 해줬다는 사실은 모르실 거예요. 앞으로 좀더 적극적으로 살다 보면 보다 의미 있는 삶을 살 수 있겠구나 하는 생각이 들었어요. 모두 부인 덕이에요. 부인은 다른 이를 따뜻하게 해주는 능력이 있어요. 그런데 부인 스스로는 왜 그렇게 소극적인 거죠?……"

그녀는 두 눈을 반짝이며 줄곧 나를 바라보았다. 부드러운 그녀의 눈 속에 반짝하고 눈물방울이 맺히는 것을 본 듯도 했다. 내 말이 채 끝나기 전에 라오야오가 돌아왔다.

"두 사람 다 여기 있었군. 왜 사랑채로 들어가지 않고?" 그는 기분이 몹시 좋은 듯 목소리가 들떠 있었다.

"얘기를 나누며 당신을 기다리고 있었어요." 그녀의 얼굴에 자연스런 미소가 피어올랐다. "오랫동안 서 계시느라 리 선생님께서 고단하시겠어요."

"네, 조금 피곤하네요. 들어가서 쉬세요. 내일 봬요." 나는 대꾸했다.

우리는 함께 돌계단으로 올라섰다. 부부는 대청마루에서 안채로, 나는 휴식의 정원으로 발길을 돌렸다.

## 22

아침 7시 반에 야오 저택 대문을 나서려는데, 리 노인이 대문 처마 밑에 서서 수심이 가득한 눈으로 나를 쳐다보며 "리 선생님" 하고 인사를 건넸다. 내게 무슨 말인가 하려는 듯했지만 나는 머리만 한 번 끄덕여 보이고는 서둘러 거리로 나섰다.

얼마 지나지 않아 다셴츠에 도착해 보니 벌써 문이 열려 있었다. 나는 양 도령이 벌써 왔구나 싶어 부랴부랴 뒤쪽으로 들어갔다.

뒤쪽은 쥐 죽은 듯 조용한 게 사람이라고는 찾아볼 수 없었다. 환자의 모습은 온데간데없고, 이불과 세숫대야, 보온병 등의 세간도 보이지 않았다. 건초는 땅바닥에 어수선하게 널려 있었고, 건초 위로 쪽지 한 장이 기와 조각에 눌린 채 놓여 있었다. 쪽지 위에는 이렇게 씌어 있었다.

나를 잊고, 죽은 사람이라고 생각하렴. 앞으로 영원히 날 찾을 수 없을 거야. 남은 일생을 조용하게 살다 가게 해주렴.

한얼에게

아버지가

연필로 조잡하게 쓴 필체에서 그 사람의 마음을 읽을 수 있었다. 그 사람이 '타락'하게 된 속사정이야 알 길이 없지만, 이 짧은 글을 통해 자상한 아버지의 간절한 소망이 느껴졌다. 나는 쪽지를 들고 생각에 잠겼다. 아이의 발소리가 차츰 가까워졌다. 나는 아이를 기다렸다.

"리 선생님, 왜 혼자 계세요?" 아이는 어리둥절해하며 물었다. "저희 아빠는요?"

"나도 지금 막 왔는데, 이 쪽지를 남기셨구나." 나는 낮은 소리로 말하며 아이에게 쪽지를 건네주었다. 차마 아이의 얼굴을 똑바로 쳐다볼 용기가 나지 않아 고개를 돌렸다.

"리 선생님, 리 선생님, 아빠가 어디로 가신 거죠? 어디로 가면 아빠를 찾을 수 있죠? 이제 전 어떻게 해야 돼요? 말씀 좀 해주세요, 네?" 아이는 두 손으로 내 왼팔을 부여잡고 발까지 동동 굴러가며 울부짖었다.

나는 입을 꽉 다물고 북받쳐 오르는 감정을 가까스로 억누르며 최대한 냉정하게 말했다. "네 아버지 말대로 잊는 수밖에 없어. 아버지를 찾을 길은 없어."

"안 돼요. 그럴 수 없어요. 우리만 편하게 지내면서 아빠 혼자 고생을 짊어지게 할 수는 없어요." 아이는 고개를 세차게 흔들며 울음 섞인 목소리로 외쳤다.

"하지만 어디 가서 찾을 수 있겠니? 이 넓은 성 안에 밟히는 게 사람인데."

아이는 돌연 건초 더미 위로 몸을 던지며 서럽게 울기 시작했다.

내 눈물은 이미 말라 있었다. 나는 고개를 들고 마주 잡은 두 손을 가슴에 모으고 하늘을 향해 묻고 싶었다. 어떻게 하면 이 아이의 고통을 덜어줄 수 있을까요? 파란 하늘은 침묵만 지킬 뿐, 아무런 대답도 해주지 않았다. 하지만 한 가지 분명한 건, 이불뿐 아니라 다른 물건들도 함께 가져간 걸 보면 결코 죽음을 택하지 않을 거라는 점이었다. 나는 아이가 실컷 울도록 내버려둔 채 어떤 위로의 말도 건네지 않았다. 솔직히 위로해줄 말이 없었다.

잠시 뒤 아이가 울음을 그치더니 몸을 일으켜 세우며 나에게 사정했다. "리 선생님은 아는 게 많잖아요. 그러니 말씀해주세요. 아빠한테 나쁜 일이 생기지는 않겠죠? 전 하나도 겁나지 않으니까 사실대로 말씀해주세요."

나는 한참 고민한 끝에 아이의 시선은 여전히 피한 채 따뜻하게 대답했다. "걱정하지 마. 절대 나쁜 일은 생기지 않을 거야. 우리 리 노인한테 가서 한번 물어보자꾸나. 리 노인이 뭔가 알고 있을지도 몰라."

"네, 아, 이제야 생각이 났어요. 어젯밤 제가 나갈 때 리 노인이 아버지와 얘기를 나누고 있었어요." 아이가 갑자기 생각난 듯 소리쳤다.

"지금 당장 야오 저택으로 가보자. 눈물은 어서 거두고." 나는 가만히 아이의 어깨를 토닥여주었다.

전당을 걸어 나오면서 보니, 유리병은 제상 위에 여전히 놓여 있었지만, 바싹 말라비틀어진 동백꽃은 보이지 않았다.

## 23

리 노인은 대문 앞에 서서 우리가 오는 것을 바라보고 있었는데, 그 모양새가 마치 우리를 기다리고 있는 듯했다.

양 도령이 쏜살같이 그에게 달려가 그의 왼팔을 덥석 잡으며 초조하게 물었다. "리 노인, 아빠가 어디로 가셨는지 알고 있지?"

"작은 도련님, 저는 모릅니다요." 수심에 찬 얼굴로 리 노인이 고개를 저었다.

"리 노인이라면 틀림없이 알 거야. 엊저녁에 아빠와 많은 얘기를 나누었잖아. 빨리 말해줘. 아빠를 찾아야 해." 아이는 끈질기게 사정했다.

"작은 도련님, 소인은 정말 모릅니다요." 리 노인의 목소리가 덜덜 떨렸다. 그는 양 도령의 시선이 부담스러운 듯 시종 머리를 푹 수그리고 있었다.

"내가 나간 뒤에 아빠와 무슨 얘기를 했어? 리 노인은 양심적인 사람이니까, 아이라고 나를 속이지는 않겠지. 난 꼭 아빠를 찾아야만 해. 그런 다음 리 선생님 도움을 받아 아빠 병부터 고쳐줄 거야. 그러고 나서 엄마와 형에게 아빠를 받아달라고 사정할 생각이야. 그것만이 아빠가 살 길이야. 그런데 왜 내가 아빠 찾는 걸 막는 거야?……" 아이는 잠긴 목소리로 말하며 북받쳐 오르는 감정에 연신 눈을 깜빡거렸다. 그러다가 결국 터져 나오는 울음에 목이 메여 끝내 말을 잇지 못했다. 아이는 잡고 있던 리 노인의 팔을 힘없이 내려놓으며 눈물을 닦았다.

나는 착잡한 마음에 리 노인 곁으로 다가가 나지막하게 부탁했다.

"리 노인, 무슨 말이든 해보게."

리 노인은 고개를 들더니 머리카락 한 올 남아 있지 않은 정수리를 오른손으로 문질러댔다. 그는 긴 한숨을 토해내며 고통스럽게 말했다. "어디로 가신다는 말씀은 없었어요. 엊저녁에 우리는 많은 대화를 나누었어요. 나리께서는 작은 도련님이 찾을 수 없는 곳으로 떠나겠다고 하셨어요. 제발 스스로를 고통 속으로 밀어 넣지 마시라고 소인이 말렸죠. 그러자 나리께서는 아무 미련도 남지 않았지만, 유독 작은 도련님만은 눈에 밟힌다고 하시더군요. 어디로든 몸을 숨기고 다시는 작은 도련님 앞에 나타나지 않는 게 도련님을 위한 길이라고 하셨어요. 그래야 작은 도련님도 마님이나 큰 도련님처럼 나리를 잊고, 죽은 사람으로 생각하게 될 거라고요. 그래서 소인이 말렸죠. '셋째 나리, 이러시면 안 됩니다. 작은 도련님 가슴에 못을 박으시는 거예요' 하고요. 그러자 나리께서 말씀하셨어요 '매도 빨리 맞는 게 나아. 그러지 않으면 고통의 시간만 연장될 뿐이네.' 소인은 셋째 나리의 의중을 제대로 파악하지 못했어요. 아파서 괜한 소리를 하시나 보다 여겼을 뿐이에요. 그러고 나서 소인은 돌아왔지요. 소인의 말은 모두 사실입니다. 제가 어찌 감히 작은 도련님을 속일 수 있겠어요?" 빨갛게 충혈된 그의 두 눈에서 눈물이 쉴 새 없이 볼을 타고 흘러내렸다.

아이는 문 안으로 뛰어들어가 나무 걸상에 털썩 주저앉더니, 두 손으로 얼굴을 가린 채 소리 죽여 울기 시작했다. 리 노인은 놀라움과 비통과 애틋함이 뒤섞인 눈을 동그랗게 뜨고 아이를 돌아보며 어찌할 바를 몰라 했다.

나는 아이 곁으로 다가가 가만히 아이의 손을 잡아 쥐었다. "안에 들어가서 좀 앉자. 울지 말고, 울어봐야 소용없어."

아이는 몸부림치며 얼굴에서 손을 떼려 하지 않았다. 나는 다시 한 번 아이를 달래보았다.

"아빠를 찾아내! 우리 아빠를 찾아내란 말이야!" 아이는 얼굴에서 손을 떼더니 악을 쓰며 울어댔다. 애어른 같았던 아이가 어린애같이 떼를 쓰는 모습은 그때가 처음이었다.

"그래, 반드시 찾아주마. 내가 반드시 아빠를 찾아줄게." 나 역시 어린애 어르듯 살살 달래주었다.

마침내 아이는 순순히 입을 다물고 자리에서 일어났다.

## 24

나는 방으로 돌아와 아이를 소파에 앉힌 다음 이런저런 말로 달래주었다. 아이는 울음을 그치고, 내 말에 네, 네, 하고 반응을 보였다. 때로는 너무 울어 퉁퉁 부은 눈으로 멍하니 나를 쳐다보기도 하고, 때로는 문 쪽을 하염없이 바라보기도 했다.

"저 잠깐 바람 좀 쐬고 올게요." 아이가 갑자기 자리에서 일어나며 말했다.

"그래." 나는 짧게 대꾸만 하고 아이를 따라나서지는 않았다. 피곤하던 차에 푹신한 소파 위에 앉아 있으려니 손가락 하나도 까딱하기 싫었다.

나는 아이가 다시 돌아올 거라고 생각했다. 하지만 30분이 지나도록 아이가 돌아올 기미는 보이지 않았다. 문밖에 나가 보니 정원에도 아이의 모습은 보이지 않았다. 이미 한참 전에 이곳을 떠났으리라.

나는 아직 아이에게서 아버지에 얽힌 사연을 듣지 못했다. 왠지 쓸쓸한 게 마음까지 울적해졌다. 바람을 쐬러 나가기도 귀찮고, 그렇다고 자고 싶지도 않았다. 적적함을 달래보려고 소설 쓰기에만 매달렸다.

그 덕에 하루 만에 많은 양의 소설을 쓸 수 있었다. 나는 내가 지은 소설 속 이야기에 감동되었다. 늙은 인력거꾼은 찻집 입구에서 몰매를 맞고 상처투성이가 된 몸으로 눈먼 여인을 찾아 나선다. 그녀의 집 앞에 당도한 그는 문 앞에 쓰러진다.

......

"어떻게 된 거예요?" 여자는 소스라치게 놀라며 손을 뻗어 더듬거렸다. 그가 손을 내밀어 그녀의 손을 잡았다.

"돌에 걸려 넘어진 것뿐이오." 인력거꾼은 가까스로 웃어 보였다.

"어머, 어디서 넘어지셨어요? 많이 아프세요?" 그녀는 몸을 구부렸다.

"다치지 않았소, 전혀 아프지 않소!" 인력거꾼은 얼굴에 묻은 핏자국을 닦아내며 웃음소리를 흘렸다. 눈물이 그의 양 볼을 타고 흘러내렸다.

......

마치 두 사람이 내 눈앞에서 대화를 나누고 있는 것 같았다. 그들의 삶은 고통 그 자체였다. 그들의 고통이 고스란히 내게 전해져 내 마음을 아프게 했다. 더 이상 못 참겠다고 느낀 순간, 라오원이 방으로 헐레벌떡 뛰어들어왔다. "경계경보예요." 그의 말에 따르면 올해 들어 두 번째로 울리는 경계경보라고 했다. 시계를 보니 벌써 3시 10분을 지나고 있었다. 적기(敵機)가 성(城) 안 상공까지 오지는 않을 거라고 생각하면서도 핑계 삼아 펜을 내려놓았다.

라오원에게 나리와 마님께서는 몸을 벌써 피했는지 물어보았다. 점심 식사를 마친 뒤 고모님을 모시고 쇼핑차 나갔다가, 지금쯤은 북문 밖에 있는 '성시(繩溪)화원'에서 차 한 잔 마시며 죽금 연주를 듣고 있을 거라고 했다. 그리고 후 도령이 오전에 학교에 가서 아직 돌아오지 않았다고 귀띔까지 해주었다. 경보가 울리면 저택에 있는 하인들도 성 밖으로 몸을 피하는지 물어보았다. '공습경보'가 발령되면, 저택에 있는 사람은 위아래를 막론하고 모두 피하는데, 유일하게 리 노인만은 이곳에 남아 집을 지킨다고 했다. 리 노인은 공습을 피해 달아날 생각도 없는 데다, 그런 그를 말릴 사람도 없다는 것이었다.

내가 라오원과 몇 마디 더 주고받는 사이에 그간 뜸했던 공습경보가 느닷없이 울렸다.

"리 선생님, 빨리 피하세요." 당황한 라오원이 나를 재촉했다.

"자네 먼저 피하게. 난 잠시 뒤에 뒤따라가겠네." 나는 대답했다. 말은 그렇게 했지만 너무 피곤한 나머지 장시간 뙤약볕 아래를 오갈 생각은 눈곱만치도 없었다.

라오원이 떠났다. 정원은 서서히 정적 속에 잠겼다. 졸음을 부르는 정적이었다. 나는 소파에서 까무룩 잠이 들었다. 눈을 떴을 때, 주위에는 여전히 어떤 인기척도 느껴지지 않았다.

자리에서 일어났다. 피로는 말끔히 가신 뒤였다. 나는 아래 사랑채를 나선 뒤 문 앞에 멈추어 서서 어느덧 녹음이 짙어진 정원을 새삼스레 바라보았다. 잠시 뒤 나는 돌난간을 따라 정원을 나섰다.

내가 대문 입구에 다다랐을 때, 리 노인은 팔걸이 나무 의자에 느긋하게 앉아 쉬고 있었다. 거리에는 제복을 걸친 사람만 가끔 눈에 띌 뿐이었다.

"리 선생님, 피하지 않으셨어요?" 리 노인이 정중하게 물었다.

"'긴급 상황'이 발령되면 그때 갈까 하네." 나는 팔걸이 나무 의자 맞은편에 있는 나무 걸상에 걸터앉으며 말했다.

"'긴급 상황'이 발령된 뒤에는 멀리 못 가세요. 일찍 몸을 피하시는 게 좋아요." 그가 나에게 관심을 보였다.

"멀리 못 가도 상관없네. 성벽까지 가기에는 시간이 충분하니까." 나는 무심하게 말했다.

그는 잠자코 있었다. 나는 계속해서 말을 이었다. "리 노인, 내게 사실대로 말 좀 해주게. 자네 셋째 나리는 대체 뭣 때문에 떠난 거지? 병원에는 왜 가지 않으려는 건가? 집에는 무슨 이유로 돌아가지 않는 거지?" 이번에는 말을 돌리지 않고 단도직입적으로 물었다.

그는 순간 당황해서 어쩔 줄 몰라 했다. 나는 시선을 그에게 못 박은 채 진심을 다해 그를 설득했다. "그를 도와주고 싶네. 물론 양 도령도 돕고 싶고. 왜 내게 진실을 숨기려는 건가?"

"리 선생님, 진실을 숨기려는 게 아닙니다. 오늘 아침에 말씀드린 건 전부 사실이에요." 그의 목소리가 심하게 떨렸다. 그는 줄곧 고개를 떨어뜨린 채 내 시선을 피했다. 하지만 머지않아 모든 것을 털어놓으리라.

"어쩌다 그 지경이 된 거지? 왜 스스로 자기 자신을 망치려 드는 건가?" 나는 그가 생각할 틈도 주지 않고 쉼 없이 다그쳤다.

"아~" 그는 긴 한숨을 내쉬었다. "리 선생님은 모르실 거예요. 인생의 첫 단추를 잘못 끼우면 남은 생은 끝장이 나고 말아요. 다시 돌이키려고 해도 쉽지 않아요. 셋째 나리의 경우가 바로 그랬어요. 사정 얘기를 들으면 이해가 되실 거예요. 셋째 나리는 가산을 모두 탕진하고 빈털터리가 되자 가족 볼 낯이 없으셨어요. 후회해도 때는 이미 늦은 거죠. 거기다 아들이 벌어 온 돈을 써야 하는 자신을 용서할 수 없었던 거예요. 그래서 이름도 감추고 가족이 모르는 곳으로 몸을 숨기셨는데, 작은 도련님이 용케 찾아내셨답니다. 작은 도련님은 가끔 돈도 드리고, 먹을 것도 챙겨드리고, 꽃도 꺾어다 드렸어요. 저택에 몰래 들어와 꽃을 꺾어 간 건 셋째 나리를 위한 거였어요. 셋째 나리께서 저택에 있는 동백꽃을 유난히 좋아하셨거든요."

리 노인 말을 듣고 있자니 어딘가 석연치 않은 점이 있었다. 무언가 숨기고 있는 것이 분명했다. 나는 고삐를 늦추지 않고 계속해서 질문을 던졌다.

"그럼 셋째 마님과 큰 도령은 어째서 셋째 나리를 저렇게 방치해두고 있는 거지?"

리 노인이 고개를 들자 눈물이 그의 양 볼을 타고 흘러내렸고, 입가에 고인 침은 하얀 수염에 묻어 번들거렸다.

"그건 저도 잘 모릅니다. 본래 큰 도련님과 셋째 나리는 사이가 좋지 않았어요. 저택을 팔던 그 해에 큰 도련님이 학교를 졸업하고 돌아와 우정국*에 취직하셨지요. 셋째 나리께서 첩을 얻어 밖에 딴살림을 차린 지 몇 해가 지났을 때였어요. 셋째 마님은 속수무책이셨지요. 큰 도련님은 돌아오시자, 그 일로 셋째 마님 역성을 들며 나리와 자주 다투셨지요. 어쩌다 셋째 나리께서 집을 나오게 되었는지 그 내막까지는

---

* 원서에는 '은행(銀行)'으로 되어 있으나, 앞의 내용을 보면 양 도령의 형은 우정국(郵政局)에 취직한 것으로 나온다. 어찌된 이유인지 정확히는 알 수 없으나, 문맥을 고려하여 여기서는 '우정국'으로 표기했다.

저도 잘 모릅니다. 어쨌든 큰 도련님은 나리를 찾지 않으셨어요. 하지만 작은 도련님은 아버지를 잊지 못하고, 온 성 안을 찾아 헤매던 끝에 거리에서 우연히 나리를 만나게 된 거예요. 셋째 나리가 다셴츠에 계실 때였어요. 작은 도련님이 다셴츠까지 따라오자 셋째 나리도 별수 없이 사실대로 말씀해주신 거지요……"

나는 차마 리 노인의 얼굴을 쳐다볼 수 없었다. 그저 그가 하는 말에 귀를 기울일 뿐이었다. 돌연 공습경보가 해제되었다. 동시에 그도 입을 다물었다. 그의 말을 듣고 있자니 새로운 의문이 생겼다. 더 물어보고 싶었지만, 그는 벌써 자리를 털고 일어나 말없이 대문 밖으로 나가버린 뒤였다.

'아내와 아들이 남편이자 아버지를 쫓아낸 것이 분명해.' 불현듯 이런 생각이 내 뇌리를 스치고 지나갔다.

리 노인은 이미 많은 비밀을 털어놓았으니 잠시 안정을 취하게 놔두는 게 좋았다.

## 25

열이틀은 더디게 흘렀다. 지루하고 단조롭기 짝이 없는 날들이었다. 오전에는 소설을 쓰고 오후에는 정처 없이 거리를 쏘다니는 게 내 하루 일과였다. 글이 잘 써지지 않아 속도도 붙지 않는 데다, 어떤 때는 이미 써놓은 원고지를 북북 찢어버리고 새로 써야만 했다. 불행한 두 사람의 기구한 운명이 나를 옭아맸다. 나는 냉정을 잃었고, 펜은 내 의지대로 움직여주지 않았다.

친구 야오궈둥은 하루 걸러 한 번씩 나를 찾아왔고, 그때마다 우리는 격론을 펼치곤 했다. 그는 여전히 유쾌했고 매사에 자신감이 넘쳤으며 모든 일을 대수롭지 않게 여겼다. 그는 끊임없이 불평을 늘어놓았지만, 그런 와중에도 아내와 아들 자랑은 물론이고 자기 가족이 얼마나 행복한지에 대해서도 자랑을 잊지 않았다.

야오 부인은 일주일이 넘도록 아래 사랑채에 얼굴을 내밀지 않았다. 아프다고 했다. 친구는 '입덧'인 것 같다며 걱정은커녕 오히려 한껏 들떠 있었다. 그녀의 모습이 사라진 내 방은 이전의 생기를 잃고, 나는 가끔 지독한 외로움 속으로 빠져들었다.

거리를 거닐 때마다 언젠가는 양 도령이나 아이 아버지를 만나게 될지도 모른다는 생각을 떨칠 수 없었다. 그 집안의 숨겨진 비밀을 알고 싶기도 했지만, 미력하나마 그들을 돕고 싶은 심정 또한 간절했다. 하지만 거리마다 행인들로 넘쳐나는 이 넓은 성(省) 안 어디에서 아이 아버지를 찾는단 말인가? 요 며칠 동안은 아이 아버지는 고사하고 아이조차 통 만나지 못했다. 리 노인에게 아이의 거처를 물어볼 수도 있겠지만, 대문을 오갈 때마다 수심으로 가득한 그의 늙은 얼굴을 대할라치면 양씨 집안 일로 차마 더 이상 그를 괴롭힐 수 없었다.

하루는 그가 밖에서 돌아오는 나를 초점 없는 눈으로 응시하고 있었는데 마치 "찾으셨어요?" 하고 내게 묻고 있는 것 같았다. 나는 고개를 저으며 실망한 눈빛으로 대답했다. "아니, 그림자도 못 봤네." 다음 날도 그는 똑같은 눈빛으로 질문을 던졌고, 나 역시 똑같은 눈빛으로 대답했다. 그다음 날도 상황은 마찬가지였다. 그렇게 며칠이 흘렀다. 하루는 너무 화가 난 나머지 찾지 못할 줄 뻔히 알면서 왜 자꾸 그런 걸 묻느냐고 호통을 칠 뻔했다.

토요일이 왔다. 아이 아버지가 몰매를 맞은 날로부터 정확히 3주가 지난 날이었다.

그날은 잠자리에서 일어나는데 갑자기 현기증이 일며 둔중한 물건이 내 머리를 짓누르는 것 같은 두통에 아무 일도 할 수 없었고, 하고 싶지도 않았다. 혼자 침대에 누워 있자니 외로움이 밀려들었다. 이럴 때 라오야오라도 찾아와주면 느긋하게 소파에 기대 그의 허풍을 기꺼이 들어줄 수도 있을 텐데. 하지만 하필이면 그날따라 그는 코빼기도 보이지 않았다. 점심상을 봐주러 온 라오원은 그가 연회 참석차 출타 중이라고 알려주었다. 야오 부인의 병세를 물으니 지금은 많이 호전되었고, 부인이 임신했다는 저우 어멈의 말도 전해주었다. 완씨 댁 노마님이 외숙모와 함께 아침 일찍 오셨다고도 했다. 샤오후 안부는 묻지도 않았는데 라오원이 알아서 귀띔해주었다. 어제 자오씨 댁에 놀러 갔다가 저녁때가 되어도 돌아오지 않자 마님이 라오리를 보냈고, 자오 노마님이 라오리에게 크게 역정을 내며 도령을 집으로 돌려보내 새엄마에게 구박을 받게 하느니 차라리 보름 동안 당신이 데리고 있겠다고 말씀하셨다고 한다. 라오리는 마님이 언짢아하실까 봐 돌아와서도 차마 그 말은 고하지 못했던 모양이다. 라오원은 그날도 어김없이 푸념을 늘어놓았다. 자오씨 댁과 후 도령에 관해서만큼은 그의 견해와 내 견해가 별반 다르지 않았다. 나는 그의 말에 맞장구를 쳐주었다. 잠시 뒤 그는 그릇을 치워 나갔다.

나는 소파 위에 앉아 까무룩 잠이 들었다. 잠에서 막 깼을 때 정원에서 작은 기침 소리가 들렸다. 자리에서 일어나 문 앞으로 걸어갔다.

나는 내 눈을 의심했다. 어? 양 도령이 동백나무 아래 서 있는 게 아닌가! 눈을 비벼보았다. 머리를 박박 민 채 회색 학생복 차림으로 나무 아래에 서서 무언가를 바라보고 있는 사람은 분명 그 아이였다.

나는 돌계단을 내려갔다. 아이는 나를 보지 못한 듯했다. 등 뒤로 다가갈 때까지 아이는 꼼짝도 하지 않았다.

"뭘 보고 있는 거니?" 내가 부드럽게 물었다.

아이는 깜짝 놀라 고개를 돌렸다. 전에 비해 훨씬 수척해진 탓에 얼굴은 더 길어 보였고 코도 왼쪽으로 더 기운 것 같고 이도 더 도드라져 보였다.

"아빠가 새긴 글자를 보고 있었어요." 아이는 작은 소리로 대답했다. 그러고는 나무 위로 시선을 돌렸다. 아이의 시선이 머문 자리에 엄지손가락만 한 크기의 글자 세 개가 새겨져 있었다. 양멍츠(楊夢癡). 깊게 새겨져 있는 글자의 획은 삐뚤삐뚤했다. 자세히 살펴보니 그 아래쪽에 좀더 얕게 새겨진 여섯 개의 작은 글자가 더 있었다. 경술년* 4월 초이레. 나무에 글자를 새긴 날짜가 분명했고, 지금으로부터 벌써 32년 전의 일이었다. 그때 아이의 아버지는 열 살 남짓한 소년에 불과했으리라.

"아버지 소식은 좀 들었니?" 나는 나지막하게 물었다.

"아니요." 아이가 머리를 가로저었다. "샅샅이 찾아보았지만 어디에서도 찾을 수 없었어요."

"나도 마찬가지야." 나는 말했다. 내 시선은 줄곧 새겨진 글자 위에 머물러 있었다. 나는 속으로 생각했다. '갈 길이 멀구나.' 마음이 무척 괴로웠다.

잠시 뒤 정적을 깨고 아이가 고개를 돌리며 내게 애원했다. "리 선

---

* 1910년.

생님, 아빠를 찾을 다른 방법은 없을까요? 대체 어디에 숨으신 걸까요?"

나는 잠자코 고개를 저었다.

"리 선생님, 아빠는 아직 살아 계시겠죠? 아빠를 다시 볼 수 있겠죠, 네?" 아이는 다시 물었다. 필사적으로 눈을 부릅뜨고 있는 아이의 두 눈은 이미 빨갛게 충혈되어 있었다.

혈색이라고는 찾아볼 길 없는 아이의 창백한 얼굴을 바라보고 있자니 불쌍한 생각에 마음이 아팠다. 고통스럽지만 아이를 단념시켜야 했다.

"잊어버리렴. 아빠 생각만 하고 있다고 무슨 뾰족한 수가 생기는 것도 아니잖니? 얼마나 말랐는지 네 얼굴을 좀 보렴. 아빠를 찾기는 힘들 거야."

"안 돼요. 그럴 수 없어요. 아빠를 잊을 수 없어요. 반드시 아빠를 찾아야만 해요." 아이가 울먹이며 말했다.

"어디 가서 찾으려고? 모래사장에서 바늘 찾는 격이지. 더구나 넌 아직 어린아이에 불과하잖아."

"선생님께서 도와주시면 되잖아요. 우리 둘이라면 반드시 찾을 수 있을 거예요."

나는 연민을 느끼며 고개를 가로저었다. "두 사람이 아니라 스무 명이라도 아빠를 찾을 수 없어. 아빠 말씀대로 넌 공부나 열심히 하면 되는 거야."

"리 선생님, 아빠 혼자 어디선가 고생하고 계실 게 뻔한데 책이 손에 잡히겠어요? 아빠를 찾아 구해드리지 못한다면 그까짓 공부 좀 잘하는 게 무슨 소용이겠어요? 이렇게 사는 게 무슨 의미가 있느냐고요?"

나는 아이의 팔을 잡고 꾸짖는 말투로 말했다. "그런 말 하면 못써.

넌 아직 어리고 집에 어머니도 계시잖니. 사람 사는 게 결코……"

"엄마한텐 효성이 지극한 형이 있지만, 아빠한텐 아무도 없어요. 엄마나 형은 아빠가 밖에서 살았는지 죽었는지 관심도 없다고요……" 아이는 내 말을 가로막으며 입을 샐쭉거렸다. 눈물이 입가를 적시고 있었지만 닦을 생각도 하지 않았다.

"너희는 한 가족이면서 네 엄마나 형은 어째서 아버지한테 그렇게 모질게 대하는 거지? 네가 잘 설득하면 분명 네 말을 들어주시지 않을까?"

아이는 고개를 저었다. "아무리 말해봐야 소용없어요. 형은 아빠를 아주 미워해요. 엄마도 아빠를 싫어하시고요. 형은 아빠를 쫓아낸 다음에 누구도 아빠를 입에 올리지 못하게 했어요……"

마침내 비밀이 풀렸다. 과연 내가 예상한 대로였다. 그런데 막상 아이 입을 통해 아이 아버지의 불행한 처지를 듣고 보니 나는 의외의 충격에 빠졌다. 그 심정은 어떻게 설명할 길이 없었다. 불현듯 아이를 피해 다시는 초췌한 아이의 얼굴을 보고 싶지 않기도 했다. 또 불현듯 아이의 손을 잡고 미친 듯이 사방으로 아이 아버지를 찾아다니고 싶기도 했다. 또 불현듯 아이를 내 방에 앉혀놓고 집안 사정을 속속들이 알아보고 싶기도 했다.

나도 어찌해야 좋을지 갈피를 잡지 못했다. 나는 아이와 함께 동백나무 아래에 한참 동안 서 있었지만 피곤하지도 않았고 현기증도 느끼지 않았다. 마치 무언가를 기다리는 사람처럼.

아니나 다를까 뒤에서 감미로운 여자 목소리가 들려왔다. 그 목소리는 내가 주저할 틈도 주지 않았다.

"얘야, 너무 슬퍼하지 마. 우리에게 아빠 얘기를 들려주지 않겠니?

리 선생님도 나도 널 돕고 싶어."

우리는 동시에 고개를 돌렸다. 병치레로 얼굴이 부쩍 수척해진 야오 부인이 석가산 앞에 서서 따뜻한 시선으로 아이를 바라보고 있었다.

"선생님과 나누는 얘기를 들었어. 일부러 엿들은 건 아니야." 그녀가 애처롭게 웃었다. "너에게 그런 큰 아픔이 있는 줄 몰랐구나." 그녀는 아이 곁으로 다가가 손을 잡아주며 엄마처럼 사랑이 넘치는 목소리로 말했다. "리 선생님 방으로 올라가 좀 앉자."

아이는 잠시 우물쭈물하더니 곧 '네' 하는 대답과 함께 순순히 야오 부인을 따라나섰다. 앞서 가는 두 사람은 마치 오누이 같아 보였다. 나는 그들 뒤를 따라가며 무명베로 만든 옅은 남색 치파오를 입은 날씬한 그녀의 뒷모습에서 눈을 떼지 못했다.

## 26

"어려서부터 아빠는 저를 유난히 사랑하셨어요. 제 기억으로, 세 살 무렵부터 저를 데리고 주무셨어요. 엄마는 형을 좋아하셨죠. 형은 어려서부터 아빠 말을 잘 듣지 않았어요. 아빠는 온종일 집을 비우셨고 저녁때가 되어서 집에 돌아오시면 늘 엄마와 말다툼을 하셨어요. 가끔 심하게 다투는 날에는 엄마가 울기도 했는데, 다음 날 아침이면 아빠가 좋은 말로 살살 달래 엄마 기분을 풀어드렸어요. 하지만 며칠 못 가 또 말다툼이 오갔어요. 저는 엄마 아빠가 싸우는 게 너무 무서웠지만 형은 엄마 편을 들며 아빠한테 대들기도 했어요. 무더위가 한창이던 어느 날, 저는 침대보를 머리끝까지 뒤집어쓰고 잠도 자지 못하고 숨소리도 죽인 채 침대에 숨어 있었어요. 나중에 아빠가 침대에 올라와 침대보를 걷어내고 두 눈을 말똥말똥 뜨고 있는 저를 보시더니 엄마 아빠가 싸우는 소리에 못 잤냐고 물으셔서 저는 잠자코 고개만 끄덕였어요. 아빠는 그런 저에게 다시는 엄마와 싸우지 않겠노라고 약속하시며 눈물을 글썽이셨어요. 저는 그 모습에 차마 큰 소리로 울지는 못하고 소리 죽여 따라 울었어요. 아빠가 좋은 말로 토닥토닥 달래주셔서 저도 모르게 잠이 들었지요."

아이가 마침내 말문을 열고 아버지에 얽힌 사연을 들려주기 시작했다. 아이는 침대 옆 소파에, 야오 부인은 또 다른 소파에, 나는 침대 모서리에 걸터앉았다. 우리 두 사람은 줄곧 유리창 쪽에 시선을 두고 있는 아이에게서 눈을 떼지 못했다. 유리창에 옅은 푸른색 커튼이 쳐져 있어 아이가 창밖 경치를 보고 있는 것은 아니었다. 빨갛게 충혈된 두 눈에서 엷은 안개가 피어오르듯 눈물이 차올랐지만 아이는 끝내 눈물을 보이지 않았다. 자신의 어린 시절을 회상하고 있는 듯했다.

"두 분은 그 후로도 걸핏하면 싸우셨어요. 여전히 아빠는 온종일 집을 비우셨고 엄마는 가끔 마작을 하셨어요. 엄마가 돈을 잃은 날에는 아빠와 더 심하게 싸우셨어요. 한번은 엄마가 잠든 저를 흔들어 깨우더니 형과 함께 아빠한테 절을 하라고 시키셨어요. 엄마는 '너희 둘 다 빨리 아빠한테 절하거라. 평생 거지로 아빠 얼굴에 먹칠하지 않게 하려면 너희들 앞으로 돈을 남겨달라고 애원이라도 하란 말이다. 빨리 꿇어! 빨리 꿇으라고' 말씀하시는 거예요. 형이 먼저 무릎을 꿇었고 저도 마지못해 무릎을 꿇었어요. 얼굴이 벌겋게 달아오른 아빠는 머리를 쥐어뜯으며 말까지 더듬으셨어요. '이럴 것까지는 없잖아. 이럴 필요까지 없어!' 그날은 아빠도 달리 방법이 없어 속을 태우며 온 방 안을 맴돌았어요. 엄마는 우리를 다그치셨어요. '빨리 절하래도, 빨리!' 형이 엄마 말대로 절을 하자 놀란 저는 그만 울음을 터뜨리고 말았어요. 아빠는 제자리에 멈춰 서서 머리를 쥐어뜯으며 '당신'이란 말만 계속 더듬으며 되풀이하셨어요. 엄마는 아빠에게 삿대질을 하며 따지셨어요. '오늘은 입이 딱 붙어버렸나 왜 말을 못해요! 당신도 차마 고개를 들지 못하겠죠? 당신 아들들이에요. 아버지가 돼서 애들 교육은 제대로 시켜야 하는 거 아니에요! 애들한테 말하세요. 당신이 써버린 돈은 당신이 직접 번 돈이지, 할아버지가 저 아이들 앞으로 물려주신 돈이 절대 아니라고 말이에요!' 그러자 아빠가 말씀하셨어요. '당신 때문에 놀라 울고 있는 한얼이 안 보이오. 그렇게 악을 쓰다가 다른 사람이 듣기라도 하면 집안 망신 아니오!' 그 말에 엄마는 더욱 화를 내셨어요. 엄마는 목청을 한껏 높였어요. '당신은 소란을 잘도 피우더니 내가 소란 피우는 건 두렵나 보죠! 당신은 온갖 못된 짓은 다하고 다니면서 나보고는 입도 뻥끗하지 말라고요! 당신이 밖에서 계집질이나 하러 다니고, 도박에 빠져 산다는 건 누구나 다 아는 사실이에요! 나보고 생과부라고 손가락질하지 않는 사람이 어디 있다고……' 아빠는 급히 손으로 귀를 틀어막으셨어요. '이제 그만, 내가 당신 앞에 무릎을 꿇으면 되겠소?' 엄마가 아빠의 말을 가로막았어요. '제가 꿇을게요. 제가 당신 앞에 무릎을 꿇을게요.' 그 말과 동시에 '털썩' 하는 소리와 함께 엄마가 무릎을 꿇으셨어요. 아빠는 그 자리에 멈춰 서서 미동도 하지 않으셨어요. 엄마는 기어이 울음을 터뜨리시더니 아빠 옷깃을 부여잡고 하염없이 눈물을 흘리시며 말했어요. '우리 모자를 불쌍히 여겨주세요. 당신 계속 이럴 거면 생고생이라도 면하게 차라리 우릴 죽여줘요.' 아빠는 한마디 대꾸도 없이 엄마 손을 뿌리치고는 몸을 돌려 뛰쳐나가셨어요. 엄마가 뒤에서 아빠를 불렀지만 아빤 뒤돌아보시지 않았어요. 엄마도 울고 형도 울고 저도 울었어요. 엄마가 저희에게 말씀하셨어요. '너희들 열심히 공부해야 한다. 안 그러면 우리 가족 모두 굶어죽기 십상이다.' 저는 한마디도 할 수 없었어요. 그때 형이 대답했어요. '엄마, 아무 걱정 마세요. 저도 이제 클 만큼 컸어요. 엄마 원수는 제가 반드시 갚아줄 거예요.' 그날 밤 엄마는 저 혼자 자게 내버려두었는데 아빠가 돌아오실 줄 아셨던 거죠. 엄마는 밤새 뜬눈으로 지새웠고, 저 역시 한숨도 못 잤어요. 저는 두 눈을 동그랗게 뜨고 등잔불을 노려보며 아빠가 돌아오시기만을 기다렸어요. 새벽닭이 몇 번이나 울 때까지 아빠는 끝내 모습을 보이지 않으셨어요."

"아빠는 이틀 밤을 들어오지 않으셨어요. 다급해진 엄마는 사람을 시켜 백방으로 아빠를 찾아보게 하셨고 형한테도 찾아보라고 하셨어요. 하지만 어디서도 아빠를 찾지 못했어요. 엄마는 마작도 잊은 채 하루 종일 집 안에 틀어박혀 울기만 하셨고 아빠와 말다툼을 한 자신을 탓하셨어요. 3일째 되던 날 새벽, 아빠가 돌아오시자 엄마는 언제 싸웠냐는 듯 웃으며 아빠를 맞았고 아빠한테 차를 따라드린다, 간식을 챙겨드린다 하며 부산을 떠셨어요. 아빠도 엄마와 웃음꽃을 피우며 즐겁게 이야기를 나누셨어요. 나중에 엄마가 아빠한테 금가락지 한 쌍을 건네주자 아빠가 무척 기뻐하시는 모습을 봤어요. 그날 오후 아빠는 엄마와 함께 형과 저를 데리고 경극을 보러 갔어요."

"지금까지도 기억에 생생해요. 꿈속에서도 여러 번 봤고요. 그날 이후 두 분은 거의 한 달이 다 되도록 단 한 번도 싸움을 하시지 않았거든요. 저희도 덩달아 얼마나 신났는지. 아빠는 늘 일찍 들어오셨고, 날마다 간식거리를 사다 주셨어요. 어느 날 저녁, 저는 아빠와 침대에 나란히 누워 귓속말로 속삭였어요. '아빠, 이제 다시는 엄마랑 싸우지 마세요. 두 분이 싸우지 않으니까 모두들 얼마나 행복한지 몰라요.' 아빠는 제게 앞으로는 절대 싸우지 않겠노라고 맹세하셨어요."

"하지만 얼마 못 가 아빠는 엄마랑 또 한바탕 크게 싸우셨는데, 금가락지 때문인 것 같았어요. 싸우기만 하면 엄마는 늘 우셨고 며칠 지나면 거짓말처럼 아빠한테 잘해주셨어요. 엄마는 한두 달에 한 번씩 아빠한테 값나가는 물건을 내주셨어요. 그런 날이면 아빠는 으레 저희들에게 경극도 보여주고 외식도 시켜주셨어요. 하지만 오래가지 않아 그 물건들 때문에 또 한바탕 난리가 나곤 했어요. 매년 그런 식이었어요."

"엄마 아빠는 제가 나이에 비해 일찍 철이 들었다고 하셨어요. 확실히 그때는 모든 것이 분명했어요. 돈이 무엇보다 중요하고, 사람과 사람 사이에 진실은 통하지 않으며, 모두가 이기적이라는 사실을 알게 됐거든요. 집안이 떠들썩할 정도로 심하게 다투는 날이면 저희는 집안의 웃음거리가 되었고, 그 누구도 우릴 동정해주지 않았어요."

"싸움은 하루가 다르게 더 심해졌어요. 싸움이 끝나고 나면 엄마는 늘 우셨고 아빠는 어김없이 외박을 하셨어요. 싸우면 싸울수록 두 분 사이가 멀어지기만 한다는 걸 한눈에도 알 수 있었어요. 제가 도무지 이해할 수 없었던 건, 한바탕 싸우고 울고불고 난리를 치고 나면 엄마가 아빠에게 값나가는 물건을 내주신다는 점이었어요. 아빠가 가지고 나가실 게 뻔한데도 말이에요. 물건뿐 아니라 돈도 주셨어요. 엄마는 그나마 남은 돈마저 아빠가 머지않아 다 써버릴 거라고 입버릇처럼 말씀하셨어요. 그런데도 아빠에게 늘 돈을 주셨어요. 그러면서 그 돈은 외할머니가 엄마에게 물려주신 것으로, 아빠 장사 밑천으로 드리는 거라고 하셨어요. 할아버지께서 물려주신 돈은 이미 다 써버리고 없다고 하셨죠.”

“아빠가 값나가는 물건이나 돈을 손에 쥐어야만 집 안에 웃음꽃이 피었고, 두 분이 오순도순 대화도 나누셨어요. 손에 돈을 쥐지 못하는 날에는 아빠는 하루 종일 무뚝뚝하니 입도 뻥끗하지 않으셨어요. 애초부터 낮에는 늘 외출을 하셨기 때문에 아빠 모습을 볼 수 있는 날은 열흘 중 하루 이틀에 불과했어요.”

“하루는 아빠가 저를 데리고 물건을 사러 나갔다가 볼일을 다 봤는데도 집에 돌아갈 생각은 하시지 않고 한 독채*로 절 데려가셨어요. 그곳에 아주 예쁜 여자가 있었는데 계란형 얼굴에 짙은 화장을 하고 있었던 걸로 기억해요. 그녀는 아빠를 ‘셋째 나리’라고 불렀고, 저에게는 ‘작은 도련님’이라고 불렀어요. 아빠는 그녀를 ‘다섯째’라고 불렀고, 저에게 ‘이모’라고 부르게 했어요. 우리는 그곳에 한참을 앉아 있었어요. 두 분은 사이가 무척 좋아 보였고, 많은 이야기를 나누셨어요. 두 분 목소리가 워낙 작기도 했지만, 저 역시 두 분 대화를 엿들을 생각은 없었어요. 게다가 이모가 하는 말은 전혀 알아들을 수조차 없었어요. 그녀는 저에게 그림책 몇 권과 함께 사탕을 한 움큼 갖다 주었고 간식거리도 듬뿍 챙겨주었어요. 저는 키 작은 걸상에 앉아 혼자 책을 읽었어요. 우리는 저녁까지 먹고 나서야 집으로 돌아왔어요. 집으로 돌아오는 길에 엄마 앞에서는 이모 얘기를 절대 입 밖에 꺼내지 말라고 아빠가 신신당부하셨어요. 그러고는 ‘이모’ 어떠냐고 물어보셔서 참 예쁘다고 대답했어요. 그러자 아빠는 무척 좋아하셨어요. 집에 도착했을 때, 기분이 좋은 아빠를 보시고는 엄마가 제게 가볍게 몇 마디 물어보시더니 더

* 獨院兒: 한 세대가 단독으로 사용하는 정원 딸린 저택.

이상은 관심을 보이시지 않았어요. 하지만 형은 제 말을 못 믿겠다며 정원으로 데리고 나가 어디 갔었냐고 꼬치꼬치 캐물었어요. 물론 시치미를 뚝 뗐죠. 그랬더니 형이 벌컥 화를 내며 몇 마디 핀잔을 늘어놓더니 언제 그랬냐는 듯 바로 화를 풀었어요. 그날따라 아빠는 침대에 누워 옛날이야기도 들려주시고 저에게 참 잘해주셨어요. 착한 아이라고 칭찬도 해주시고, 공부할 수 있도록 뒷바라지도 잘해주겠노라고 하셨어요. 그때 저는 벌써 소학교 학생이었거든요."

"이듬해 엄마가 결국 '이모'의 존재를 알아차리셨어요. 어느 날 아침, 엄마는 아빠 옷가지를 챙기다가 주머니에서 '이모' 사진과 아빠한테 온 편지 한 장을 발견하신 거예요. 그때 막 자리에서 일어나신 아빠는 엄마의 질문에 답을 제대로 하시지 못했어요. 엄마는 그제야 이제까지 아빠가 가져다 쓴 물건이 장사 밑천으로 쓰인 게 아니라 전부 '이모' 손으로 들어갔다는 걸 알아버리셨어요. 두 분이 대판 싸우셨어요. 그날은 아빠가 사각 테이블 위에 놓여 있는 간식거리와 식기를 몽땅 집어던졌을 만큼 분위기가 험악했어요. 엄마는 머리를 산발한 채 대성통곡을 하셨고요. 두 분이 그렇게 험악한 모습을 보인 건 그때가 처음이었어요. 엄마가 당장 죽어버리겠다고 난리를 치자 그때야 형이 첫째 큰아버지와 둘째 큰아버지를 모셔왔어요. 둘째 큰아버지가 아빠를 호되게 꾸짖으시면서 사태는 가까스로 수습이 됐어요. 아빠가 엄마한테 손이 발이 되도록 싹싹 빌면서 밖에 따로 장만한 집도 처분하겠다고 약속하셨어요. 그날 아빠는 집에서 한 발짝도 나가지 않으셨고, 엄마는 저녁 무렵이 돼서야 겨우 화를 푸셨어요."

"그날 밤도 아빠와 함께 잤어요. 밖에는 비가 억수같이 쏟아지고 있었고, 저와 아빠는 쉽사리 잠들지 못했어요. 당시 저희 집에는 벌써 전등이 있었어요. 전등 불빛에 방 안이 환했기 때문에 아빠 눈에 가득 차오르는 눈물을 볼 수 있었어요. 제가 아빠에게 말했어요. '아빠, 엄마랑 다시는 싸우지 마세요. 무서워 죽겠어요. 하루가 멀다 하고 그렇게 싸우시면 저랑 형은 어떻게 해요?' 저는 말하는 도중에 그만 울음을 터뜨리고 말았어요. '엄마랑 다시는 싸우지 않겠다고 약속하셨잖아요. 어른은 거짓말하면 안 되잖아요.' 아빠는 제 손을 잡더니 힘없이 말씀하셨어요. '네겐 정말 미안하구나. 난 아비 될 자격이 없다. 앞으로는 엄마와 싸우지 않으마.' 제가 말했어요. '아빠 말은 더 이상 못 믿겠어요! 며칠만 지나면 또 싸우실 거고 결국 다른 사람들 앞에서 구경거리가 되게 하실 거잖아요.' 아빠는 한숨만 내쉬셨어요."

"저는 두 분이 다시는 싸우시지 않을 거라고 생각했어요. 하지만 한 달도 못 가서 두 분 사이가 심상치 않았어요. 그래도 크게 싸우시지는 않았어요. 엄마가 한마디라도 하시면 아빠는 그 길로 나가서 며칠이고 집에 들어오시지 않았거든요. 아빠가 집에 돌아오시면 엄마는 아빠를 다그치셨고 아빠는 건성으로 몇 마디 대꾸하시고는 서재로 쌩하니 들어가버리셨어요. 엄마는 그런 아빠를 어쩌지 못하셨어요."

"첫째 큰아버지가 돌아가시자 대저택에 남겨진 다른 가족은 한 목소리로 대저택을 팔아치우고 따로 분가해서 살자고 성화였어요. 엄마도 찬성하셨고요. 유독 아빠만이 반대하셨어요. 할아버지께서 손수 설계해서 지으신 저택인 데다, 저택만은 절대 팔지 말고 후에 사당으로 쓰라고 유언하셨다면서요. 다른 가족은 그런 아빠를 비웃었어요. 아빠 말에 귀를 기울이는 사람은 단 한 사람도 없었죠. 둘째 큰아버지와 작은아버지는 아빠가 그런 말을 할 자격이 없다고 하셨어요."

"그날 가족회의를 열고 상의하던 모습이 아직까지도 눈에 선해요.

일본 놈들이 상하이에서 전쟁을 벌이던 때였어요. 거실에서 둘째 큰아버지와 작은아버지가 아빠와 크게 다투셨어요. 둘째 큰아버지는 테이블을 내려치며 욕설을 퍼부었고 작은아버지 역시 아빠에게 삿대질을 해가며 욕을 하셨어요. 아빠는 얼굴이 시뻘겋게 달아오른 채 말을 더듬으셨어요. 저는 문밖에 숨어 그 모습을 지켜봤어요. '팔 수 있으면 어디 재주껏 팔아봐. 내 눈에 흙이 들어가기 전에는 절대 사인해주지 않을 테니까. 그동안 아버지 얼굴에 먹칠만 하고, 물려주신 땅도 모두 날려버렸어. 아버지 앞에서 얼굴조차 들 수 없는 불효막심한 자식이지만 이 저택만큼은 절대 팔 수 없어.' 아빠는 이렇게 말씀하시면서 한사코 사인을 거부하셨어요. 둘째 큰아버지와 작은아버지는 속수무책이었어요. 저희가 살던 별채를 팔겠다는 사인이 없는 한 대저택을 처분하는 건 어림도 없는 일이었어요. 엄마도 아빠 마음을 돌려보려고 무진 애를 썼지만 아빠는 요지부동이셨어요. 그때 작은아버지가 엄마에게 귓속말로 몇 마디 속삭이자 엄마는 그 길로 나가 형을 데리고 들어왔어요. 형은 졸업하고 성(省)으로 돌아온 지 두 달도 채 되지 않아 아직 우정국에 취직하기 전이었어요. 방으로 들어온 형은 아빠는 거들떠보지도 않고 테이블 앞으로 성큼성큼 걸어가더니 펜을 들어 사인을 했어요. 아빠가 눈을 부릅뜨고 그런 형을 노려보셨어요. 형은 보란 듯이 큰 소리로 말했어요. '제가 사인했으니 우리 별채를 파는 데 동의한 거예요. 세번째 별채의 주인은 바로 저예요. 누구의 반대도 두렵지 않아요!' 둘째 큰아버지가 서둘러 문서를 챙기셨어요. 좋아서 어쩔 줄 모르셨죠. 작은아버지와 첫째 큰아버지네 형도 다들 기쁨을 감추지 못한 채 하나 둘 자리를 떴어요. 아빠는 너무 화가 나신 나머지 한참 동안 눈을 부릅뜨고 계시다가 혼잣말로 중얼거리셨어요. '저 앤 이제 내 아들이 아니다.' 저는 거실에 혼자 남겨진 아빠 곁으로 다가가 아빠 손을 꼬옥 잡았어요. '아빠, 아빠 아들 여기 있잖아요.' 아빠는 고개를 떨어뜨리고 한동안 저를 물끄러미 내려다보셨어요. 그리고 말씀하셨죠. '암, 그렇고말고. 아~ 모든 게 내가 자초한 일이다…… 우리 정원에 나가보자꾸나. 머지않아 이 저택도 팔릴 텐데.'"

"아빠는 제 손을 이끌고 정원으로 나가셨어요. 정원은 그때나 지금이나 변함이 없어요. 8월로 접어드는 시기라 계화나무 꽃이 한창이었어요. 정원에 발을 들여놓자 달콤한 계화나무 꽃향기가 콧속으로 스며들었어요. 저는 아빠를 따라 한참 동안 정원 속을 거닐었어요. 아빠가 말씀하셨죠. '한얼아, 잘 봐두거라. 며칠 뒤면 다른 사람 소유가 될 테니까.' 그 말을 듣고 전 너무 속상했어요. 그래서 여쭤보았어요. '아빠. 지금까지 이곳에서 잘 지냈잖아요. 그런데 둘째 큰아버지와 다른 식구들은 왜 저택을 팔고 싶어 하시는 거죠? 왜 아빠 말은 들어보지도 않고 덮어놓고 반대만 하시는 거예요?' 그리고 또 이렇게 여쭤보았어요. '다시는 이 집에 들어올 수 없는 거예요?' 아빠가 대답하셨어요. '그렇단다. 그러니 잘 봐두라는 거야!' 제가 또 여쭤보았어요. '저택이 팔리지 않으면 이사 가지 않아도 되는 거죠?' 아빠가 대답하셨어요. '아직 어린애구나. 팔리지 않는 저택이 어디 있겠니?' 아빠는 제 손을 잡고 동백나무가 있는 곳으로 데려가셨어요. 꽃이 필 시기도 아니었는데 나무 위에 새겨놓은 글자를 보여주고 싶으셨던 거예요. 제가 좀 전에 봤던 그 글자 말이에요. 전에는 동백나무가 두 그루였어요. 나중에 저택은 야오씨 댁으로 넘어갔지요." (아이는 고개를 돌려 야오 부인의 얼굴에 시선을 고정시켰다.) "지금은 하얀 동백나무는 죽어버리고, 빨간 동백나무 한 그루만 남았어요. 아빠는 손가락으로 글자들을 가리키며 말씀하셨어요. '저 글자들이 너보다 나이가 더 많단다.' 제가 여쭤보았어요. '형보다 더요?' 아빠가 말씀하셨어요. '네 형보다도 나이가 훨씬 많지.' 아빠는 길게 한숨을 내쉬셨어요. '오늘 네 형 태도를 보아하니 나보다 더 기세등등하더구나. 품 안의 자식이라더니. 이젠 도리어 날 가르치려 들더구나.' 제가 말했어요. '오늘 아빠를 대하는 형 태도는 정말 나빴어요. 형 때문에 저도 화가 단단히 난걸요." 그러자 아빠는 몸을 돌려 제 머리를 톡톡 치시며 한참을 물끄러미 바라보시다 고개를 저으셨어요. '형한테 화가 난 게 아니야. 형한텐 형 나름의 이유가 있는 거야. 잘못은 아비 노릇을 제대로 하지 못한 내게 있단다.' 저는 큰 소리로 외쳤어요. '아빠, 형은 엄연히 아빠 아들이에요. 다른 사람과 한통속이 돼서 아빠를 무시해서는 안 되는 거라고요!' 아빠는 말씀하셨어요. '내가 뿌린 씨다. 엄마한테도 너희들한테도 정말 면목이 없구나.' 저는 서둘러 말했어요. '앞으로 이모 집에 다시는 가지 마세요. 날마다 엄마 곁을 지켜주시면 엄마도 틀림없이 좋아하실 거예요. 지금 당장 엄마한테 가서 말할게요!' 아빠는 황급히 제 입을 틀어막으셨어요. '엄마한테 이모 얘기를 꺼내선 안 돼. 이미 엎질러진 물이다. 저 글자들을 좀 보렴. 내가 저걸 새길 때가 지금 너만 한 나이였는데. 오늘 이렇게 둘이서 이 글자를 보게 될 줄은 꿈에도 몰랐구나. 며칠 뒤면 저택도, 정원도 주인이 바뀔 테지. 내가 새긴 이 글자들조차 지켜주지 못하는구나. 한얼아, 아빠 말 명심하거라. 넌 아빠를 본받으면 안 된다. 이렇게 무능한 아빠를 본받아서는 절대 안 돼.' 저는 말했어요. '아빠, 저는 아빠를 원망하지 않아요.' 아빠는 말없이 저를 바라보셨어요. 아빠는 눈물을 흘리셨어요. 아빠는 한숨을 짓더니 한 손으로 제 어깨를 어루만져주셨어요. '네가 커서도 아빠를 탓하거나 미워하지 않는다면 난 죽어도 여한이 없다.'

아빠의 말에 저는 그만 울음을 터뜨리고 말았어요. 실컷 울고 나자 아빠가 손수건을 꺼내 제 눈물을 손수 닦아주셨어요. 그리고 말씀하셨어요. '그만 울고 계화나무 꽃향기가 얼마나 그윽한지 한번 맡아보렴. 이제 곧 중추절*이구나. 내가 막 장가를 갔을 무렵에는 네 엄마와 종종 정원을 거닐며 달구경을 하곤 했었지. 그때는 화단도 없었단다. 화단 대신 연못이 하나 있었는데, 네 형이 태어나자 할아버지께서 집 안에 아이들도 많은데 실수로 연못에 빠지면 큰일이라며 연못을 메워버리셨지. 그때만 해도 엄마와 사이가 참 좋았는데, 오늘 같은 날이 오리라고 누가 상상이나 했겠니?' 아빠는 다시 금붕어가 노닐고 있는 물 항아리 쪽으로 저를 데리고 가셨어요. 항아리 속에 담겨 있는 물은 부평초며 새우며 곤충들로 굉장히 더러웠어요. 아빠가 손으로 항아리를 짚으시자, 저도 따라서 항아리를 감싸 안았어요. 아빠는 말씀하셨죠. '내가 어렸을 때 금붕어에게 먹이 주는 걸 굉장히 좋아해, 학교가 파하자마자 쪼르르 달려오곤 했단다. 밥 먹으라고 부를 때까지 이곳을 떠날 줄 몰랐지. 그때만 해도 물이 참 맑아서 밑바닥에 깔려 있는 모래알까지 셀 수 있을 정도였단다. 내가 '오란다 버터플라이'라고 하는 금붕어 두 마리를 얻어 오자 할아버지께서도 그놈들을 무척 좋아하셔서 종종 나와 보곤 하셨지. 우리는 자주 항아리 앞에 이렇게 함께 서 있곤 했단다. 지금 우리처럼 말이다. 그때는 아버지와 지금은 아들과 함께구나. 생각해보니 꿈만 같다.' 우리는 다시 계화나무 아래로 돌아왔어요. 아빠는 고개를 들어 계화나무 꽃을 올려다보셨어요. 참새들이 나뭇가지 위에서 서로 다투는 바람에 꽃이 여러 송이 떨어졌어요. 아빠는 몸을 숙여 꽃

* 우리의 추석과 같은 중국의 명절.

을 주우셨어요. 저도 쪼그리고 앉아 꽃을 주웠어요. 그때 아빠는 마음의 꽃을 줍고 계셨던 거예요. 잠시 뒤 아빠는 위 사랑채 문을 열고 들어가 저와 한참을 앉아 계시다가 다시 아래 사랑채로 가서 또 그렇게 앉아 계셨어요. 아빠가 말씀하셨어요. '며칠 뒤면 모든 것이 남의 손에 넘어가겠구나.' 저는 아빠에게 여쭤보았어요. '정원은 할아버지께서 손수 가꾸신 건가요?' 아빠는 그렇다고 대답하셨어요. 그러면서 덧붙이셨죠. '할아버지께서 돌아가시기 얼마 전으로 기억해. 그날 나는 정원에서 우연히 할아버지를 만났고, 할아버지께서는 내게 많은 얘기를 해주셨단다. 그러다 느닷없이 이런 말씀을 하시는 거야. "아무래도 내가 얼마 못 살 것 같구나. 내가 죽고 나면 정원과 이곳의 모든 것이 언제까지 온전하게 남아 있을지 모르겠구나. 너희들이 마음에 안 놓여. 덕행은 물려주지 못한 채 재산만 자손들에게 물려주면 결국에는 지켜내지 못할 거라는 사실을 이제야 깨닫다니. 오랜 세월을 헛살았구나!" 할아버지께서 분명히 그렇게 말씀하셨지. 오늘에서야 그 말뜻을 이해하게 되는구나. 하지만 이미 너무 늦어버렸어'……"

야오 부인이 손수건을 꺼내 눈을 가린 채 소리 죽여 울기 시작했다. 나는 아이가 말하는 틈틈이 그녀에게 눈을 돌려, 그녀의 눈에 수정 같은 눈물이 솟아나는 것을 눈여겨보았었다. 그녀의 입에서 끝내 울음소리가 터져 나오자 아이는 하던 말을 멈추고 당황스러운 듯 그녀를 쳐다보며 다정하게 불렀다. "야오 부인." 나는 연민에 차서 그녀를 바라보았지만 감정이 북받쳐 올라 말 한마디 건네지 못했다. 아래 사랑채에 잠시 정적이 흘렀다. 아이의 눈에서도 눈물이 방울방울 떨어졌다. 야오 부인의 울음소리는 이미 그친 뒤였다. 두 사람의 기구한 운명이 내 마음을 온통 뒤흔들어놓았다. 인간 세상에 어찌 이렇게 많은 고뇌가 있을까! 펜으로 표현해낼 수 없을 만큼 고뇌의 깊이는 천배 만 배 더 깊었다. 나는 과연 무엇을 할 수 있을까? 이렇게 맥없이 그들을 바라만 보고 있는 내 자신이 한없이 원망스러웠다. 침묵이 나를 더 고통스럽게 했다. 큰 소리로 울부짖고 싶었다.

아이가 갑자기 일어나며, 손으로 얼굴의 눈물자국을 닦았다. 가려는 걸까? 이야기의 가장 중요한 부분은 감추고 싶은 걸까? 아이가 한 걸음을 내딛자 야오 부인이 고개를 들며 말했다. "애야, 가지 말고 계속 얘기해주렴."

"네. 다 말씀드릴게요." 잠시 주저하던 아이는 갑자기 큰 소리로 말하며 다시 소파에 앉았다.

"좀 전에 마음이 정말 아팠단다." 그녀는 무안한 듯 손수건으로 자신의 눈가를 가볍게 닦으며 말했다. "네 할아버지께서 하신 말씀이 마음에 깊이 와 닿았거든. 그런데 너같이 어린 꼬마가 그때 일들을 어쩜 그리도 소상하게 기억하고 있지? 벌써 오래전 일이라 기억이 가물가물할 텐데."

"제가 아는 한 아빠와 관련된 일은 결코 잊을 수가 없으니까요. 잠 못 이루는 밤이면 늘 그때 일을 떠올려보기 때문에 그 당시 나누었던 말은 토씨 하나 빠뜨리지 않고 다 기억할 수 있어요."

"밤에 자주 잠을 못 자니?" 내가 물었다.

"아빠 생각만 하면 잠이 안 와요. 잠이 안 올수록 아빠 생각은 더 간절해지고요. 그리움이 쌓일수록 아빠한테 죄송한 마음만 더해요……"

"네가 아빠한테 죄송할 게 뭐 있어? 명백히 네 아빠 잘못인걸. 누가 뭐래도 너희 가족의 행복을 앗아간 장본인은 바로 네 아빠야." 나는 더 참지 못하고 말참견을 했다.

"하지만 아빠를 너무 매몰차게 대했어요." 아이가 대답했다. "깊이 뉘우치고 계신 아빠를 우리는 용서했어야 해요."

"그래. 네 말이 옳아. 용서만큼 중요한 건 없어. 하물며 가족인 것을." 야오 부인이 아이 말에 동의해주었다.

"하지만 용서도 어느 정도껏이어야 하지요. 특히 완고한 사람에게 용서는 때로 용인이 되기도 하니까요." 나는 은근히 자오씨 댁을 빗대어 한마디 했다.

그녀는 나를 한 번 흘끗 쳐다보더니 말없이 고개를 숙이며 아이를 재촉했다. "얘야, 계속 이야기해주겠니?" 그리고 한마디 덧붙였다. "말하는 게 괴로우면 억지로 할 필요는 없어."

"아니, 아니에요." 아이는 머리를 힘껏 저었다. "말을 하고 나니 10년 묵은 체증이 내려간 것처럼 속이 후련해요. 아빠 일에 대해서 누구하고도 이렇게 오래 말해본 적이 없어요. 가족은 저를 아직 어린애 취급해서 진지한 얘기 상대로 쳐주지도 않아요. 따지고 보면 적은 나이도 아닌데. 저는 세상 물정도 모르고 그저 밥이나 축내는 그런 어린애가 아니거든요."

"그럼 계속해보렴. 네 아빠에 얽힌 사연을 좀더 듣고 싶구나. 차 한 잔 따라줄게." 그녀는 이렇게 말하며 자리에서 일어났다.

"제가 할게요." 아이가 황급히 자리에서 일어났지만, 야오 부인은 이미 차를 따르고 있었다. 아이는 몸 둘 바 몰라 하며 찻잔을 건네받은 다음 손으로 받쳐 들고 몇 모금 목을 축였다.

나는 조용히 일어나 문간까지 갔다가 다시 책상 앞으로 돌아왔다. 등받이 의자를 아이에게서 네댓 발짝 떨어진 곳으로 옮기고 나서, 아이 바로 맞은편까지 바싹 끌어당겨 앉았다. 나는 세상을 일찍 깨친 아이를 연민이 가득 찬 눈빛으로 바라보았다. 어린 나이에 고통과 불행을 이토록 생생하게 기억해서도, 이런 깨달음을 얻어서도 안 되는 건데. 나조차도 반평생에 걸친 아이 아버지의 사연을 이보다 더 생생하게 전달하는 건 불가능했다. 불행한 경험이 아이에게 정신적으로 많은 영향을 끼친 것이리라.

## 27

아이의 이야기는 계속되었다.

"한 달이 넘도록 대저택은 팔리지 않았어요. '남쪽 지방'은 전쟁이 갈수록 치열해졌고, 일본군 비행기는 곳곳에서 융단 폭격을 감행했어요. 우리가 있던 곳은 비교적 안전하다고는 해도 역시 많은 유언비어가 나돌았어요. 둘째 큰아버지를 비롯한 다른 가족은 집이 팔리지 않을까 봐 조바심을 쳤어요. 둘째 큰아버지가 대저택을 팔아버리겠다는 결심을 보여주기라도 하듯 제일 먼저 이사를 가셨어요. 그 뒤를 이어 작은아버지와 첫째 큰아버지네 형도 잇따라 이사를 갔어요. 엄마와 형도 이사할 작정으로 밖에다 집을 별도로 장만했지만 아빠가 허락하지 않으셨어요. 그 일로 또 한바탕 말다툼이 벌어지기도 했어요. 결국 우리는 이사를 갔지만, 아빠는 혼자서라도 그곳에 남아 집을 지켜야 한다며 끝내 우리와 함께 떠나시지 않았어요."

"이사 간 뒤로 저는 수업만 끝나면 아빠를 보러 대저택으로 찾아갔어요. 열 번도 넘게 찾아갔지만 아빠 얼굴을 본 건 딱 한 번뿐이었어요. '이모'한테 가셨다고 생각했어요. 엄마가 물으시면 매번 아빠를 만났다고 거짓말을 했고 엄마는 제 말을 조금도 의심하시지 않았어요."

"대저택이 야오씨 댁으로 넘어가자, 다들 돈을 나눠 갖고 무척 기뻐했어요. 우리 몫은 형이 챙겼어요. 그러자 아빠는 불같이 화를 내셨어요. 아빠는 이사 간 집으로 오시지 않고, 동문 밖에 있는 절에 한두 달 가 있겠다고 하셨어요. 엄마가 집으로 들어오라고 아무리 권해도 아빠는 고집을 꺾지 않으셨고, 그 일로 형과 대판 싸운 뒤로는 아예 돌아올 생각조차 안 하셨어요. 새로 이사 간 집에는 아빠가 쓰실 서재도 한 칸 따로 마련해두었지요. 새 집은 독채로 아주 깨끗했고, 이전의 저택과 비교해도 손색이 없을 만큼 깔끔하고 편안했어요. 아무렴 집만큼 편한 곳이 어디 있겠냐며 저도 집으로 들어오시라고 열심히 졸랐어요. 하지만 아빠는 꿈적도 하지 않으셨어요. 형은 아빠가 절에 묵으며 요양을 하는 게 아니라, 작은 저택에서 첩과 함께 깨가 쏟아지게 살고 있을 거라고 했어요. 그러면서 그 첩이 원래는 장쑤 성 기녀였다는 말을 했어요."

"두 달이 지나도 아빠가 집으로 돌아오실 기미는 전혀 보이지 않았어요. 집에 네댓 번 들르긴 했지만 반 시간도 채 앉아 있지 못하고 바로 일어나셨어요. 마지막으로 오셨을 때 형과 맞닥뜨린 뒤 형이랑 또 한바탕 다투셨어요. 언제쯤 집에 돌아오실 거냐는 형의 물음에 아빠는 우물쭈물 대답을 하시지 못했어요. 그러자 형이 아빠에게 욕을 해댔고, 아빠는 몇 마디 못하고 슬그머니 집을 빠져나가셨어요. 제가 아빠를 좇아 나갔을 때는 이미 멀리 사라지고 난 뒤였어요. 그날을 마지막으로 아빠는 더 이상 모습을 보이시지 않았어요. 한 달쯤 지난 원소절(元宵節)*

*정월 대보름.

날, 형은 아빠가 곧 집으로 돌아오실 거라고 했어요. 엄마가 그걸 어떻게 아냐고 물으셨죠. 그제야 형은 아빠가 데리고 있던 기녀가 값나가는 물건을 죄다 훔쳐 도망가버리는 바람에 하루아침에 빈털터리가 되었으니 분명히 돌아오게 될 거라고 말하더군요. 형 말을 듣고 저는 너무 불쾌했어요. 형이 돼서 아빠한테 너무 불손하다고 느꼈거든요. 누가 뭐래도 우리 아빠고, 아빤 단 한 번도 저희를 홀대하신 적이 없었으니까요."

"저는 형의 말을 믿을 수 없었어요. 하지만 형은 아빠가 어디 사는지도 알고 있었고, 거리에서 장쑤 성 '이모'를 만난 적도 있다고 했어요. 저는 그동안 여기저기 수소문을 해보았지만 어디에서도 아빠 소식을 듣지 못했던 터라 형을 붙잡고 물어볼 수밖에 없었어요. 하지만 형은 더 이상 말해주지 않았어요. 제가 자꾸 물어보자 형은 결국 버럭 화를 내더군요. 그래도 형이 저녁 식사 시간에 틈틈이 아빠 얘기를 해주어서 아빠 소식을 조금이나마 들을 수 있었어요. 아빠가 온 천지를 이 잡듯 샅샅이 뒤지고 다녔지만 끝내 '이모'를 찾지 못했다는 사실도 알게 되었어요. 저는 아빠가 어디 사는지도 모르는 상황에서 무작정 아빠를 찾아 나설 수는 없었어요."

"어느 날 정말로 아빠가 돌아왔어요. 음력 2월 말로 기억해요. 아빠는 심하게 앓고 난 뒤였는지 등도 심하게 굽었고, 얼굴은 누렇게 뜬 데다, 눈은 퀭하고, 수염은 듬성듬성 빠져 있고, 걸을 때는 힘이 하나도 없는 데다가 말끝마다 한숨을 내쉬었어요. 아빠가 집에 돌아왔을 때, 마침 저는 학교에서 돌아오는 길이었고, 형은 퇴근 전이었어요. 아빠는 거실 앞에 우뚝 선 채 엄마 방에 발을 들여놓을 엄두를 못 내셨어요. 제가 엄마를 부르자 엄마가 방문 앞까지 나오더니 그 자리에 서서 한마디 하셨죠. '돌아올 줄 미리 알고 있었어요.' 아빠가 고개를 푹 숙이자 금방이라도 앞으로 고꾸라질 듯 몸이 휘청거렸어요. 그런데도 엄마는 눈 하나 깜짝하시지 않았어요. 제가 달려가 아빠 손을 부축해 의자에 앉혀 드렸어요. 그러고 나서 여쭤보았어요. '아빠 시장하시죠?' 아빠는 고개를 저으셨어요. '아니.' 그때 엄마가 몸을 돌려 자리를 떠나시는 모습이 보였어요. 얼마 안 있어 뤄(羅) 아주머니가 세숫물을 들여왔고 뒤이어 차며 간식거리들을 내왔어요. 아빠는 말없이 고개를 숙인 채 차와 간식을 남김없이 싹 비우셨어요. 그제야 아빠 얼굴에 화색이 돌기 시작했어요. 마음이 너무 아파서 '아빠'라고 부르기만 해도 눈물이 핑 돌았어요. 제가 말했어요. '아빠, 이젠 집에서 저희와 함께 살아요. 이모는 더 이상 찾지 마시고요. 여윈 것 좀 보세요!' 아빠는 제 손을 꼭 쥐고 아무 말 없이 눈물만 흘리셨어요."

"잠시 뒤 엄마가 나오셨어요. 엄마는 아빠가 피곤하지는 않은지, 방에 들어가 눈 좀 붙이겠는지 저보고 물어보라고 큰 소리로 말씀하셨어요. 아빠는 극구 마다하셨지만, 너무 기진맥진한 상태라 제가 끌다시피 방으로 모시고 들어갔어요. 잠시 뒤에 엄마 방에 들어가 보니, 아빠는 벌써 침대 위에서 잠이 드셨고, 엄마는 침대 앞 등나무 의자에 앉아 계셨어요. 무슨 이야기가 오간 듯 엄마는 고개를 떨어뜨리고 눈물을 흘리고 계셨어요. 저는 서둘러 그곳을 나왔어요. 이번에야말로 두 분이 화해하셨구나 생각했지요."

"형이 돌아온 뒤에 우리는 함께 저녁 식사를 했어요. 그날따라 형은 늦게 퇴근했어요. 저는 신이 나서 아빠가 집에 돌아온 사실을 형에게 알려주었지요. 형은 제 말을 듣더니 표정이 딱딱하게 굳으며 말했어요. '돌아올 거라고 내가 말했잖아. 안 돌아오면 어디 가서 밥이나 빌어

먹을 수 있겠니?' 저는 화가 나서 한마디 쏘아붙였어요. '아빠 집인데 못 돌아오실 이유가 없잖아?' 형은 더 이상 아무 말도 하지 않았어요. 식사 시간이 되자 아빠를 본 형은 아는 척을 해야 하나 고민하는 듯했어요. 하지만 아빠가 뭐라고 말을 좀 붙여보려고 하자, 딱딱하게 굳은 얼굴로 입도 뻥긋하지 않았어요. 의외로 엄마가 아빠에게 몇 마디 말을 거시곤 했어요. 형이 밥 한 그릇을 뚝딱 해치우더니 뤄 아주머니에게 큰 소리로 밥을 더 가져오라고 시켰는데, 하필 그날따라 뤄 아주머니가 집에 없었어요. 그러자 형은 다짜고짜 화를 내며 테이블을 내리치더니 몇 마디 욕설을 내뱉고는 무표정한 얼굴로 나가버렸어요."

"우리는 형 때문에 깜짝 놀랐어요. 엄마가 말씀하셨어요. '오늘 안 좋은 일이라도 있었나? 왜 밑도 끝도 없이 성질을 피우는지 모르겠네.' 고개를 떨어뜨린 채 식사를 하시던 아빠는 엄마 말에 고개를 드셨어요. '내가 돌아와서 그런 모양이오.' 엄마는 잠자코 고개를 숙이셨어요. 아빠가 밥 한 공기를 다 드시고 밥그릇을 내려놓자 엄마가 물으셨어요. '왜 그만 드시게요? 좀더 드시지 않고?' 아빠는 나지막한 목소리로 대답하셨어요. '배부르게 잘 먹었소.' 그러고 나서 자리에서 일어나셨어요. 엄마도 저도 이내 숟가락을 내려놓았어요. 그날 밤 아빠는 말수가 적었어요. 잠자리에도 일찍 드셨고요. 아빠는 예전처럼 저와 한 침대에서 주무셨어요. 저는 꿈자리가 뒤숭숭해서 잠을 설쳤고 결국 한밤중에 깨어 뒤척이다가 아빠의 울음소리를 들었어요. 가만히 아빠를 불러보았지요. 아빠는 꿈속에서 울다 깨어나신 거였어요. 무슨 꿈을 꾸었냐고 여쭤보았지만 대답이 없으셨어요."

"그렇게 아빠는 새집에 머물게 되었어요. 첫 나흘간은 바깥출입도 삼가고 말씀도 거의 없으셨어요. 더구나 형만 보면 고개를 떨어뜨린 채 꿀 먹은 벙어리가 되셨지요. 형 역시 아빠와는 말도 섞으려 하지 않았고요. 닷새째 되던 날, 아빠는 아침 식사를 마치고 외출하셨어요. 그리고 저녁 식사 때가 되어서야 돌아오셨죠. 엄마가 하루 종일 어디를 갔다 왔냐고 물어보셨어요. 아빠는 친구 좀 만나고 왔다고만 하셨지요. 여섯째날도 마찬가지였어요. 일곱째 되던 날, 아빠가 외출해서 돌아왔을 때 우리는 마침 저녁 식사 중이었어요. 엄마가 밖에 무슨 볼일이 있어 늘 이렇게 늦게야 집에 돌아오느냐고 물으셨어요. 그날도 아빠는 밖에서 친구를 좀 만났다고 짧게 대답하셨어요. 그러자 형이 불같이 화를 내며 아빠에게 대들었어요. '거짓말! 친구는 무슨 빌어먹을 친구! 첩년 찾아다니는 걸 누가 모를까 봐! 예전에 우리가 집으로 돌아와달라고 그렇게 사정을 할 때는, 성(城) 밖에 있는 절에서 요양을 해야겠다는 등 갖은 핑계를 대며 안 들어오더니, 전부 거짓말이었잖아요! 모두 그 첩년 때문이었어요! 나는 당신이 정말 집 따윈 필요 없고, 우리도 더 이상 보지 않으려는 줄 알았어요. 그러니 천벌을 받은 거예요. 당신이 그토록 애지중지하던 첩년이 다른 놈이랑 눈이 맞아 달아나버렸으니까요. 값나가는 물건까지 몽땅 가지고 말이에요. 그렇게 빈털터리 알거지가 되고 나니 그제야 집으로 기어들어왔어요. 당신이 필요 없다고 했던 바로 이 집으로요! 평소 그렇게 지긋지긋해하던 우리 곁으로 말이에요. 첩한테 버림받고 온 당신을 받아주고 편히 지낼 수 있게 해주었는데도 뭐가 부족해서 기어이 첩을 찾아 나서겠다고 밖으로 나도는 거예요. 도대체 무슨 심보예요! 엄마가 가지고 있는 알량한 돈마저 빼돌려, 나이 어린 첩년 꾀어내 또 딴살림 차리려고요? 경고하는데 꿈도 꾸지 마세요. 엄마를 괴롭히는 걸 더 이상 가만히 앉아서 보고만 있지는 않을 테니까요!……'"

"아빠는 벽 쪽에 있는 의자에 털썩 주저앉으며, 두 손으로 얼굴을 감쌌어요. 엄마도 더 이상은 참지 못하고 울먹이며 형의 말을 가로막았어요. '허야(형의 아명이에요), 그만해라. 아버지 식사라도 좀 하시게.' 형은 끝끝내 고집을 피웠어요. '엄마, 이왕 말이 나왔으니 끝을 봐야겠어요. 몇 년 동안 가슴속에 응어리진 게 너무 많아서 말을 하지 않고는 못 배기겠어요. 엄마도 참 답답하세요. 예전처럼 없는 사람 취급당할까 봐 걱정도 안 되세요!' 엄마는 울며 형을 말렸어요. '허야, 그래도 네 아버지시잖니!' 참다못한 저는 아빠 곁으로 뛰어가 아빠 손을 당기며 '아빠'를 연이어 불렀어요. 아빠가 얼굴에서 손을 떼셨어요. 아빠 얼굴은 이미 사색이 되어 있었어요."

"형의 말은 계속됐어요. '아버지라고? 아버지라면 응당 아버지다운 모습을 보여야지요. 언제 나를 아들로 대우해준 적 있어요?' 아빠가 내 손을 뿌리치고 일어나더니 천천히 대문 쪽으로 걸어가셨어요. 엄마가 큰 소리로 뒤에서 불렀어요. '멍츠(夢癡), 어디 가시려고요? 식사 안 하세요?' 아빠가 고개를 돌리며 말했어요. '아무래도 이 집을 나가는 게 좋겠소. 내가 이곳에 있으면 당신이나 애들한테 득이 될 게 하나도 없소.' 엄마가 또 물으셨어요. '어디로 가시게요?' 아빠가 말씀하셨어요. '나도 모르겠소. 하지만 이 넓은 성 안에 설마 내 한 몸 의지할 데가 없겠소.' 엄마는 울며 아빠 곁으로 뛰어가 사정하셨어요. '제발 가지 마세요. 지난 일은 다시는 거론하지 않을게요.' 그때까지 식탁에 앉아 있던 형이 끼어들었어요. '엄마, 그만하세요. 아버지 성격 몰라서 그래요! 가겠다면 그냥 가게 내버려두세요!' 엄마는 울며 말씀하셨어요. '그럴 수는 없다. 혼자 몸으로 도대체 어디로 가라는 거냐?' 엄마는 다시 몸을 돌려 아빠에게 말씀하셨어요. '멍츠, 누가 뭐래도 이 집은 당신 집이니,

당신이 잘 건사해야지요. 집보다 편한 데가 또 어디 있어요!' 형은 잔뜩 화가 나서 씩씩거리며 자기 방으로 들어가버렸어요. 저는 더 이상 참을 수가 없어서 아빠한테 달려가 손을 잡고 울며 떼를 썼어요. '아빠, 정 가시겠다면 저도 함께 데려가세요.'"

"이렇게 해서 아빠는 저희와 함께 살게 됐어요. 아빠는 하루에 한 번 바깥출입을 하셨어요. 물론 형이 집에 없을 때만 나가셨지요. 때로 엄마나 저한테서 용돈을 받아가셨어요. 제 돈은 물론 형한테서 받았고요. 형한테는 비밀로 해달라고 하셨어요. 형은 아빠가 매일 집에서 책만 보시는 줄 알았기 때문에, 아빠에 대한 태도가 한결 누그러졌고, 아빠와 다투는 일도 없었어요. 아빠는 여전히 저와 한 방을 썼어요. 아빠는 방에 틀어박혀 책을 보시거나 주무시곤 했어요. 학교가 파하고 집에 돌아오면, 아빠는 제 공부를 도와주셨어요. 엄마도 아빠를 살갑게 대하기 시작했고요. 한 달이 지나자 아빠 안색도 차츰 좋아지기 시작했고, 활기차 보이기까지 했어요. 하루는 엄마가 저희들에게 이제야 아빠가 정신을 차린 것 같다고 말씀하셨어요."

"어느 일요일, 저와 형 모두 집에 있었고 점심 식사를 마친 뒤였어요. 아빠 모시고 영화라도 보고 오라는 엄마 말씀에 형이 흔쾌히 승낙했어요. 우리가 대문을 막 나서려는데, 어떤 사람이 한 손에 편지를 쥐고서 양씨 댁 셋째 나리가 이곳에 사시는지 묻더군요. 아빠는 편지를 건네받더니 그 자리에서 읽으셨어요. 아빠는 배달부에게 '알겠네' 하고 말하시고는 편지를 품속에 찔러 넣으셨어요. 우리는 예정대로 영화관에 갔고, 영화 보는 데 정신이 팔린 저는 영화가 거의 끝날 무렵에야 아빠가 옆에 계시지 않은 걸 알아챘어요. 하지만 소변보러 가신 줄 알고 별로 신경 쓰지 않았어요. 그런데 영화가 다 끝났는데도 아빠는 돌아오시지 않았어요. 우리는 사방으로 아빠를 찾아봤지만 끝내 찾지 못했어요. 제가 '먼저 집에 돌아가셨을지도 몰라' 하고 말하자 형은 냉소를 금치 못했어요. '어휴 이 바보! 집을 감옥같이 여기는 사람이 외출했다가 행여 그렇게 빨리 집으로 돌아갔겠다!' 형 말마따나 우리가 집에 도착했을 때 아빠의 모습은 보이지 않았어요. 아빠는 어디 가셨냐고 엄마가 물으시자 형이 아까 편지 건을 말씀드렸어요. 저녁 식사 시간에, 엄마는 아빠 드실 요리를 따로 남겨놓으셨어요. 하지만 그날 밤 아빠는 돌아오시지 않았어요. 엄마와 형 모두 기분이 썩 좋지 않았어요. 아빠는 다음 날 오전이 되어서야 돌아오셨어요. 그때 집에는 엄마 혼자 계셨어요. 제가 학교에서 돌아왔을 때는 아빠는 이미 떠나신 뒤였어요. 엄마는 아빠와 무슨 얘기를 나누었는지 일절 말이 없으셨어요. 그날 아빠가 엄마한테 돈을 받아갔다는 사실을 나중에야 알게 되었어요. 그날 밤에도 아빠는 돌아오시지 않았어요. 그다음 날도, 또 그다음 날도 아빠는 돌아오시지 않았어요. 초조해진 엄마는 형을 다그치며 아빠를 찾아보라고 했지만, 형은 못마땅해하며 걱정하지 말라는 말만 되풀이했어요. 5일째 되던 날 아빠한테서 편지 한 통이 날아왔어요. 사정이 생겨 자딩(嘉定)에 와 있는데, 건강이 악화되어 집에 돌아가고 싶어도 수중에 돈이 없어 돌아갈 형편이 못 되니 차비를 부쳐달라는 내용이었어요. 엄마는 편지를 받은 즉시 백 위안을 송금해드렸어요. 마침 그날은 저의 선생님께서 휴가를 내신 덕분에 오후에 제가 집에 있었거든요. 엄마 심부름으로 제가 우체국에 가서 송금해드렸고, 엄마가 써주신 편지에 '아빠 빨리 돌아오세요'라고 몇 자 더 적어 부쳤어요. 저녁에 퇴근해서 돌아온 형은 아빠에게 송금해줬다는 엄마 말에 발끈 화를 내며 아빠 험담을 잔뜩 늘어놓았어요. 그날따라 엄마도 형 말에 맞장구를 치시며 아빠 잘

못을 들추었어요."

"송금한 뒤로 아빠한테서는 아무 기별이 없었어요. 돌아오시지도 않았고요. 우리는 어디서도 아빠 소식을 들을 길이 없었어요. 엄마나 형은 아빠 얘기만 꺼내도 버럭 화를 냈어요. 형은 더 펄펄 뛰었고요. 그래도 엄마는 가끔이지만 아빠 병이 차도가 없는 건 아닌지 걱정하며, 편지라도 좀 넣어볼까 말씀하시곤 했어요. 하루는 형에게 편지 좀 써보라고까지 하시더군요. 하지만 형은 편지는 고사하고 도리어 엄마한테 화를 냈어요. 그 후로는 엄마도 더 이상 편지 얘기를 꺼내지 않으셨어요. 그로부터 석 달이 지나도록 아빠 소식은 전혀 듣지 못했고, 언제부턴가 아무도 아빠 얘기를 입에 올리지 않았어요. 장대비가 억수로 쏟아지던 어느 날이었어요. 여름방학에 들어간 저는 집에서 공부를 하고 있었어요. 그런데 아빠가 홀연히 나타나신 거예요. 인력거를 타고 오셨는데 차비조차 없어 온몸에 비를 쫄딱 맞고 서 계셨어요. 아빠는 전보다 더 수척해졌고, 걸치고 있는 비단 적삼은 낡고 꼬질꼬질한 데다, 몸에서는 이상한 냄새까지 진동했어요. 아빠는 길 가장자리에 서서 문기둥에 몸을 기댄 채 안으로 들어올 엄두도 못 내셨어요."

"하인을 시켜 차비를 치른 엄마는 거실 문 앞에 서서 딱딱하게 굳은 표정으로 아빠에게 말씀하셨어요. '당신이 집에 돌아올 생각을 하다니 뜻밖이네요! 난 또 당신이 와이저우(外州) 현에서 객사라도 한 줄 알았네요.' 아빠는 고개를 푹 숙인 채 엄마를 감히 쳐다보시지도 못했어요. 엄마는 계속 말을 이어가셨어요. '좋아요. 돌아왔으니 당신 눈으로 직접 보세요. 당신 없이도 양가 조상님들 얼굴에 먹칠하지 않고 아주 잘 살고 있는 것을요.'"

"아빠가 고개를 더 깊이 떨어뜨리자 젖은 머리카락에서 물이 뚝뚝 떨어졌고, 비는 사정없이 아빠 얼굴을 내리쳤어요. 그런데도 아빠는 아랑곳하시지 않았어요. 더 이상 두고 볼 수 없던 저는 엄마에게, 아빠가 온몸이 흠뻑 젖었는데 방으로 모셔 와 목욕도 시켜드리고, 새 옷으로 갈아입혀야 하지 않겠느냐고 말씀드렸어요. 제 말에 엄마 표정이 다소 누그러지셨어요. 엄마는 서둘러 목욕물과 갈아입을 옷을 준비하라고 하인에게 이르고는, 아빠를 방으로 모시고 들어갔어요. 아빠는 꿀 먹은 벙어리마냥 아무 말씀도 없었어요. 목욕을 하고 새 옷으로 갈아입은 아빠는 간단하게 요기를 하셨어요. 그러고 나서 엄마가 권하는 대로 제 침대에서 반나절 정도 주무셨어요."

"집에 돌아온 형은 아빠가 돌아오셨다는 말에 싫은 내색을 조금도 감추려 하지 않았어요. 엄마는 아빠에게 예의를 갖추라고 형에게 신신당부하셨지요. 형은 우물거리며 그러겠노라고 했어요. 저녁 식사 때 아빠를 마주한 형은 인상을 쓰며 마지못해 인사 한마디 건네고는 고개를 홱 돌려버렸어요. 아빠는 형에게 할 말이 있는 듯했지만, 쉽사리 말문을 여시지 못했어요. 아빠가 밥 한 공기를 다 드시자, 뤄 아주머니가 반 공기를 더 퍼주었어요. 그런데 아빠가 떨리는 손으로 건네받는 순간, 그만 밥공기가 손에서 미끄러지는 바람에 바닥에 떨어져 박살이 나고 말았어요. 깜짝 놀란 아빠는 황급히 몸을 숙여 바닥에 떨어진 밥알을 주섬주섬 줍기 시작했어요. 옆에 계시던 엄마가 그런 아빠를 말렸어요. '그러지 마세요. 뤄 어멈에게 밥 더 가져오라고 할게요.' 겁에 질린 아빠는 쩔쩔매며 말씀하셨어요. '아니, 괜찮소. 다 똑같은 밥인걸.' 그때 형이 무슨 이유에선지 손으로 식탁을 내리치며 다짜고짜 욕설을 퍼부었어요. '먹기 싫으면 당장 내 눈앞에서 사라져버려요. 이 집에 당신이 망쳐버릴 게 더 이상은 없으니까요.' 아빠는 아무 말도 못하고 나가셨어요. 형은 엄마를 가리키며 말했어요. '엄마, 이게 다 엄마가 너무 물러 터져서 생긴 일이에요. 우리 집이 들어오고 싶으면 들어오고 나가고 싶으면 나가는 여관이 아니잖아요!' 엄마는 그런 형을 타이르셨어요. '기왕 집에 돌아오셨으니, 며칠만이라도 몸을 추스를 시간을 주자꾸나!' 형은 펄펄 뛰며 화를 냈고, 이내 고개를 흔들며 말했어요. '아뇨, 안 돼요. 아빤 우리를 이 지경으로 내몬 장본인이에요. 하루라도 거저 놀고먹게 놔둘 수 없어요. 제가 반드시 일거리를 찾아주고 말 거예요.' 3일째 되던 날 아침 형은 기어코 아빠를 모시고 나갔고, 아빠는 가타부타 말씀도 없이 고개를 떨어뜨린 채 형을 따라나섰어요. 뒤에 서 계시던 엄마는 형과 함께 걸어가는 아빠 뒷모습을 보니 영락없는 몸종 같다고 말씀하셨어요. 그 말에 저는 울고 싶었어요."

"오후가 되자 형이 먼저 돌아왔고, 잠시 뒤에 아빠도 돌아오셨어요. 아빠는 형만 보면 고개를 떨어뜨리셨어요. 식사 중에 형이 아빠에게 무언가를 물어보면, 아빠는 그저 '응, 응' 하고 대답만 하실 뿐이었어요. 그리고 밥공기를 내려놓기가 무섭게 도망치듯 방으로 들어가셨어요. 아빠가 무슨 일을 하고 계신지 엄마가 형에게 물어보셨어요. 그때마다 형은 사무원이라고만 말해줬어요. 제가 방에 들어가 아빠에게 여쭤보아도, 아빠는 통 입을 열지 않으셨어요."

"4, 5일이 지난 어느 날 오후 4시경 느닷없이 아빠가 숨을 헐떡거리며 집까지 뛰어오셨어요. 엄마는 장 보러 나가시고, 저 혼자 집에 있었어요. 무슨 일로 이렇게 일찍 퇴근하셨느냐고 아빠한테 여쭤보았어요. 그러자 아빠는 가쁜 숨을 몰아쉬며 말씀하셨어요. '더는 못해! 이런 천대는 더 이상 참을 수 없어. 말이 좋아 사무원이지, 일개 사환에 지나지 않아. 고생쯤이야 얼마든지 참고 견딜 수 있지만, 체면을 구기는 일은 절대 못해!' 아빠 얼굴에서는 땀이 비 오듯 쏟아졌고, 옷도 땀으로 흠뻑 젖었어요. 저는 뭐 아주머니에게 세숫물을 준비해달라고 했어요. 막 세수를 마친 아빠가 방에 앉아 차를 드시는데, 그때 형이 돌아왔어요. 형 안색을 보아하니 또 한차례 폭풍이 몰아치겠구나 싶어, 형의 시선을 돌려보려고 제가 얼른 말을 걸어보았어요. 형은 그런 저를 본체만체하고 곧장 아빠에게로 달려갔어요. 아빠는 형을 보자 그 자리를 피하려는 듯 황급히 일어나셨어요. 형이 그런 아빠를 제지하고, 돌처럼 딱딱하게 굳은 얼굴로 물었어요. '기껏 일자리를 소개해줬더니, 고작 며칠 만에 때려치운 이유가 뭐예요?' 아빠는 여전히 고개를 푹 숙인 채 기어들어가는 목소리로 대답하셨어요. '이 일을 계속할 수 없어. 이 일만 아니라면 내 뭐든지 다 하마.' 형은 싸늘하게 물었어요. '계속할 수가 없다고요? 그럼 무슨 일은 할 수 있는데요? 은행 사장님 노릇이라도 하고 싶은 거예요? 그럼 능력껏 찾아보세요. 당신이 이 집에서 놀고먹는 꼴은 더 이상 두고 볼 수 없어요.' 아빠가 말씀하셨어요. '놀고먹으려는 게 아니라, 사환 노릇이나 하는 건 집안 망신이잖아. 월급도 쥐꼬리만 하고.' 형은 다시 냉소를 띠며 말했어요. '집안 망신시킬까 봐 두려워요? 집안 망신은 당신이 벌써 다 시켰잖아요. 당신이 그 유명한 양씨 집안 셋째 나리라는 건 삼척동자도 알아요! 이제까지 얼마나 많은 돈을 탕진해버렸는지 한번 계산해보세요! 당신이 물려받은 돈하며, 할아버지께서 우리 앞으로 물려주신 돈하며, 거기다 엄마 돈까지 모조리 써버렸잖아요!' 그때 엄마가 돌아오셨지만, 형은 멈추지 않았어요. '참 대단하세요. 큰돈도 만져보고, 진탕 놀아도 보고, 계집질에, 도박까지 안 해본 게 없으시죠! 돈을 물 쓰듯 펑펑 쓰셨어요. 우리가 남들한테 손가락질받고 무시당할 때, 언제 한 번이라도 우리를 걱정해준 적 있나요!' 아빠는 불쌍한 표정을 지어 보이며 기어들어가는 목소리로 말씀하셨어요. '다 지난 일을 굳이 끄집어낼 필요는 없잖아. 지난 일은 지난 일일 뿐이야. 이제 와서 후회해본들 돌이킬 수도 없고.' 형은 계속 따지고 들었어요. '후회라고요? 후회를 아는 사람이라면 철면피 같은 얼굴을 하고 집으로 돌아오지도 않았을 거예요. 예전에 돌아와달라고 그렇게 사정할 때는 나 몰라라 하더니, 이젠 우리도 당신 같은 사람 필요 없어요. 당장 내 눈앞에서 사라져요. 나는 당신 같은 아버지를 둔 적도 없고, 당신 같은 아버지를 인정하고 싶지도 않아요!' 그러자 아빠는 안색이 싹 변하며, 온몸을 사시나무 떨듯 떨었어요. 아빠는 눈만 멀뚱멀뚱 뜬 채 아무 말도 못하셨어요. 옆에 계시던 엄마가 황급히 형을 뜯어말리셨어요. 저도 거들었어요. '형, 누가 뭐래도 저분은 우리 아빠잖아!' 고개를 돌려 저를 바라보는 형의 눈에서는 하염없이 눈물이 흘러내렸어요. '우리 아버지가 될 자격이 없는 사람이다. 태어나서 여태껏 내게 관심 한번 보여준 적이 없는 사람이라고. 엄마 혼자서 날 키우셨어. 아버지 노릇 한번 제대로 한 적이 없다고. 이곳은 저 사람 집이 아니야. 난 저 사람 아들이 아니라고.' 형은 엄마 쪽으로 고개를 돌렸어요. '엄마, 저 사람이 아버지 될 자격이 있는 사람인지 말씀 좀 해보세요, 네?' 엄마는 아무 말 없이 아빠를 쳐다보시더니 결국 울음을 터뜨리셨어요. 아빠는 고개를 돌려 엄마의 시선을 피하셨어요. 형은 주머니 속에서 편지 한 통을 꺼내 엄마에게 내밀며 말했어요. '엄마, 이 편지 좀 보세요. 할 말이 많지만 차마 제 입으로는 말씀드리기 민망하네요.' 편지를 다 읽고 난 엄마는 '당신'이란 말만 되풀이하시며, 아빠에게 편지를 건네주셨어요. '보세요. 당신 회사 동료가 써 보낸 거예요.' 편지를 읽은 아빠는 온통 벌게진 얼굴로 더듬으며 말씀하셨어요. '이건 사실이 아니야. 맹세할 수 있어. 대부분이 터무니없는 말이야. 나를 모함하려는 거라고.' 엄마가 말씀하셨어요. '그럼 적어도 일부는 사실이라는 말이네요. 저도 이제 당신 거짓말이라면 신물이 나요. 더 이상 당신이라는 사람을 믿을 수가 없어요. 떠나세요.' 엄마는 아빠를 향해 손을 내저어 보이더니 곧 몸을 돌려 방 안으로 들어가버리셨어요. 엄마는 너무 지쳐 걷는 것조차 힘겨워 보였고, 손수건으로는 연신 눈물을 훔치셨어요. 아빠가 뒤에서 다급하게 엄마를 불렀어요. '나는 그런 일을 한 적이 없소, 모두 생사람 잡는 소리요.' 하지만 엄마는 이미 아빠에게 등을 돌린 뒤였어요. 형이 눈물을 닦으며 말했어요. '변명 따윈 필요 없어요. 편지를 쓴 사람은 내 친한 친구인데 아무 이유 없이 없는 일을 만들어 남을 모함할 사람은 아니에요. 이제는 당신 때문에 더 이상 시간 낭비 하고 싶지 않아요. 그러니 가능한 한 빨리 결정을 내려주세요.' 아빠는 여전히 자신을 변호했어요. '정말 너무 억울하다. 네 친구라는 사람이 나한테 앙심을 품은 거야. 그가 부정을 저지르는 걸 내게 들켰고, 돈으로 날 매수하려고 했지만 내가 들어주지 않자 남몰래 칼을 갈고 있었던 거라고……' 형은 아빠 말을 끝까지 들으려고 하지 않았어요. '그런 새빨간 거짓말 따윈 더 이상 듣고 싶지 않아요. 당신이 돈을 거절하다니 귀신도 못 믿을 일이잖아요! 당신이 정말 체면을 중시하는 사람이라면 그 긴 세월 동안 우리가 그런 수모를 겪게 하지는 않았을 거예요.' 이 말을 남기고 형은 엄마 방으로 들어가버렸어요. 거실에는 아빠와 저 둘만 남았지요. 저는 아빠 곁으로 뛰어가 아빠 손을 잡았어요. '아빠, 형 말 언짢게 생각하지 마세요. 조금 지나면 형도 분명히 후회하게 될 거예요. 방으로 들어가 좀 쉬세요.' 아빠는 '한얼아' 하고 제 이름을 부르셨고, 아빠의 눈에서는 눈물이 쉴 새 없이 흘러내렸어요. 한참이 지난 뒤에 아빠가 겨우 입을 여셨어요. '후회해봐야 이젠 너무 늦어버렸구나. 명심하거라. 너는 절대 나 같은 인생을 살아서는 안 된다.'"

"그날 저녁을 먹는데, 비가 오기 시작했어요. 식탁에서 아빠가 한 마디 하자 형이 바로 아빠한테 대들었어요. 아빠가 몇 마디 더 하자, 형은 다짜고짜 밥그릇을 바닥에 힘껏 내리꽂더니 씩씩거리며 방으로 들어가버렸어요. 우리는 모두 밥그릇을 내려놓고 입도 뻥긋하지 못했어요. 아빠가 자리에서 일어나며 말했어요. '나만 없어지면 되겠군.' 이 말을 들은 형이 방에서 뛰쳐나오며 아빠에게 삿대질을 했어요. '그럼 지금 당장 내 눈앞에서 사라지세요! 당신만 보면 화가 나서 견딜 수가 없다고요!' 아빠는 말없이 거실을 뛰쳐나가 마당으로 내려가셨어요. 그리고 내리는 비를 고스란히 맞으며 밖으로 나가셨어요. 엄마가 벌떡 일어나 아빠를 불렀어요. 그러자 형이 엄마를 만류했어요. '부르지 않아도 잠시 후면 돌아올 거예요.' 저는 그런 엄마와 형은 아랑곳하지 않고, 혼자 빗속을 뚫고 아빠를 따라나섰어요. 얼굴이며 몸이며 온통 비에 흠뻑 젖었지요. 대문 앞에서 등이 구부정한 채 길을 가고 있는 아빠가 보였고, 저와는 열 발짝쯤 떨어져 있었어요. 저는 빗속을 달려가며 큰 소리로 아빠를 불렀어요. 하지만 제 목소리는 빗소리에 파묻혀버리고 말았어요. 입속 가득 빗물이 들이쳤어요. 게다가 아빠를 거의 따라잡았다 싶었을 때, 갑자기 미끄러지며 '꽈당' 하고 길거리에 나자빠지고 말았어요. 온몸이 진흙투성이가 되어버렸지요. 머리는 어질어질하고 온몸이 다 욱신거렸어요. 하지만 전 일어나서 이를 악물고 다시 뛰기 시작했어요. 사거리에 다다랐을 때 빗줄기가 약해졌고, 아빠와의 거리도 서너 발짝으로 좁혀졌어요. 제가 큰 소리로 아빠를 부르자, 고개를 돌려 저를 보신 아빠는 사력을 다해 앞으로 달아나셨어요. 저도 젖

먹던 힘을 다해 필사적으로 쫓아갔어요. 아빠는 뭔가에 걸려 넘어져 한동안 일어나시지 못했어요. 제가 급히 뛰어가 아빠를 부축해드렸어요. 넘어지면서 얼굴이 돌에 부딪혀 찢어지고 피가 났어요. 아빠가 천천히 일어나 가쁜 숨을 몰아쉬며 물으셨어요. '뭣 때문에 이 빗속을 뛰어왔어?' 제가 대답했어요. '아빠 저와 함께 집으로 돌아가요.' 아빠는 가만히 고개를 저으며 한숨을 내쉬셨어요. '나에겐 집이 없단다. 나에겐 아무것도 남은 게 없어. 이 몸뚱이 하나 달랑 남았을 뿐이다.' 제가 말했어요. '아빠 그런 말씀 마세요. 누가 뭐래도 전 아빠 아들이고, 형도 아빠 아들이에요. 아빠가 없는데 어떻게 우리가 있을 수 있겠어요!' 아빠가 말씀하셨어요. '이젠 너희들 아비 노릇할 염치도 없구나. 날 놔주렴. 죽든 살든 모든 걸 달게 받을 준비가 돼 있다. 집에 돌아가 형에게 전해라. 걱정하지 말라고, 너희들 얼굴에 먹칠하는 일은 다신 없을 거라고 말이다.' 저는 아빠 팔을 꽉 잡고 애원했어요. '그럴 수 없어요. 저랑 함께 돌아가요.' 저는 있는 힘껏 아빠 팔을 잡아당겼지만, 아빠는 두 발자국 정도 뒤로 물러나셨어요. 그러면서 제발 놔달라고 다시 사정을 하셨지요. 하지만 저는 그럴 수 없었어요. 그때 아빠가 저를 뒤로 밀치는 바람에 저는 그만 하늘을 바라보며 뒤로 벌렁 자빠졌어요. 갑작스레 일어난 일이라 정신을 차릴 수 없었어요. 저는 한동안 일어나지 못했어요. 비가 억수같이 퍼부어 옷이 흠뻑 젖었지요. 천천히 일어나 사거리에 서서 바라보니, 아빠 모습은 온데간데없고 사방은 비 때문에 온통 잿빛을 띠고 있었어요. 머리는 무겁고 다리도 가눌 수가 없는 데다 온몸이 욱신욱신 쑤셔오기 시작했어요. 온몸에 힘이 쭉 빠지는 게 기운이 하나도 없었어요. 그래도 이를 악물고 몇 발짝 더 걸어갔는데, 그 뒤론 기억이 가물가물해요. 또다시 발을 헛디뎌 넘어지자 어떤 사람이 저를 일으켜 세워준 것도 같아요. 그리고 저를 부르는 형의 목소리가 아득하게 들려왔어요. 그 소리에 저는 마음이 놓였고, 형은 저를 안다시피 부축하며 집에 돌아왔어요. 날이 아직 어두워지기 전이었던 걸로 기억해요."

"집에 돌아오자 엄마는 저를 씻기고 새 옷으로 갈아입힌 다음 생강차를 끓여주셨어요. 그리고 제가 잠들 때까지 옆에서 보살펴주셨지요. 엄마도 형도 아빠에 대해서는 일절 묻지 않았고, 저는 저대로 말할 기력조차 없었어요. 그날 밤 저는 몸이 불덩이 같았어요. 밤새도록 악몽에 시달렸어요. 이튿날 오전 의사 선생님이 왕진을 다녀가셨어요. 그런데 이상하게 약을 먹으면 먹을수록 병이 더 심해졌어요. 나중에 의사 선생님을 바꾸고 나서야 약을 잘못 먹었다는 사실을 알았어요. 저는 꼬박 두 달을 앓고 나서야 겨우 자리를 털고 일어날 수 있었어요. 뤄 아주머니 말에 따르면, 제가 사경을 헤맬 때 엄마는 제 침대맡에서 한시도 떨어지지 않으셨대요. 제가 '아빠, 저랑 함께 집으로 돌아가요' 하고 열에 들떠 헛소리를 할 때면, 엄마는 옆에서 눈물을 훔치시곤 했다고 해요. 그날 엄마는 형한테 아빠를 찾아보라고 시켰고, 정말로 형이 아빠를 찾아 나갔다고 해요. 물론 아빠를 찾지는 못했어요. 하지만 나중에 제 병이 차도를 보이자, 엄마는 형과 밥을 먹으며 다시 아빠 욕을 하셨대요. 다 뤄 아주머니가 해준 말이에요."

"제 병이 깨끗이 낫자, 엄마와 형은 저에게 잘해줬어요. 아빠 얘기는 꺼내지도 못하게 했지만요. 저는 엄마나 형한테서 아빠 소식을 전혀 듣지 못했어요. 아마 엄마나 형도 정말 몰랐을 거예요. 엄마와 형은 아빠를 까맣게 잊어버린 듯했어요. 저는 거리를 오갈 때마다 눈여겨보았지만, 아빠 그림자도 찾아볼 수 없었어요. 리 노인을 찾아가보기도 하고, 다른 사람에게 물어도 보았지만 아무런 소득이 없었어요. 둘째 큰

아버지나 작은아버지, 그리고 첫째 큰아버지네 형 식구들은 저택을 판 뒤로 우리 집에 발걸음도 하지 않았어요. 어차피 아빠 일에는 손톱만큼도 관심이 없으셨지요."

"이듬해 중추절, 우리 집을 찾아온 손님은 한 명도 없었어요. 1년 동안 엄마가 친척집에 마작을 하러 가거나, 사교 모임에 참석하는 경우가 거의 없었고, 손님이 찾아오는 경우도 극히 드물었어요. 저희 집에 가끔 왕래하는 사람이라고는 외숙모와 사촌 누나가 전부였어요. 그날도 저희 모자 셋이서 단출하게 집에서 중추절을 보냈어요. 그래도 엄마나 형은 즐거워했지요. 하지만 저는 거리를 혼자 떠돌고 계실 아빠 생각에 마음이 무척 울적했어요. 점심을 먹고 얼마 지나지 않아 어떤 이가 문밖에서 양씨 댁이냐고 묻는 소리가 들렸고, 뤄 아주머니가 나가 그 사람을 데리고 들어왔어요. 머리를 시원하게 빡빡 민 그는 깨끗한 노란 제복 차림이었어요. 그는 양씨 댁 셋째 나리 앞으로 온 편지를 가져왔노라고 했어요. 형이 누가 써 보낸 편지냐고 물었죠. 그러자 왕(王)씨 댁 둘째 마님이 보내신 거라고 했어요. 형은 편지를 꺼내 읽고 나더니, 통장은 어디 있냐고 그에게 물었어요. 그는 형이 양씨 댁 셋째 나리의 아들이라는 걸 알고는 겉면이 빨간 은행 예금통장을 품속에서 꺼내 형에게 건네주며 말했어요. '3만 위안이 든 예금통장입니다. 양씨 셋째 나리께서 돈을 받았다는 영수증을 써주셔야 합니다.' 형은 통장을 펼쳐 보더니 입술을 힘껏 깨물더군요. 잠시 뒤 형은 통장을 그에게 돌려주며 말했어요. '아버지께서는 지금 출타 중이시고, 한두 달 안으로는 돌아올 계획이 없소. 게다가 우리가 받기엔 액수가 너무 크니, 가지고 돌아가 당신 둘째 마님께 그리 전해주시오.' 배달부는 형에게 꼭 받아주십사 여러 차례 간곡하게 청했지만, 형은 일언지하에 딱 잘라 거절했어요. 그는 별수 없이 통장을 도로 챙겨 떠났지요. 그가 떠나기 전에 아빠의 거처를 묻자 형이 대답했어요. '구이양(貴陽)이나, 구이린(桂林) 일대를 두루 돌아다니고 계실 거요.' 물론 새빨간 거짓말이었어요. 엄마는 배달부가 떠난 뒤에야 방에서 나와, 누가 아빠에게 돈을 부쳐 왔더냐고 물으셨어요. 형이 대답했어요. '누군 누구겠어요. 끔찍이도 아끼던 다섯째지. 지금은 부잣집 첩으로 있답니다. 옛날 일을 언급하면서 그때는 부득이한 사정으로 어쩔 수 없었노라고, 아빠한테 정말 죄송하다고 용서해달라고 하네요. 그리고 요즘 사정이 좀 핀 덕에 그간 푼푼히 모아두었던 3만 위안을 보내니, 그때 당시의 손실을 보상하는 셈 치라고 하네요……' 거기까지 들은 엄마는 참다못해 형의 말을 잘랐어요. '누가 그깟 돈 필요하다고! 잘 돌려보냈다. 잘 돌려보냈어!' 옆에 서 있던 저는 그 대화에 낄 틈도 없었어요. 저는 계란형의 장쑤 성 '이모'를 떠올리며 참 좋은 사람이라고 생각했어요. '이모'는 그때까지 아빠를 잊지 않고 있었던 거예요. 그리고 생각했죠. 만약 아빠가 어디 계신지 '이모'가 알고 있다면 얼마나 좋을까, 그녀라면 아빠가 거리를 떠돌게 내버려두지는 않을 텐데 하고요."

"그 후로도 아빠 소식은 듣지 못했어요. 지난해 9월의 어느 토요일 오후 엄마는 제게 영화를 보여주셨어요. 그때 형은 집에 없었고요. 영화를 다 보고 나와 제가 인력거를 부르러 간 사이, 엄마는 입구 쪽에 서 계셨어요. 제가 인력거를 불러왔을 때, 엄마는 마치 귀신이라도 본 사람처럼 넋이 나간 표정이었어요. 어디 불편하시냐고 여쭤보니 엄마는 아니라고 하셨어요. 그러면서 누구 본 사람 없느냐고 물으셨어요. 아무도 보지 못했다고 대답하자 엄마는 별 말씀이 없으셨어요. 인력거에 오른 뒤에도 엄마는 몇 번이나 고개를 돌려 뒤쪽을 바라보셨어요.

그때 저는 엄마가 무얼 보고 계신지 몰랐어요. 집에 돌아와 아는 분이라도 만나셨냐고 여쭤보았어요. 형은 아직 퇴근 전이었고, 집에는 엄마와 저 둘뿐이었어요. 엄마는 안색이 변하며 작은 소리로 말씀하셨어요. '아무래도 네 아빠를 본 것 같구나.' 저는 너무 기뻐 엄마에게 여쭤보았어요. '정말 아빠를 보셨어요?' 그러자 엄마가 대답하셨어요. '틀림없이 네 아빠였어. 전보다 더 마르고 행색도 형편없었지만 얼굴 생김새가 똑같았어. 네 아빠는 영화관 입구에서부터 줄곧 우리가 탄 인력거를 쫓아 몇 블록이나 뛰어오더구나.' 제가 말했어요. '그런데 왜 집으로 모셔오시지 않았어요?' 엄마는 한숨을 내쉬더니 급기야 눈물을 보이셨어요. 저는 차마 말을 이을 수 없었어요. 한참이 지난 뒤에야 엄마는 작은 목소리로 말씀하셨어요. '미운 마음이 들었단다.' 제가 막 말을 하려는데, 형이 돌아왔어요."

"그날 밤 저는 잠을 이룰 수가 없었어요. 내일이면 아빠를 찾을 수 있을 거라는 생각에 마음이 한껏 부풀었고 급기야 조바심까지 났어요. 이튿날 새벽같이 일어난 저는, 아침 식사도 거른 채 밖으로 뛰쳐나갔어요. 우선 리 노인을 찾아가 엄마가 아빠를 봤다는 얘기를 전해주고 나서 아빠를 찾을 방법이 없겠냐고 물어봤어요. 리 노인은 조급해하지 말고 천천히 찾아보자고 다독거렸어요. 하지만 저는 리 노인 말을 듣지 않았어요. 학교도 빼먹고 3일 동안 아빠를 찾아 헤맸지만, 아빠 그림자도 찾을 수 없었어요."

"그로부터 또 20여 일이 흐른 어느 날, 저녁을 먹고 있는데 우체부가 엄마 앞으로 편지 한 통을 전해주고 갔어요. 편지를 받아 든 엄마의 안색이 싹 변했어요. '아빠가 보내왔구나.' 그때 형이 '제가 좀 볼게요!' 하면서 재빨리 손을 내밀었어요. 그러자 엄마는 손을 움츠리셨어요.

'내가 먼저 본 다음에 주마' 하시고는 그 자리에서 편지를 뜯어보셨어요. '편지에 뭐라고 쓰셨어요?' 제가 여쭈어보자 엄마는 대답해주셨어요. '건강이 안 좋아 집에 돌아오고 싶다는구나.' 그 말이 끝나기가 무섭게 형이 손을 뻗어 편지를 와락 낚아채갔어요. 편지를 다 읽고 난 형은 말 한마디 없이 등잔불에 편지를 태워버렸어요. 엄마가 편지를 빼앗으려고 했지만 이미 늦었지요. 다급해진 엄마가 형에게 따졌어요. '편지를 왜 불태워버린 거야! 아빠 주소가 적혀 있는데!' 그러자 형이 대뜸 불같이 화를 내며 언성을 높였어요. '엄마, 그 사람을 다시 집에 들이겠다는 편지라도 써줄 작정이세요? 마음대로 하세요. 하지만 그 사람이 돌아오면 이번엔 제가 집을 나가겠어요! 집안일은 다 그 사람한테 맡기고 다시는 저를 찾을 생각도 하지 마세요.' 엄마는 미간을 찌푸리며 말씀하셨어요. '그냥 지나가는 말로 한번 물어본 걸 가지고 뭘 그렇게 화를 내고 그러니.' 참다못한 제가 옆에서 끼어들었어요. '아빠한테 답장해드리는 게 당연하잖아.' 그러자 형은 당장이라도 잡아먹을 듯이 저를 쏘아보았어요. '그래, 그럼 네가 답장해주면 되겠네.' 하지만 편지가 다 타버려 주소도 남아 있지 않은 마당에 답장을 쓴들 무슨 수로 아빠한테 부칠 수 있었겠어요?"

"2, 3주가 지난 어느 날 땅거미가 질 무렵 엄마 심부름으로 물건을 사 가지고 돌아오는데 대문 입구에 검은 그림자 하나가 어른거리는 게 보여서 누구냐고 큰 소리로 물었어요. 그림자가 대답하더군요. '나다.' 저는 다시 물었어요. '누구시라고요?' 그림자가 천천히 제 앞으로 걸어 나오더니 작은 목소리로 말했어요. '한얼아, 벌써 내 목소리도 잊어버렸니?' 비록 여위었지만 아빠 얼굴을 보니 저는 무척 기뻤어요. '아빠, 제가 얼마나 아빠를 찾아다닌 줄 아세요. 하지만 찾을 수가 없었어요.' 아빠는 제 머리를 쓰다듬어주셨어요. '그새 훌쩍 자랐구나. 엄마와 형도 다들 편안하지?' 저는 대답했어요. '네, 다들 건강하세요. 아빠가 보내주신 편지도 잘 받았고요.' 그러자 아빠는 다시 물어보셨어요. '그런데 왜 답장이 없었니?' 저는 대답했어요. '형이 편지를 불태워버리는 바람에 주소를 알 길이 없었거든요.' 아빠는 또 물으셨어요. '엄마는 알고 계셨겠지?' 저는 대답했어요. '편지가 다 타버렸기 때문에 엄마도 알 길이 없었어요. 그리고 엄마는 원래 형 말이라면 깜빡 죽잖아요.' 아빠는 한숨을 내쉬었어요. '짐작했던 대로구나. 실낱같은 희망마저 사라져버렸어. 역시 내가 올 곳이 아니야.' 그 말에 저는 황급히 아빠 손을 꽉 잡았어요. 그리고 깜짝 놀랐어요. 아빠 손은 마치 얼음장처럼 차가웠고, 온몸을 덜덜 떨고 계셨거든요. 저는 소리쳤어요. '아빠, 손이 왜 이렇게 차요! 병에라도 걸리신 거예요? 아빠는 고개를 저으셨어요. '아니다.' 그때가 음력으로 9월이었는데, 아빠는 비단 홑적삼 차림이셨어요. 저는 말했어요. '옷이 너무 얇잖아요, 춥지 않으세요?' 그러자 아빠는 대답하셨어요. '춥지 않다!' 그때 제게 좋은 생각이 떠올랐고, 아빠더러 문 앞에서 잠깐 기다려달라고 말씀드린 뒤 한달음에 방으로 뛰어들어가, 엄마에게 아빠 얘기를 해드렸어요. 엄마는 형이 입던 창파오와 스웨터를 꺼내서 5백 위안과 함께 아빠에게 갖다 드리라고 하셨어요. 그러면서 앞으로는 이곳에 얼씬도 하지 말라고, 절대 마음을 돌리는 일은 없을 테니 헛된 기대는 품지 말라고 전하라 하셨어요. 또 설사 엄마가 마음을 돌린다 하더라도, 형이 절대 아빠를 용서하지 않을 거라는 말씀도 잊지 않으셨어요. 아빠는 제가 나오길 기다리고 계셨어요. 제가 돈과 옷가지를 건네드리자 아빠는 부리나케 옷을 껴입으셨어요. 그런 아빠에게 차마 엄마 말을 전해줄 수는 없었어요. 아빠는 몇 마디 하시더니 바로 그곳을 떠나셨고 전 아빠를 붙잡지 못했어요. 단지 앞으로 아빠를 찾아갈 수 있게 계신 곳을 알려달라고 했어요. 그러면서 형이 아빠를 어떻게 대하든, 제가 아빠 아들이라는 사실은 변함이 없다고 말씀드렸어요. 그때 아빠가 알려주신 거처가 바로 다센츠였어요."

"다음 날 아침 일찍 다센츠로 찾아가봤더니, 아니나 다를까 그곳에 아빠가 계셨어요. 그곳을 거처로 삼은 지 한 달 정도밖에 되지 않았다고 하시더군요. 다른 말은 일절 하시지 않았어요. 그 후로도 저는 종종 아빠를 찾아갔고, 간혹 먹을 것을 챙겨 가기도 했어요. 물론 형은 모르게 했어요. 엄마는 뭔가 눈치를 채신 것 같았지만, 모르는 척해주셨어요. 엄마한테는 아빠를 만났었다는 얘기만 하고, 아빠가 어디 계신지는 말씀드리지 않았어요. 그래도 리 노인에게는 뭐든 숨김없이 다 말해주었어요. 리 노인이 아빠 계신 곳에서 가까운 곳에 있었기 때문에 가끔 아빠를 돌봐줄 수 있을 거라고 생각했거든요."

"그때부터 이 저택에 드나들기 시작했어요." (아이는 고개를 돌려 야오 부인을 향해 쑥스럽게 미소를 지었다. 아이의 얼굴에는 아직 마르지 않은 눈물자국이 선명했다.) "꽃을 좋아하셨던 아빠는 정원을 잊지 못하시는지 자주 정원 얘기를 꺼내셨어요. 정원은 원래 우리 것이기도 했고, 저택이 팔렸다고는 하지만 정원에 들어가 꽃을 꺾어 온다고 문제될 건 없다고 생각했어요. 리 노인에게 제 뜻을 전하자 리 노인도 흔쾌히 허락해주었어요. 처음에는 아무한테도 들키지 않고, 화단에서 국화꽃 두 가지를 꺾어 아빠한테 갖다 드릴 수 있었어요. 꽃을 받은 아빠는 어린아이처럼 좋아하셨어요. 그래서 그 후로도 여러 차례 오게 된 거고, 매번 이 댁 하인들과 실랑이를 벌이게 된 거예요. 야오 선생님한테도 두 번이나 들켰는데, 한 번은 실컷 꾸지람을 듣는 것으로 끝났지만, 나머지 한 번은 자오칭윈한테 몇 대 맞기까지 했어요. 솔직히 저도 이곳에는 정말 오고 싶지 않아요. 하지만 꽃을 보고 좋아하실 아빠를 생각하면 그까짓 고생쯤이야 싶었어요. 이 댁 하인들이 저를 때리거나 욕설을 퍼붓는 것쯤은 하나도 무섭지 않아요. 도둑질을 한 게 아니니까요. 저도 똑같이 때리고 욕을 해주면 그만인걸요. 그래도 지난번 야오 부인한테 들켰을 때는, 부인께서 저를 쫓아내시기는커녕 마치 엄마나 누나처럼 대해주셨고, 납매 가지 하나를 꺾어 주시기까지 했어요. 우리 식구들 외에, 저에게 그렇게 상냥하게 말을 걸어준 사람은 여태껏 아무도 없었어요. 두 분만 빼고요. 큰아버지든 작은아버지든 사촌 형제들이든 다들 우리 식구들을 깔보기만 했지, 누구 하나 우리와 친하게 지내려고 하지 않았거든요. 우리가 그들을 만나기라도 하면 돈 좀 꿔달라고 할 것처럼 보였나 봐요. 아빠가 말씀해주신 건데, 바로 얼마 전에 아빠가 고개를 숙인 채 거리를 걷다가, 자가용 인력거와 부딪치는 바람에 넘어지면서 얼굴이 까지고 피도 났나 봐요. 그런데 그건 다름 아닌 작은아버지 인력거였어요. 아빠를 알아본 인력거꾼은 인력거를 냉큼 내려놓고 아빠한테 달려가 부축해주었나 봐요. 아빠가 일어서자 아빠 얼굴을 보게 된 작은아버지는 자기 형인 줄 뻔히 알면서도 모르는 척 시치미를 뚝 떼셨대요. 그러고는 세울 곳도 아닌데 인력거를 세웠다고 도리어 인력거꾼에게 호통을 치는 통에, 인력거꾼이 부랴부랴 인력거를 끌고 가버렸다고 했어요. 그때 작은아버지가 아무렇게나 뱉은 침이 하필 아빠 몸에 떨어졌대요. 나중에 아빠가 말씀해주시더군요."

"아빠가 또 한 가지 말씀해주셨어요. 어느 날 오후 상가 후문 입구에서, 인력거에서 내리는 '이모'와 딱 마주치셨나 봐요. '이모'는 한눈에 아빠를 알아보고는, 말을 걸기 위해 아빠 쪽으로 다가왔고요. 처음에는 아빠도 좀 얼떨떨하셨대요. 잠시 뒤에 '셋째 나리'라고 부르는 그녀 목소리에 정신이 번쩍 들어 황급히 그 자리를 피하셨대요. 그 후로는 '이모'를 다시 보지 못하셨고요. 아빠가 작은아버지를 만나기 바로 이틀 전의 일이었어요. 그래서 저도 '이모'가 돈을 보내왔던 일을 말씀드렸어요. 아빠는 땅이 꺼져라 한숨을 내쉬며 말씀하시더군요. '이모' 같은 사람이야말로 양심이 있는 사람이라고요……"

한참 말하던 아이가 갑자기 입을 다물었다. 그러고는 온몸에서 힘이 다 빠져나간 듯, 소파 깊숙이 몸을 파묻으며 양손으로 얼굴을 감쌌다. 아이 얼굴에 시선을 고정시킨 채 숨을 죽이고 아이의 말에 귀를 기울이고 있던 나와 야오 부인은 그제야 한숨을 돌렸다. 호흡이 제대로 돌아온 느낌이었다. 야오 부인이 깊게 심호흡을 하더니, 손수건을 꺼내 눈가를 닦았다. 하지만 그녀의 얼굴에서는 더 이상 어떤 긴장감도 엿볼 수 없었다.

"얘야, 뜻밖에도 많은 고통을 겪었구나. 그래도 너라서 다행이야, 다른 사람 같았으면 너처럼 하지 못했을 거야." 그녀가 다정하게 말했다. 아이는 여전히 두 손으로 얼굴을 감싼 채 아무 말이 없었다. 잠시 뒤 그녀가 다시 말을 이었다. "그럼 네 아빠는? 지금도 다셴츠에 계시니? 아빠를 모셔 와도 될 텐데." 아이의 울음소리가 손가락 사이에서 작게 새어 나왔다. 나는 야오 부인에게 고개를 저어 보이며 조그맣게 속삭였다. "아이에게 짐이 되기 싫다며 다시 종적을 감췄어요."

"찾을 수는 있겠죠?" 야오 부인도 낮은 목소리로 물었다.

"쉽지 않을 거예요. 벌써 성도(省都)를 떠났을지도 모르고요. 작정하고 숨은 사람이라 찾기 쉽지 않을 거예요." 나는 대답했다.

그때 아이가 얼굴에서 손을 떼며 벌떡 일어났다. "저 그만 가볼게요."

야오 부인이 급히 나섰다. "벌써 가려고? 차와 간식 좀 먹고 천천히 가지 않고."

"고맙습니다만 지금은 배가 불러서 아무 생각도 없어요. 이젠 정말 돌아가야 해요." 아이가 말했다.

"너무 지쳐 보여서 그래. 장시간 말을 많이 했으니, 잠시 쉬었다 가면 좋을 텐데." 야오 부인이 관심을 보였다.

아이는 대답했다. "전혀 피곤하지 않아요. 속에 있는 말을 다 털어놓고 나니 기분이 홀가분해졌어요. 최근 몇 년간 머릿속으로 끊임없이 되뇌었던 말이에요. 리 노인한테 얘기할 때도 있었지만, 오늘처럼 원없이 말해보긴 처음이에요…… 이젠 정말 가야 할 시간이에요. 엄마가 기다리고 계실 거예요."

"앞으로 종종 놀러 오너라, 너희 집이다 생각하고." 야오 부인이 간곡하게 말했다.

"네, 꼭 올게요! 제가 살던 집이기도 한걸요!" 아이는 말을 마치고 활짝 열린 문을 걸어 나갔다.

## 28

"꼭 오너라, 꼭!" 야오 부인은 서둘러 사랑채 문간까지 쫓아가며 진심을 전했다.

"아마 두 번 다시 오지 않을 거예요." 아이의 대답이 없자 옆에 섰던 내가 나섰다.

"왜죠?" 그녀는 고개를 돌려 의아한 눈으로 나를 쳐다보았다.

"이곳은 아이에게 고통스런 기억이 많이 남아 있는 곳이에요. 저라면 다시는 오지 않을 거예요." 이렇게 말하는 내 마음은 무겁기만 했다.

"하지만 한때 즐거웠던 추억을 간직하고 있는 곳이기도 하잖아요." 잠시 생각에 잠겼던 그녀가 혼잣말처럼 중얼거렸다. "정원만이라도 아이에게 돌려줄 수 있다면." 그녀는 책상 앞 등나무 의자에 걸터앉았다.

나는 깜짝 놀랐다. 그런 생각을 다 하다니! "돌려준다고요? 아이가 원치도 않을뿐더러, 과연 쑹스가 그러자고 할까요?"

그녀는 고개를 가로저었다. "쑹스가 허락할 리 없지요. 꽃은 좋아하지도 않으면서요. 정원은 제가 좋아해요." 잠시 뒤 그녀가 한마디 덧붙였다. "참 대견한 아이예요."

"숱한 고통을 겪으면서 철이 많이 든 거죠. 고생 모르고 지낼 나이인데." 내가 말했다.

"하지만 요즘 같은 시대에 고생 모르고 지내는 사람은 많지 않아요. 많은 이가 고통 속에서 신음하고 있는걸요. 리 선생님, 이런 고통이 가치가 있다고 보세요? 고통이 얼마나 지속될까요?" 대답을 기다리며 나를 바라보는 그녀의 커다란 눈망울에 간절함이 묻어났다.

"알 수 없죠!" 나는 무심결에 대답했다. 그러나 우수에 찬 그녀의 눈빛을 마주한 순간 깨달았다. 그녀가 원하는 것은 진실이고, 나는 그녀의 질문에 답을 할 수 없다는 것을. 그럼에도 그녀를 위로하고 싶은 마음에 나는 대답했다. "물론 가치가 있지요. 대가 없는 고통이란 없는 법이니까요. 머지않아 좋은 소식이 있을 거예요. 길어야 1, 2년, 그 안에는 반드시 승리할 거예요."

그녀의 얼굴에 살며시 미소가 떠올랐다. 그녀는 고개를 가볍게 끄덕이며 눈을 들었다. 무엇을 그리 넋 놓고 바라보는 것일까? 희망찬 미래를 꿈꾸고 있는지도 몰랐다. 그녀는 이까지 살짝 드러내 보이며 온화하게 말했다. "저도 그렇게 생각해요. 하지만 승리는 승리일 뿐, 그것이 모든 문제를 다 해결해주지는 못해요. 저같이 일개 여자의 몸으로 과연 무엇을 할 수 있을까요? 속절없이 기다릴 뿐이에요. 모든 일이 기다림의 연속이에요. 매사가 늘 마음뿐이죠. 리 선생님 눈에 이런 제가 참 한심해 보일 거예요." 그녀는 내게 시선을 돌렸다.

"무슨 말씀이세요? 야오 부인이 한심하게 보이다뇨?" 나는 깜짝 놀라 반문했다.

"하루 종일 집 안에 틀어박혀, 하는 일 하나 없이 빈둥거리기만 하고, 집안 살림도 똑 부러지게 못하는 데다, 샤오후 교육도 제대로 못 시키고 있잖아요. 교육을 시켜보려고 해도 그럴 수 없는 형편이지만요. 저는 정말 아무짝에도 쓸모없는 사람이에요. 쑹스는 여전히 저를 사랑하고 신뢰하고 있어요. 하지만 저에게 이런 고민이 있다는 건 꿈에도 모를 거예요. 그이한테 일일이 말할 수도 없고……"

"야오 부인, 자책하지 마세요. 부인이 쓸모없는 사람이라면, 저는 더 말할 것도 없게요? 매사에 마음뿐인 건 저도 마찬가지예요." 동정심에 말은 이렇게 했지만 그녀의 말이 내 마음을 아프게 했다. 그녀를 위로해주고 싶었지만 적당한 말이 떠오르지 않았다.

"선생님께서 저 같은 사람과 비교하시다니 당치 않아요. 책도 많이 쓰신 분께서 어떻게 쓸모없는 사람 운운하실 수 있어요!" 그녀는 항의라도 하듯 목소리를 높였지만 다정한 미소는 잃지 않았다.

"그런 책들이 무슨 쓸모가 있어요? 모두 허구에 불과한걸요."

"허구로만 치부할 수는 없어요. 소설가는 사람의 영혼을 치료하는 의사라고 어떤 소설가가 한 말이 생각나요. 적어도 저는 그 처방을 받았어요. 소설가는 사람의 마음을 하나로 묶어주고, 서로를 이해하게 해주죠. 어려운 이웃에게 따뜻한 손을 내밀어, 그들의 고통을 어루만져주는 사람들이에요." 마치 아름다운 미래를 꿈꾸고 있는 듯 그녀의 눈이 반짝였다.

따뜻한 기운이 내 가슴속까지 전해지며 온몸이 기쁨으로 떨렸다. 그녀의 말이 사실이면 좋겠지만, 소설가의 현실은 그녀가 생각하는 것과는 많이 달랐다. "한낱 백지 위에 검은색 글씨나 끼적이며 자신의 젊음을 허비하고, 그것도 모자라 다른 이들의 시간까지 낭비시키고, 심지어 어떤 이들에게는 증오를 불러일으키기도 할 뿐인걸요. 펜 하나에 의지해서는 제 앞가림도 제대로 못하는 사람들이에요. 저만 해도 부인 댁에서 식객 노릇이나 하고 있잖아요." 나는 자조 섞인 미소를 지어 보였다.

그녀는 나무라는 투로 말했다. "리 선생님, 그런 말씀 마세요. 식객이라니요? 쑹스의 친구이기도 하지만, 선생님처럼 훌륭하신 분을 저희 집에 모시게 되어서 얼마나 영광인데요."

"저에게 격식 차리지 말라고 하셨죠. 야오 부인께서도 '영광'이니 하는 말은 부디 삼가주세요." 나는 그녀의 말을 막았다.

"진심으로 하는 말이에요." 그녀가 웃으며 말했다. 하지만 그녀의 미소는 차츰 사라졌다. "입에 발린 소리가 결코 아니에요. 저는 오랫동안 소설책을 때론 선생님 삼아, 때론 벗 삼아 읽곤 했어요. 저의 어머니는 마음씨는 곱지만 보수적인 할머니이신 데다, 오빠 역시 고루한 학자세요. 학교 다닐 때도 좋은 선생님 한 분 만나보지 못했고요. 처녀 적 친구들과는 결혼한 뒤로 서로 왕래가 끊겼어요. 이 저택에서는 늘 시간이 남아돌아요. 그이가 외출하는 날이면, 무료함을 달래려 책을 읽곤 했어요. 소설책이든 번역서든 빌려온 책이든 손에 잡히는 대로 읽었어요. 그중에는 선생님 책도 있지요. 저는 책을 통해 새로운 세계를 접하게 되었어요. 옛날의 저는 우물 안 개구리에 지나지 않았어요. 두 집과 학교 그리고 10여 블록 정도의 거리가 제가 아는 세상 전부였거든요. 그제야 주위에 제가 몰랐던 더 넓은 세상이 있다는 사실을 깨닫게 된 거죠. 사람의 마음을 읽을 줄도 알게 되었어요. 불행이 뭔지, 고통이 뭔지도 알게 되었고요. 살아간다는 것이 어떤 건지도 깨달았어요. 때로는 기쁨에 눈물 흘리고, 때로는 아픔에 바보 같은 웃음을 짓기도 하지요. 그런데 웃거나 울고 나면 속이 후련해지는 거예요. 연민, 사랑, 서로 돕고 사는 모습은 결코 허구만은 아니에요. 제 마음은 다른 사람의 마음과 하나가 되어 다른 사람이 웃으면 저도 따라서 즐거워지고 다른 사람이 울면 제 마음도 아파오지요. 저는 세상을 살아오면서 숱한 고통과 불행을 목격했지만 그보다 더 큰 사랑이 존재한다는 사실을 알게 되었어요. 책을 통해서 감격스럽고 만족스런 웃음소리를 들었어요. 그럴 때면 제 마음은 봄 햇살처럼 따사로워져요. 살아간다는 것은 아름다운 일이라고 선생님께서도 말씀하셨던 걸로 기억해요."

"'자신의 꿈을 위해 살아간다는 건 아름다운 일이다'라고 했었지요." 나는 그녀의 말을 정정해주었다.

그녀는 고개를 끄덕이며 계속 말을 이었다. "같은 의미예요. 즐겁고 의미 있는 삶을 원한다면, 누군들 꿈꾸지 않겠어요! 예전에 한 영국 의사가 예배당에서 성경 속의 한 구절을 중국어로 인용하는 걸 들은 적이 있어요. '희생이야말로 최고의 행복이다'였죠. 전에는 그 뜻을 이해하지 못했는데 요즘에서야 깨닫게 되었어요. 사람을 돕는다는 건, 자기의 것을 다른 사람과 함께 나누고, 울고 있는 사람을 웃게 해주고, 굶주린 사람에게 먹을 것을 배불리 먹여주고, 추위에 떠는 사람에게 따뜻한 온기를 나눠주는 거예요. 그들의 웃음소리와 환희야말로 최고의 선물인 거죠! 저는 가끔 간호사가 되어 불행에 빠진 환자를 도울 수 있다면 얼마나 좋을까 하고 생각하곤 해요. 누군가를 부축해줄 수도, 누군가에게 먹을 것을 나눠줄 수도, 약으로 누군가의 고통을 덜어줄 수도, 위로의 말로 누군가의 고독을 씻어줄 수도 있을 텐데 하고 말이에요."

"하지만 주위 사람을 생각하느라 자기 자신을 잊어서는 안 돼요!" 감동을 받은 나는 그녀의 말에 끼어들었다.

"제 자신을 잊는 게 아니라, 자아를 확장하는 거예요. 이것도 어떤 외국 소설에 나오는 말이에요. 주위 사람의 웃음 속에서 혹은 울고 있는 모습에서 제 자신을 발견할 수 있어요. 그들의 행복 속에도, 일상에도 제가 있고, 그들의 생각 속에도, 기억 속에도 제가 있는 거죠. 그렇게만 될 수 있다면 얼마나 좋을까요!" 그녀의 얼굴 위로 가득 피어오른 미소는 가을 밤하늘에 수놓은 별처럼 찬란하게 빛났다. 나는 그녀의 말을 들으며 남몰래 이런 생각에 잠겼다. '얼마나 아름다운가!' 그리고 생각했다. '이 미소 속에 쑹스가 있겠지?' 이런 생각도 들었다. '이 미소 속에 혹시 나도 있을까?' 그녀가 나를 높이 평가해주는 듯해서 내 마음은 한껏 부풀어 올랐다. 그녀를 바라보는 내 심장이 감동으로 세차게 두근거렸다. 밤하늘을 수놓은 별빛은 홀연히 빛을 잃었다. 그녀의 말투는 어느새 바뀌어 있었다. "하지만 저는 아무것도 할 수 없어요. 새장 속에 갇힌 한 마리 새처럼, 하늘을 날고 싶어도 날 수가 없어요. 이젠 하늘을 나는 꿈조차 꾸지 못해요." 거기까지 말한 그녀는 시선을 무심코 배로 가져가며 얼굴을 붉혔다.

나는 하고 싶은 말이 많았지만, 무슨 말로 그녀를 위로해줘야 할지 알 수 없었다. 어쩌면 본인이 더 잘 알고 있을지도 몰랐다. 방금 그녀가 한 말이 내 가슴속에서 살아 움직였다. "자아를 확장하"고 싶다는 그녀의 말은 내게도 영향을 미쳤다. 지금 그녀에게 필요한 것은 자기 진정성에 대한 이해와 그것을 실천에 옮길 수 없는 자기 처지에 대한 동정이리라.

"리 선생님, 소설 다 쓰셨어요?" 그녀는 불쑥 질문을 던지며 책상으로 시선을 돌렸다.

"아직요, 요즘 글이 잘 안 써지네요." 나는 짧게 대답했다. 그녀가 내 문제를 해결해주었다. 나는 다른 대홧거리를 찾을 필요가 없었다.

그녀는 고개를 돌려 안쓰러운 표정으로 나를 한 번 쳐다보더니 관심을 보였다. "피곤이 쌓여서 그럴 거예요. 천천히 쓰신다고 달라질 건 없어요."

"거의 완성되긴 했지만, 조금 더 손을 봐야 해요. 그런데 요 며칠 펜을 들어도 통 써지지가 않네요."

"양 도령 때문인가요?" 그녀가 또 물었다.

"아무래도 그런 것 같아요." 말은 그렇게 했지만 정작 이유는 따로 있었다. 샤오후 아니, 그녀 때문이라는 게 더 맞았다.

"글이 잘 써지지 않을 때는 차라리 좀 쉬세요. 자신을 너무 혹사하지 마세요." 그녀는 위로의 말을 건넸다. 그러고는 고개를 돌려 책상 위에 쌓여 있는 원고를 바라보며 물었다. "제가 먼저 원고를 읽어봐도 될까요?"

"물론이죠. 괜찮다면 지금 당장 가져가셔도 돼요. 마지막 장만 남겨놓으시고요." 나는 친절하게 대답했다.

그녀는 일어서며 미소를 지었다. "그럼 가져가 읽어볼게요."

나는 그녀에게 원고 뭉치를 건네주었다. 그녀는 건네받은 원고를 죽 넘겨 보며 말했다. "내일 다시 올게요."

"서두르지 말고 천천히 보세요." 나는 정중하게 말했다.

그녀는 작별을 고했다. 나는 문턱이 낮은 문지방에 한참을 우두커니 서서 정적이 흐르는 정원을 바라보았다.

## 29

그날 저녁, 하늘에서 비가 추적추적 내렸다. 처마 끝에서 떨어지는 빗방울이 내 가슴을 적시는 듯했다. 단조로운 빗소리에 미쳐버릴 것만 같았다. 휑한 사랑채 어디에도 내 마음을 둘 곳은 없었다. 병풍을 펼쳐 한쪽의 텅 빈 공간을 막아버렸다. 그러자 방이 훨씬 아늑하게 느껴졌다. 나는 침대 옆에 놓인 소파 위에 조용히 앉았다. 전등 빛이 방에 옅은 자색(병풍 색깔이다) 층을 한 겹 드리웠다. 번뇌와 쓸쓸함이 밀려들었다. 멀리서 나를 부르는 소리가 들리는 듯했다. 기쁨과 생명으로 충만한 목소리였다. 미소로 빛나는 얼굴이 어렴풋이 보였다. '희생이야말로 최고의 행복이다.' 낯익은 목소리가 이렇게 속삭이는 것 같았다. 나는 기다리고, 갈망했다. 하지만 목소리가 서서히 멀어지며, 미소 띤 얼굴도 사라져버렸다. 단조로운 빗소리와 스산함만이 남았다.

나는 초조함에 사로잡혔다. 참기 힘든 정적이었다. 무언가 내 속을 아무렇게나 휘저어놓는 것 같았다. 머리에 경미한 통증이 일며, 푹신한 소파도 더 이상 편치 않았다. 나는 벌떡 일어나 병풍을 치워버렸다. 운동장마냥 넓은 방 안을 한동안 서성거렸다. 걷다 지치면 쓰러져 잘 작정이었다.

하지만 마음속 깊은 곳에서 무언가가 서서히 고개를 쳐들었다. 열에 들떠 머리가 깨질 듯 아팠다. 온몸이 당장이라도 폭발해버릴 것만 같았다. 나는 비칠거리며 책상 앞으로 다가가 등나무 의자에 털썩 주저앉았다. 야오 부인에게 아직 건네주지 못한 소설 원고를 펼쳐 들고 전날 멈췄던 대목부터 다시 써 내려가기 시작했다. 글을 쓸수록 속도가 붙었다. 미친 듯이 써 내려갔다. 얼굴은 온통 땀투성이였지만, 쉬지 않고 작업을 계속했다. 누군가가 뒤에서 채찍을 휘두르고 있는 것처럼, 도저히 펜을 내려놓을 수 없었다. 결말 부분에서 인력거꾼은 누군가에게 다리가 부러지도록 맞아 다시는 인력거를 끌 수 없게 되자 도둑질을 하다 붙잡혀 옥살이를 하게 되고, 눈먼 여인은 이웃 아이의 도움을 받아 그를 면회하러 간 자리에서, 그가 출소하는 대로 함께 가정을 꾸리겠노라고 승낙한다.

……

"6월, 6월은 금방 와!" 늙은 인력거꾼은 이런 생각에 한없이 기뻤다. 보이지도 않는 눈으로 고개를 돌려 그를 바라보던 여인의 모습이 아직도 기억에 생생했다. 그는 웃고 싶었지만, 이상하게 눈물이 그치지 않았다.

……

작업은 새벽 2시까지 이어졌고 비는 그칠 줄 몰랐다. 소설이 마침내 완성되었다.

펜을 내려놓자 눈이 따끔거려 제대로 뜰 수조차 없었다. 비틀거리며 침대 앞으로 겨우 다가가, 옷을 입은 채 그대로 침대 위에 쓰러져 잠 속으로 빠져들었다. 전등을 끄는 것도 잊었다.

이튿 아침 라오야오가 부르는 소리에 잠에서 깼다.

"라오리, 여태 안 일어난 거야? 벌써 6시가 넘었다고!" 그는 웃으며 말했다.

눈을 뜨자 방이 몹시 환하게 느껴졌다. 눈이 너무 부셔서 도로 눈을 감아버렸다.

"그만 일어나라니까, 어서 일어나! 주말인데 우허우츠(武候祠)*에 바람이나 쐬러 가자고. 자오화도 함께 갈 거야. 화장 끝나는 대로 나올 거야." 그는 침대 곁으로 다가오며 나를 재촉했다.

나는 가까스로 눈을 부릅뜨며 물었다. "너무 이르잖아. 언제 가려고?" 그러면서 나는 연신 눈을 비볐다.

"지금 당장! 빨리 일어나!" 그는 대꾸했다. "뭐야, 눈이 퉁퉁 부은 걸 보니, 어제도 늦게 잤나 보군. 어쩐지 전등도 안 껐다 했지. 그렇잖아도 자오화하고 방금 자네 얘길 했는데, 자넨 몸을 너무 혹사하고 있어. 안색도 창백하고. 저녁에 일찍 자도록 해. 아무래도 빨리 결혼하는 게 상책이야." 그가 웃었다.

"이제 소설도 끝냈으니 앞으로는 밤샐 일도 없어. 그러니 마음 놓게나. 더구나 내 결혼 문제로 자네가 마음 졸일 필요는 없어." 나는 웃으며 대꾸했다.

"낼 모레가 마흔인데, 걱정 안 할 수 없지." 친구는 농담을 던지며

---

* 중국 삼국 시기 촉한(蜀漢)의 승상 제갈량(諸葛亮)을 기념하기 위해 세운 사당으로, 제갈량이 생전에 무향후(武鄕侯)로 봉해졌기 때문에, 여기서 '무후사'라는 이름을 따왔다. 청두(成都) 시에 위치해 있다.

웃었다. 그러다 갑자기 말투를 바꾸어 물었다. "소설이 완성됐다고?"

"응, 다 썼어." 나는 잠자리에서 일어났다.

"대체 어떤 소설을 썼는지 한번 봐야겠어! 참, 깜박할 뻔했네. 자오화가 엊저녁에 자네 소설을 보며 울더군. 결말을 눈이 빠져라 기다리고 있을 거야. 자네가 이렇게 빨리 완성했으리라고는 상상도 못할 거야. 원고는 내가 갖다 주지. 인력거꾼과 눈먼 여인은 마지막에 어떻게 되지? 설마 또 다 죽어버리는 건 아니겠지? 자네 소설은 결말이 늘 그렇잖아. 내가 수긍하지 못하는 부분이지. 첫째 하층민의 소소한 일상을 다룬다는 점과, 둘째 비극으로 끝난다는 점. 이 두 가지만큼은 영 내 입맛에 안 맞아. 그래도 자네의 타고난 실력만큼은 정말 놀라워. 난 눈만 높았지 실력은 따라가지 못한단 말이야, 그것도 병이야. 그 방면에는 영 재능을 타고나질 못했어. 허풍만 늘어놓을 줄 알았지 실력은 전혀 늘지 않아."

"약 올리지 마. 졸필인 내 작품이 무슨 수로 자네 눈에 들겠나? 자네 부인이 눈물을 흘렸다는 건 정말 의외인걸. 마지막 원고는 자네가 전해주게. 천천히 읽고 돌려줘도 돼." 나는 책상 앞으로 다가가 그 위에 쌓여 있는 원고 다발을 집어 그에게 건네주었다.

"좋아, 내가 갖다 주지." 그는 라오원이 세숫물을 들여오는 것을 보고는 한마디 덧붙였다. "먼저 안에 들어가 있다가, 자네가 다 씻고 아침 식사를 마칠 때쯤 다시 오겠네."

30분쯤 지나자 그가 아내와 함께 정원으로 들어섰다. 나는 마침 화단 앞 빈터에서 산책 중이었다. 화장기 때문인지 그녀의 안색은 어제보다 훨씬 좋아 보였다. 병색은 완전히 사라졌다. 태양보다 더 눈부신 미소가 그녀의 얼굴에 걸려 있었다. 그녀는 연녹색(너무 옅어 차라리 하얀

색에 가까웠다) 바탕에 진녹색 작은 꽃이 프린트된 치파오를 입고, 상의에 퍼프 슬리브의 회색 덧저고리를 걸치고 있었다.

"리 선생님, 정말 죄송해요. 쑹스가 깨우는 바람에 잠을 제대로 못 주무셨죠. 어젯밤 원고를 탈고하신지 몰랐어요. 잠도 부족하실 텐데." 그녀가 미소를 지으며 말했다.

"아닙니다. 잘 만큼 잤어요. 쑹스가 깨우러 오지 않았더라도 일어났을 거예요." 나는 깍듯하게 대답했다.

"라오리, 입에 발린 소리하고는. 내가 몇 번이나 깨워서야 겨우 일어났으면서. 얼마나 달게 자던지 누가 업어가도 모르겠던걸." 옆에서 라오야오가 싱글거리며 끼어들었다.

얼굴이 까칠해진 내게 변명의 여지는 없었다. 그녀는 살며시 미소를 띠며 남편에게 말했다. "우리끼리 가요. 리 선생님께 폐가 될 수도 있잖아요."

"전 정말 괜찮아요. 그럼 가볼까요." 내가 재빨리 말했다.

중문 밖에는 벌써 인력거 세 대가 대기하고 있었다. 늘 그렇듯이 나는 영업용 인력거에 올라탔다. 나를 태운 인력거꾼은 끄는 속도가 너무 느려 터져, 예닐곱 블록을 지났을 때 친구 부부에 한참이나 뒤처졌다. 부부를 태운 인력거는 다른 골목으로 방향을 틀더니 이내 내 시야에서 사라졌다. 하지만 머지않아 내가 탄 인력거도 그들 뒤를 바짝 따라붙었다. 태양 아래 반짝반짝 빛나는 야오 부인의 풍성한 머리카락이 내 시선을 사로잡았다. 라오야오가 고개를 돌려 큰 소리로 그녀에게 말을 건넸지만 무슨 말을 하는지는 들리지 않았다. 하지만 흐뭇한 미소를 띤 그의 얼굴은 볼 수 있었다.

성문(城門)을 코앞에 두고, 나를 태운 인력거가 다시 반 블록 정도 뒤처지기 시작했다. 느려 터진 인력거가 사거리로 들어섰을 때, 거친 천으로 만든 짧은 셔츠 차림의 쿨리*들이 내 앞길을 막아버렸다. 2인 1조로 성 밖에서 큰 돌멩이를 실어 나르고 있는 그들은 꼬리를 물고 내 앞을 지나갔다. 30명쯤 되어 보였다. 손에 채찍을 들고 어깨에 총을 멘, 제복 차림의 남자 네댓 명이 그들을 호송하고 있었다. 정수리에 한 움큼의 머리털을 제외하고 빡빡 깎은 쿨리들은 더럽기 짝이 없는 옷을 입고, 짚신조차 신고 있지 않았다. 인력거에 앉아 무심코 그 행렬을 바라보고 있자니, 나이나 생김새가 모두 똑같아 보였다. 그들은 하나같이 눈이 푹 꺼지고, 양 볼은 움푹 파이고, 안색은 잿빛으로 창백하고, 고개는 숙이고, 등은 구부정하고, 이마는 땀으로 번들거렸다. 그들은 묵묵히 앞을 향해 걷고 있었다. 그때 무의식중에 내 시선을 사로잡는 얼굴이 있었다. 나는 깜짝 놀라 외마디 소리를 질렀다. 비록 소리는 크지 않았지만, 그 얼굴이 내 쪽으로 고개를 돌렸다. 멜대 앞쪽을 들고 가던 그가 걸음을 멈추고 고개를 들어 나를 쳐다보았다. 잘생긴 길쭉한 얼굴은 전에 비해 더 수척했고, 꼬질꼬질했으며, 병색도 더 완연했다. 나를 쳐다보는 그의 눈에 반짝하고 광채가 나더니 이내 사라졌다. 그는 무슨 말을 하려는 듯 입술을 달싹였지만 끝내 아무 말도 하지 못하고, 그저 오른손을 힘없이 들어 올렸다. 바싹 마른 손가락 사이사이마다 옴이 퍼져 있었고, 이미 심하게 짓무른 곳도 있었다. 그는 오른손으로 멜대를 잡고 있던 왼손을 긁기 시작했다. 그 모습을 보고 있자니 그가 내 온몸을 긁어대는 것만 같았다.

"빨리 움직여! 뭘 꾸물거려!" 옆에서 굵직한 호통 소리와 함께 채

* coolie: 육체노동에 종사하는 중국의 하층 노동자를 일컫는 말.

찍이 사정없이 그의 얼굴로 날아들었다. '아야' 하는 비명 소리가 터져 나왔고, 그의 얼굴에는 한 줄기 사선 모양의 시뻘건 줄이 귀에서 입가로 선명하게 찍혔다. 그곳에서 피가 배어 나왔다. 그는 황급히 손으로 상처를 감쌌다. 동태눈처럼 생기 없는 두 눈에서 눈물이 솟았지만, 그는 눈물을 닦을 생각도 하지 않고 고개를 숙인 채 천천히 걸어갔다.

"양……" 그제야 나는 겨우 한 자 내뱉을 수 있었는데, 목구멍에 돌이 걸린 것처럼 고통스러워 한참을 애쓴 뒤에야 "양 선생" 하고 부를 수 있었다.

그는 그곳을 떠나면서 고개를 돌려 재빨리 나를 한 번 쳐다보았다. 하지만 여전히 말없이 멀어져 갔다. 마음 같아서는 당장이라도 인력거에서 내려 그를 데려오고 싶었다. 하지만 순간 스치는 생각에 불과할 뿐, 어떻게 손을 써볼 도리가 없었다. 그사이 인력거는 사거리를 벗어났다.

## 30

인력거가 우허우츠에 도착했을 때 라오야오 부부는 입구에서 나를 기다리고 있었다.

"왜 이제야 오는 거야! 한참 기다렸잖아." 라오야오가 웃으며 말했다.

"아는 사람을 만났어." 나는 짧게 대답했다. 그는 누구냐고 더 캐묻지 않았다. 방금 양멍츠를 본 사실을 야오 부인에게 말을 해줘야 하나 주저하고 있는데 그녀의 말소리가 들렸다. "잠시 뒤에 라오리(老李)

에게 일러, 리 선생님용으로 좀더 빠른 인력거를 준비하라고 해야겠어요." 머리를 빡빡 민 양멍츠의 얼굴이 내 눈앞에서 어른거렸다. 나는 그 느려 터진 인력거꾼 덕에 양멍츠를 만날 기회를 잡을 수 있었는데 하고 속으로 생각했다.

이제야 아이 아버지의 행방을 찾았다! 하지만 이 소식을 아이에게 과연 알릴 수 있을까? 그를 구해낼 수는 있을까? 그를 구해낸 다음에는 어디로 데려간단 말인가? 새사람으로 거듭날 가능성은 있는 걸까? 사당 안으로 들어가는 내내, 나는 이런 생각들로 여념이 없었다. 길 양쪽에 늘어선 풍경은 눈앞에서 휙휙 지나가버려 어떤 인상도 나의 뇌리에 남지 않았다. 길 하나를 끼고 돌아 들어가니, 그윽한 분위기의 긴 복도가 나왔다. 복도 한쪽은 연못을, 다른 한쪽은 담을 끼고 있었다. 우리는 복도 난간 한쪽에 놓여 있는 티 테이블에 자리를 잡고 앉았다.

햇살이 비쳐들기도 전에, 연못은 벌써 연잎의 녹색 향연을 펼치고 있었다. 맑고 상큼한 새벽 공기가 복도 전체를 감쌌다. 티 테이블 몇 대가 복도에 놓여 있었지만, 손님은 우리 셋뿐이었다. 주위는 한산하기 그지없었다. 담장 밖 키 큰 나무 위에서 들려오는 작은 새들의 노랫소리에 귀가 즐거웠다. 사환이 행주를 들고 내키지 않는 걸음으로 다가왔다. 우리가 차를 시키자 그는 티 테이블을 한 번 쓱 훔치고는 바로 가버렸다. 몇 분 뒤 그가 찻잔을 날라 왔다. 안온한 느낌이 온몸을 감싸오자 나는 대나무 의자에 기대 꾸벅꾸벅 졸기 시작했다.

"저기 좀 봐, 라오리가 졸고 있어." 라오야오의 웃음 띤 말소리가 들렸다. 그의 목소리는 아주 먼 곳에서 아득하게 들려오는 듯했고, 나는 눈 뜨는 것조차 귀찮았다.

"잠시 눈 좀 붙이게 깨우지 마세요." 야오 부인이 낮게 속삭였다.

"어젯밤에 글 쓴다고 무리해서 고단하실 거예요."

"낮에 쓰면 좋을 것을. 밤늦도록 글을 쓰면 건강을 해치기도 쉽고. 몇 번이나 말했는데 귀담아듣지를 않아." 라오야오가 다시 말했다.

"조용해서 사색하기에는 밤이 더 좋잖아요. 외국 사람들도 보통 밤에 소설을 쓴다는데, 꼬박 새우는 경우도 종종 있다고 들었어요." 야오 부인의 목소리는 너무 작아 거의 알아듣기 힘들었다. "하지만 이젠 소설도 마무리 지었으니 푹 쉬셔야 해요." 그러더니 느닷없이 그녀가 물었다. "바로 떠나시지는 않겠죠?"

그들 대화 소리에 나는 잠이 모두 달아났지만, 본의 아니게 계속 자는 척하느라 옴짝달싹도 할 수 없었다.

"떠난다고? 어디로 떠나? 떠나겠다고 해?" 라오야오가 펄쩍 뛰며 물었다.

"아뇨. 그저 제 생각에, 소설도 다 쓰셨으니 떠나시지 않을까 해서요. 몇 달만 더 머물다 가시라고 해요. 객지 생활도 고달픈데, 몸을 사리는 분도 아니잖아요. 라오원이나 저우 어멈 말이 선생님 성격이 정말 좋아 정원에 머무시는 동안 잔심부름 한 번 시킨 적이 없다고 해요. 갖다 드리는 대로 쓰셨던 모양이에요." 야오 부인이 말했다.

"밖으로 돌기 좋아하는 사람들 성격이 다 그래. 내가 그런 성격을 좋아하잖아." 라오야오가 웃으며 말했다.

"당신도 제법 많은 곳을 돌아다녔는데, 당신 성격은 왜 그래요?" 야오 부인이 가볍게 웃었다.

"내가 좀 특별하잖아. 우리 집 내력이야. 샤오후도 나를 닮았고!" 라오야오가 뿌듯한 듯 말했다.

야오 부인은 잠시 말을 멈추었다가 계속했다. "샤오후가 확실히 당신을 닮긴 했지만, 요 몇 년 사이 너무 많이 변해버렸어요. 자오씨 댁에서 샤오후를 지금처럼 멋대로 하게 계속 놔두다가는, 아이를 망치게 될 거예요. 새엄마라고 늘 곱지 않은 시선으로 보고 있어서, 제가 아이를 교육하는 데는 한계가 있으니까, 당신이라도 나서서 아이 교육을 시켜야 해요."

"무슨 말인지 알아. 하지만 샤오후는 엄연히 자오씨 댁 외손자이기도 해. 그러니 외가댁에서 아이를 예뻐한다고 일일이 간섭할 수도 없는 노릇이야. 다행히 샤오후가 아직 어려서 앞으로 개선될 여지가 많으니까 몇 년만 지나면 좋아질 거야." 라오야오가 말했다.

"하지만 이젠 어린 나이도 아니에요. ……다른 건 몰라도, 외가댁에서 애 학교는 보내지 않고 도박이나 경극으로 시간을 보내게 하는 것은 옳지 않아요. 더구나 학기말시험이 코앞이에요. 오늘 저녁에는 사람을 보내 샤오후를 데려오는 게 어때요?" 야오 부인이 물었다.

"사람을 보내봤자 소용없고, 내가 직접 다녀오리다. 하지만 당신도 알다시피 샤오후 외할머니 성격이 전혀 말이 통하지 않는 분이라, 사정을 해보는 수밖에." 라오야오가 대답했다.

"당신이나 제 입장이 곤란하다는 건 잘 알지만, 당신한테도 아들이라고는 샤오후 하나뿐이잖아요. 샤오후 앞날을 생각해야 해요." 야오 부인이 말했다.

"그 말은 틀렸어. 지금은 샤오후 하나뿐이지만, 우리에게는 또……" 그가 우쭐대며 웃었다.

"흥!" 그녀가 가볍게 나무랐다. "목소리 좀 낮춰요. 리 선생님 다 들으시겠어요. 남은 진지한데 농담이나 하고."

"알았어, 입 다물게. 더 했다가는 부부 싸움 하러 왔다는 소리 나오겠네. 라오리가 듣기라도 한다면, 하층민의 일상을 주로 쓰는 사람이라 우리 얘기를 쓰겠다고 나설 수도 있어. 그럼 정말 끝장이지." 라오야오가 농담을 던졌다.

"당신이 '하층민'은 아니잖아요. 그러니 마음 놓으세요. 선생님한테 당신 같은 '귀족'은 관심 밖일 테니까요." 야오 부인이 웃으며 대꾸했다.

나는 더 이상 듣고 있을 수가 없어 기침을 하며 천천히 눈을 떴다.

"리 선생님, 눈 좀 붙이셨어요? 저희 때문에 시끄러워서 깨신 건 아니겠죠?" 그녀가 다정하게 물었다.

나는 황급히 손을 내저으며 아니라고 대답했다.

"지금 한창 자네 얘기 중이었는데 자네가 깼거든. 다행히 아직까지 자네 욕은 하지 않았어." 라오야오가 이어서 말했다.

"그 말 믿어주지. 설마 내 욕 하려고 일부러 우허우츠까지 오진 않았을 테니까." 나는 이렇게 말하며 혼자 킥킥 웃었다.

"라오리, 본당에 들어가 자네 앞날이 어떨지 점괘나 한번 뽑아보지 그래?" 라오야오가 내게 웃으며 물었다.

"필요 없어. 자네야말로 부인과 함께 점괘를 뽑아보는 게 좋겠군." 내가 농담으로 되받아쳤다.

"좋지, 그럼 한번 뽑아볼까." 라오야오는 아내에게 말했다. 그는 일어나 아내가 앉아 있는 대나무 의자 뒤로 다가갔다.

"그런 건 시시해서 안 갈래요!" 그의 아내는 고개를 흔들며 쑥스러워했다.

"재미 삼아 한번 해보자는 건데 진지하긴! 갑시다, 가." 그가 일어나라고 그녀를 재촉했다.

"그렇게 하세요. 자리는 제가 지키고 있을 테니 다녀오세요. 쑹스가 저렇게 가고 싶어 하는데 함께 가주시죠." 나는 라오야오의 말에 맞장구를 쳐주었다.

야오 부인은 미소를 지으며 자리에서 천천히 일어나 남편에게 고개를 돌리며 말했다. "저는 그냥 따라가는 거예요." 그러고는 내게 말했다. "잠시 기다려주세요. 한숨 더 주무셔도 되고요." 그녀는 웃으며 핸드백을 챙겨 들더니 남편의 팔짱을 꼈다.

그사이 내 뒤로 테이블 두 개를 사이에 두고 또 다른 티 테이블에도 손님 두 명이 앉아 있었다. 젊은 학생들로 각자 손에 책 한 권씩을 들고 읽고 있었다. 햇살이 서서히 연못을 비추기 시작했다. 참새 몇 마리가 맞은편 처마 위에서 지저귀고 있었다. 그윽하고 평온한 분위기가 감돌았다. 막 눈을 감으려는 순간, 맞은편 복도에 있는 관광객 몇 명이 내 시선을 끌었다. 피로가 순식간에 싹 가셨다. 그들을 주의 깊게 살펴보니 양 도령(아이는 학생복 차림이었다)이 가장 먼저 눈에 들어왔고, 뒤이어 그의 형이 보였다. 잠시 뒤 아이 어머니가 한 젊은 아가씨와 함께 뒤따라 오는 모습도 보였다. 아가씨는 아이 어머니에게 무언가를 한창 얘기 중이었다. 그러다가 그녀들은 동시에 연못 쪽으로 고개를 돌렸고, 아이 어머니가 별안간 웃기 시작하자 아가씨도 따라 웃었다. 앞서 가던 두 젊은 청년도 가던 길을 멈추고 몸을 돌려 아가씨에게 말을 건네더니 함께 따라 웃었다.

그들의 웃음소리가 희미하게 내 귓가에 들렸다. 꿈을 꾸고 있는 건 아닌지 내 눈을 의심했다. 방금 그들의 남편이자 아버지를 만나지 않았던가? 채찍으로 맞고 있던 그를 내 눈으로 똑똑히 보지 않았던가? 그런데 지금 나는 기쁨에 넘치는 웃음소리를 듣고 있다! 그들은 서로 아무

것도 모른다. 그들과 돌을 나르던 사람은 지척에 있으면서도, 서로 딴 세상에 살고 있었다. 그들에게 과거에 대한 일말의 추억이 남아 있는지는 알 길이 없었지만, 과거의 사랑과 증오가 내 눈앞에서 하나의 사슬처럼 연결되어, 그들과 그 사람을 하나로 묶어놓았다. 아무 상관도 없는 나조차 그들의 관계를 기억에서 지울 수 없었다. 물론 내게 그들을 판단할 자격이 없다는 것은 누구보다 잘 알고 있지만, 그들의 웃음소리가 반감을 불러일으켰다. 그들이 내 쪽으로 가까이 다가올수록 나는 불쾌해졌다. 아이의 형이 아가씨를 작은 문으로 안내해 밖으로 나가는 모습이 보였다. 아이는 어머니와 함께 내가 있는 복도 쪽으로 방향을 틀었다. 앞서 걷던 아이가 멀리서 나를 알아보더니 반색을 하며 티 테이블 앞까지 다가와 깍듯하게 인사를 했다. "리 선생님."

"어머니와 함께 바람 쐬러 왔구나." 나는 웃으며 말했다. 선하고 상냥한 아이의 웃는 얼굴을 마주하자 이상하게 불쾌했던 마음이 씻은 듯이 사라졌다.

"네, 형이랑 사촌 누나도 함께 왔어요." 아이는 미소를 띠고 대답한 뒤, 곧장 몸을 돌려 어머니가 있는 곳으로 가더니 몇 마디 소곤거렸다. 그녀가 나를 한 번 힐끗 쳐다보았다. 아이는 그녀의 팔을 끌다시피 하며 내 앞으로 다가와 소개해주었다. "저희 엄마예요."

나는 황급히 자리에서 일어나 인사를 건넸다. 그녀도 내게 웃음을 지어 보이며 고개를 끄덕이고는 한마디 건넸다. "앉으세요." 나는 여전히 선 자세 그대로였다. 그녀가 다시 말했다. "리 선생님께서 제 아들에게 많은 도움도 주시고, 지도해주셨다고 들었어요. 정말 감사합니다."

"양 부인, 별말씀을요. 도움이랄 게 있나요? 더구나 지도라니 당치도 않아요. 훌륭한 아드님을 두셨어요. 제가 이 아이를 좋아한답니다."

나는 겸손하게 말했다. 아이는 옆에서 나를 바라보며 환한 미소를 지어 보였다.

"리 선생님께서 잘 모르시고 하는 말씀이세요. 말을 얼마나 안 듣는지 몰라요." 그녀는 예의 있게 대답하고 아들에게 고개를 돌리며 말했다. "리 선생님께서 칭찬하시는 말 잘 들었지? 앞으로 말썽 피우면 안 돼." 그리고 다시 내게 말했다. "리 선생님, 앉으세요. 저흰 그만 가볼게요." 그녀는 웃음을 머금은 채 내게 고개 숙여 인사하고는 아들과 함께 자리로 돌아갔다.

"리 선생님, 또 봬요." 아이가 고개를 돌려 내게 인사했다.

나는 자리에 앉았다. 아이 어머니의 모습이 눈앞에서 어른거렸다. 단정하지만 이렇다 할 특징이 없는 타원형의 얼굴은, 비록 눈에 띄게 아름답지는 않았지만, 사람을 즐겁게 해주는 웃음이 줄곧 그녀의 입가에서 떠나지 않았다. 커피색 반소매 치파오 차림의 그녀는 가볍게 화장한 얼굴에, 숱 많은 머리카락은 뒤로 넘겨 하나로 쪽을 짓고 있었다. 얼굴만 보면 30대로 보였다. (사실은 40도 넘은 나이였다!) 게다가 그녀는 사근사근하고 다정하기까지 했다.

아이의 말이 과연 사실일까? 이 여인이 자기 아들을 시켜 아버지를 쫓아낸 사람이란 말인가? 미심쩍은 마음에 고개를 돌려 그들을 바라보았다. 모자(母子)는 학생들 바로 뒤 테이블에 자리를 잡고 앉아 있었고, 어머니는 아들을 향해 다정한 웃음을 짓고 있었다. 결코 매정한 여인으로는 보이지 않았다!

"라오리, 가장 좋은 점괘가 나왔어!" 라오야오의 목소리에 나는 고개를 돌렸다. 그는 내가 앉아 있는 티 테이블에서 불과 몇 발자국 떨어지지 않은 곳에서, 만면에 환한 미소를 띠고 아내와 함께 내 쪽을 향해 똑바로 걸어오고 있었다.

"어디 있어? 나 좀 보여줘." 내가 말했다.

"쑥스러웠던지 아내가 그만 찢어버렸어." 라오야오는 득의에 차서 말했다.

"아무 의미도 없는 거예요." 그녀는 미소 지으며 얼굴을 붉혔다.

나도 더 이상 캐묻지 않았다. 그때 아이 형이 아가씨를 데리고 함께 들어왔다. 나는 야오 부인에게 말했다. "양 도령의 형이 왔네요. 저 아가씨는 사촌 동생이랍니다."

야오 부인이 고개를 들어 내 시선이 향한 곳을 바라보았다. 라오야오도 두 사람에게 눈을 돌렸다.

아가씨는 분홍색 치파오 차림으로, 머리카락은 두 줄로 땋아내려 뒤로 늘어뜨렸다. 동그란 얼굴은 예쁜 편은 아니지만, 못생긴 편도 아니었다. 나이는 열여덟아홉쯤 돼 보였고, 눈과 입술에 천진한 표정이 어려 있었다. 그녀는 우리 세 사람의 눈길을 피하지 않고, 만면에 웃음을 띤 채 가벼운 걸음으로 우리 곁을 지나갔다.

"형제가 많이 닮았네요. 형이 살결이 좀더 희고, 옷차림도 더 깔끔하네요. 나쁜 사람 같아 보이지 않는데, 어떻게 친아버지에게 그런 포악을 부렸을까요! 정말 뜻밖이에요!" 야오 부인은 낮은 소리로 내게 속삭였다.

"사람은 외모로 판단할 수 없는 거야. 사실 그 아버지란 사람도 무능한 게 얼굴과는 영 딴판이잖아. 아들이라고 별수 없지……" 그때 라오야오가 끼어들었다. 야오 부인이 남편에게 아이 이야기를 해주었음을 알 수 있었다.

"사촌 동생도 참 괜찮네요. 한눈에 봐도 진실한 사람이란 걸 알겠어요. 동생은 어디 있어요?" 야오 부인이 물었다.

"저쪽 테이블에 어머니와 함께 있어요." 나는 대답하며 고갯짓을 해 보였다.

"네, 봤어요." 그녀는 가만히 고개를 끄덕였다. "어머니 인상도 참 인자해 보여요." 그녀는 차를 두어 모금 마신 뒤 찻잔을 테이블에 내려놓았다. 그리고 다시 한 번 시선을 뒤쪽 테이블로 돌렸다. 잠시 뒤에 그녀는 시선을 거두며 말했다. "가족 모두 단란하고 화기애애한 게 사이가 참 좋아 보여요. 그런데 어쩌다 그런 일이 일어났을까요? 혹시 다른 이유가 있는 건 아닐까요?"

"내가 말한 대로 외모는 믿을 게 못 된다니까. 사람을 외모로 판단해서는 절대 안 돼. 사실 외모로 치자면 저 아이가 어디 샤오후 발끝이나 따라오겠어!" 라오야오가 말했다.

야오 부인은 아무 말도 하지 않았다. 나도 잠자코 있었다. 하마터면 샤오후의 잘못된 점을 들추어낼 뻔했다. 하지만 목구멍까지 치밀어 오르는 말을 가까스로 삼켰다. 나는 이를 악물고 아이가 있는 테이블로 고개를 돌려버렸다.

내 감정에 이미 많은 변화가 생겼고, 지금 이 순간은 변화가 더 컸다. 나는 생각했다. '내가 무슨 권리로 웃고 행복해하는 저들을 미워할 수 있을까? 그들은 웃으면 왜 안 되는 거지? 내가 '모든 결정권을 손에 쥐고' 있는 심판관이라도 되어 그들이 누리고 있는 이 작은 행복마저 짓밟아야 옳단 말인가?

그들이 앉아 있는 테이블에서 간간이 웃음소리가 터져 나왔다. 아까와 마찬가지로 유쾌한 웃음소리였지만, 더 이상 내 감정을 자극하지는 않았다. 왜 나는 다른 사람과 함께 기뻐하면 안 될까? 왜 나는 다른 사람을 기쁘게 하면 안 될까? 설마 '이 어려운 시기에 기쁨에 넘치는 웃음소리야말로 진정 소중하다'는 사실을 잊은 건 아니겠지?

아무도 이런 내 심정을 헤아리지 못했다. 나와 라오야오 부부는 다른 화젯거리를 입에 올리고 있었다. 솔직히 많은 말을 주고받지는 않았다. 라오야오가 워낙 샤오후 얘기를 좋아해서, 샤오후 자랑을 늘어놓는 바람에 내 속에서 천불이 났기 때문이다.

11시쯤 우리는 점심 식사를 하기 위해 사찰 내 식당으로 자리를 옮기려 몸을 일으켰다. 때마침 밖으로 나가기 위해 우리가 있는 티 테이블을 지나가던 아이는, 우리가 자리에서 일어나자 급히 다가오더니 먼저 야오 부인에게 인사를 건넸다. 그러고는 내 팔을 잡아당겨 바깥쪽으로 두어 발짝 옮겼다. 아이는 자못 진지한 표정으로 목소리를 낮춰 내게 물었다. "혹시 저희 아빠 소식 못 들으셨어요?"

나는 잠시 주저했다. 하마터면 아버지를 만났다는 말이 입 밖으로 튀어나올 뻔했지만 나는 도로 꿀꺽 삼켜버렸다. 무슨 말이든 해야 했다. 나는 고개를 가로저으며 담담하게 "아니" 하고 딱 잘라 말했다. 나 스스로도 거짓말을 하고 있다고 느끼지 못할 정도였다.

아이는 우리와 함께 걸어 나왔다. 라오야오 부부가 앞장섰고, 나와 아이는 그 뒤를 따랐다. 아이는 입을 꾹 다문 채 아무 말도 하지 않았다. 아빠 생각을 하고 있으리라. 아이는 식당 입구까지 나를 배웅해주었다. 작별을 고할 때 아이가 갑자기 고개를 쭉 내밀며 중요한 소식을 전하려는 듯 작은 소리로 속삭였다. "리 선생님, 기쁜 소식을 전해드린다는 걸 깜빡했어요. 사촌 누나는 앞으로 제 형수가 되실 분이세요. 지난주에 둘이 약혼했거든요."

아이 얼굴에 살짝 웃음기가 감돌았다. 아이는 말을 마치자마자 내 말은 듣지도 않고 몸을 휙 돌려 뛰어가버렸다.

나는 입구에 서서 멀어져 가는 아이의 뒷모습을 바라보았다. 슬픔에 잠긴 아이답지 않게 발걸음은 경쾌했다. '기쁜 소식'은 확실히 아이를 기쁘게 한 것이다.

이런 생각을 하는 동안 아이 사촌 누나의 동그란 얼굴이 내 눈앞에서 어른거렸다. 순진해 보이는 앳된 얼굴과 천진하게 깜빡거리던 초롱초롱한 눈망울이 떠올랐다. 기뻐해야 마땅했다. 정말 아이가 기뻐하면 안 되는 걸까?

"라오리, 입구에 서서 뭐하고 있는 거야?" 라오야오가 안에서 큰 소리로 나를 불렀다.

그 소리에 퍼뜩 정신이 든 나는 식당 안으로 들어갔다. 식탁 옆에 자리를 잡고 앉아 아이가 알려준 '기쁜 소식'을 그들에게도 전했다.

"아가씨가 참하게 생겼어요. 가족도 화목해 보이고요. 그들보다 못한 가정이 얼마나 많은데요. 형 되는 사람이 용케 혼자 힘으로 집안을 잘 꾸려가는 것 같아요." 이렇게 말하는 야오 부인의 얼굴에 희색이 감돌았다.

## 31

나는 그날 집으로 돌아와 양씨 셋째 나리를 만났었노라고 야오 부부에게 결국 털어놓고 말았다. 그들은 연민의 한숨을 내쉬고는, 무슨 수를 써서라도 그를 꼭 구해내자고 의견을 모았다. 라오야오는 자기가 그 장소를 잘 알고 있을 뿐 아니라, 아는 사람이 그곳에서 일하고 있으니 자신에게 맡기라고 자신만만해했다. 그의 아내가 그를 격려해주었고, 나도 옆에서 그를 치켜세웠다. 한껏 우쭐해진 그는 당장 사람을 불러 인력거를 대기시키라고 하고는, 아는 사람을 찾아가 방도를 찾아보겠노라고 했다. 그는 자신 있다고 큰소리를 탕탕 쳤다.

라오야오가 떠난 뒤, 그의 아내는 나와 몇 마디 더 나누었다. 그녀는 양 씨가 풀려나면, '안정'된 생활을 할 수 있도록 우리가 돌봐주어야 한다고 여기고 있었다. 나는 열 일 제쳐두고 병원부터 보내야 한다고 주장했다. 그녀는 그가 퇴원하면 남편이 적당한 일자리를 알아봐줄 테고, 앞으로 그의 나쁜 버릇이 고쳐지면, 가족과 함께 살 수 있는 방법을 다시 모색해보자고 했다. 우리는 꿈같은 이야기를 나누면서도 정작 우리 자신은 꿈을 꾸고 있다는 사실조차 깨닫지 못했다. 라오야오의 '자신 있다'는 말을 철석같이 믿은 탓이었다.

나는 저녁 내내 라오야오가 좋은 결과를 가지고 돌아오기만을 마음 졸이며 기다렸다. 하지만 10시가 지나도록 라오야오의 발자국 소리는 들리지 않았다. 피로가 엄습해왔다. 모기까지 내 주위를 이리저리 날아다녔다. 올해 들어 처음으로 모기가 성가시게 느껴졌다. 거기에 파리 한 마리까지 가세해 전등 밑을 앵앵 날아다녔다. 나는 더 이상 참지 못하고 침대 휘장 안으로 숨어들었다.

그날 밤 나는 꿈도 꾸지 않고 깊은 잠에 곯아떨어졌다. 다음 날 아침 늦잠을 잤지만 방해하는 사람은 아무도 없었다. 일어나고 한참이 지나서야 라오원이 세숫물을 들여왔다.

친구는 어젯밤 늦게 집에 돌아와, 샤오후 일로 아내와 한바탕 말다툼을 벌이고, 오늘 아침 일찍 외출했다고 라오원이 알려주었다.

"마님 탓이 아니에요. 자오씨 댁에 가 있으면서 가라는 학교는 가지 않고, 낮에는 도박에, 밤에는 경극에 취해 지내고, 자기를 데리러 사람도 못 보내게 한 후 도련님 탓이지요. 더 이상 손 놓고 있을 상황이 아닌데도 나리께서는 여전히 나 몰라라 하셨어요. 안 되겠다 싶었는지 마님께서 이틀 연속 사람을 보냈는데 끝내 도련님을 모시고 오지 못했어요. 나리께서는 그럼 당신이 직접 가서 데려오마 하시고선, 오히려 노마님과 후 도련님을 모시고 경극까지 보고 결국 혼자 돌아오셨어요. 마님께서 어찌 된 일인지 꼬치꼬치 캐물으셨고 이에 나리께서 화를 벌컥 내시는 바람에 마님께서 그만 눈물을 보이신 거죠." 라오원은 격앙된 어조로 말을 마친 뒤, 열린 입을 다물지 못하고 걱정스럽게 나를 쳐다보았다.

"마님께서는 어쩌고 계신가?" 나는 관심을 보였다.

"아직 안 일어나셨을 거예요. 그래도 오늘 아침 나리께서 출타하실 때 보니 화가 풀리신 것 같으니 이제는 별일 없을 거예요. 저도 저우 어멈이 말해줘서 알았어요."

아침을 마치고 얼마 지나지 않아 밥그릇을 챙기러 들어온 저우 어멈이 내게 소설 원고를 건네주었다. "마님께서 돌려드리라고 하셨어요. 감사하다는 말씀도 함께 전하셨어요."

야오 부인은 손수 원고를 제본해서 하얀 수입 종이로 앞뒤 표지까지 만들어 보내왔다. 도리어 내가 그녀에게 감사해야 했다. 감사의 뜻을 전해달라고 저우 어멈에게 부탁했다. 그러고 나서 어쩌다 부부가 말다툼을 하게 되었는지 물어보았다. 저우 어멈의 대답은 라오원의 말과 크게 다르지 않았지만 좀더 구체적이었다. "심한 말다툼은 아니었고 곧바로 화해하셨어요. 나리께서 좋은 말로 달래시자 마님께서 눈물을 그치고 양보하셨지요. 나리께서는 다른 일로 아침 일찍 외출하셨고요."

저우 어멈도 라오원과 마찬가지로 양 씨 일에 대해서는 모르는 눈치였다. 엊저녁에 라오야오가 분주하게 돌아다닌 보람이 있었는지 그녀를 통해 전해 듣는 것은 불가능했다. 짐작컨대 저우 어멈이 말한 다른 일이란 바로 양멍츠에 관한 일일 것이다. 정황을 미루어보니, 야오 부인도 오늘은 정원에 모습을 보이기 힘들 터였다. 인내심을 가지고 라오야오가 돌아오길 기다리는 수밖에 없었다.

오후 3시가 다 되어서야 라오야오가 아래 사랑채로 나를 찾아왔다.

"에이, 틀렸어! 다 틀렸다고. 방법이 없어." 그는 들어서기가 무섭게 나에게 고개를 흔들어 보이며 넌더리가 난다는 표정을 지어 보였다(그가 이런 표정을 짓는 건 이제껏 한 번도 본적이 없다). 그는 소파 앞으로 걸어와 피곤에 지쳐 쓰러지듯 털썩 주저앉았다.

"그 사람 행방은 알아봤을 거 아냐. 이제부터 천천히 방법을 생각해보면 돼." 내가 말했다.

"문제는 그 사람 행방이 묘연하다는 거야! 그가 있다는 곳을 찾아가봤는데 정작 양씨 성을 가진 사람은 찾지 못했어. 그곳에는 양씨 성을 가진 사람이 없다는 거야! 사람만 찾으면 그다음부턴 식은 죽 먹기인데."

평소 늘 거침없던 그는 상실감에 풀이 죽어 있었고, 그런 그의 모습은 내게 아주 낯설었다. 나는 실의에 빠졌다. "어쩌면 일부러 모른 척한 걸 수도 있잖아."

"아냐, 그럴 리 없어." 그는 고개를 세차게 흔들었다. "친구와 함께 갔기 때문에 거짓말로 대충 둘러댔을 리가 없어." 그는 잠시 뜸을 들이더니 손으로 구레나룻을 만지작거리며 망설이듯 중얼거렸다. "진짜 이름을 사용하지 않은 걸지도 몰라."

"그럴지도 모르지." 나는 고개를 끄덕였다. 그때 갑자기 무언가 섬광처럼 내 뇌리를 스치고 지나갔다. "맞아, 틀림없어. 가족 얼굴에 먹칠할까 봐 일부러 이름을 바꿨을 거야. 일단 우리가 그를 알아보기만 하면 자신이 양멍츠라는 걸 더 이상 숨길 수 없을 거야."

"그것도 쉽진 않아." 라오야오가 말했다. 주머니 안쪽에서 담배 한 개비를 꺼내 문 그는 불을 붙여 한 모금 깊숙이 빨아들이고는 소파에 몸을 기댔다. 나는 연신 담배 연기를 내뿜고 있는 그를 바라보다가 아내와 다툰 일을 떠올렸다. 그에게 충고 한마디 해주고 싶었지만, 어디서부터 말을 꺼내야 할지 몰랐다. 얼마나 흘렀을까, 그가 몸을 앞으로 숙이며 말했다. "한 가지 방법이 있긴 해. 양멍츠 생김새를 내게 자세하게 설명해줘. 며칠 뒤에 내가 직접 가서 찾아볼 테니까. 찾기만 하면 그가 인정하지 않더라도 우선 빼내고 보는 거야. 자네가 함께 가도 좋고. 자넨 한눈에 그를 알아볼 수 있을 테니까."

좋은 방법이었다! 나는 그제야 안도의 한숨을 내쉬었다. 칠흑같이 어둡고 험한 산속에서 한 줄기 빛을 발견한 기분이었다. 나는 기억을 더듬어가며 양멍츠의 생김새에 대해 자세히 설명해주었다. 그는 내가 하는 말을 한 자도 빠뜨리지 않고 마음속에 새기려는 듯 귀를 쫑긋 세우고 들었다.

양멍츠에 대한 설명이 끝나자 두 사람은 모두 녹초가 되었다. 우리는 잠시 동안 서로 말없이 앉아 있었다. 별안간 라오야오가 벌떡 일어나더니 방 안을 한동안 서성거렸다. 그러고는 고민이 역력한 표정으로 나를 쳐다보더니 결국 입을 열었다. "라오리, 엊저녁에 아내와 좀 다퉜어." 그는 몸을 돌려 다시 방 안을 서성거리기 시작했다.

"무슨 일로? 자네가 아내와 다투었다는 말은 처음 듣는걸." 자초지

종을 뻔히 알고 있으면서도 나는 짐짓 놀란 표정을 지어 보였다.

그는 손을 뻗어 구레나룻을 긁적이더니 내 앞으로 다가와 우뚝 멈춰 섰다. 그러고는 눈살을 찌푸리며 말했다. "샤오후 일로. 어제 자오씨 댁에 샤오후를 데리러 갔다가, 애 외할머니가 며칠 더 데리고 있다 보내겠다고 하시기에 혼자 돌아왔거든. 아내가 샤오후를 너무 제멋대로 키운다고 나를 탓하는 바람에 말다툼으로 번졌어. 내가 양보를 하면서 싸움은 곧 끝나버렸지만. 솔직히 그녀가 날 오해한 거야. 샤오후를 데려올 생각이 없었던 게 아니거든. 애 외할머니 말을 거스를 수가 없었을 뿐이야. 돈 좀 있다는 사람들, 성격이 괴팍하거든. 게다가 샤오후가 유일한 외손자이다 보니 더해. 그러니 내가 무슨 수로 이기겠어!"

그는 내게 동의라도 구하려는 듯 두 손을 펼쳐 보였다. 나는 아무 말도 하지 않았다. 그의 그런 태도가 영 못마땅했다.

그는 다시 소파로 돌아가 앉았다. 그리고 말을 계속했다. "어제 밤새도록 한숨도 못 잤어. 생각할수록 마음에 걸리더군. 처음 싸운 거거든. 결혼한 지 3년이 지나도록 한 번도 싸운 적이 없었어. 말을 꺼내긴 했지만, 어떻게 말을 해야 할지 난감하군. 물론 어제는 내가 나빴어. 내가 먼저 싸움을 걸었으니까." 그는 종이 담배 한 개비를 다시 꺼내 물고는 불을 붙여 몇 모금 빨아들였다.

나는 인내력에 한계를 느꼈다. "확실히 자네 잘못이 커. 처음부터 자오씨 댁에서 샤오후를 망치게 둔 게 화근이야. 샤오후는 자네 아들이잖아……"

"자오씨 댁에서 샤오후를 망쳤다고 할 수는 없어. 외가 식구들이 나보다 샤오후를 더 아낀다고." 그는 터무니없다는 듯 내 말을 잘랐다. 그러고는 담배를 바닥에 던져 발로 담뱃불을 비벼 껐다.

나 역시 화가 치밀어 올랐다. 이번에는 내가 자리를 박차고 일어나 그에게 다가갔다. 나는 손짓까지 해가며 언성을 높였다. "자넨 아직도 샤오후를 망치지 않았다고 말하고 있는 건가? 샤오후가 자오씨 댁에서 과연 어떤 교육을 받고 있는지 한번 잘 생각해보라고! 도박에, 경극에, 빈둥빈둥 놀기만 하고, 학교는 밥 먹듯이 빠지고…… 뭐 하나 제대로 된 게 없잖아! 자오씨 댁이 지금은 돈 좀 있기로서니, 그 영화(榮華)가 영원하리라는 보장은 없어. 밥 한 끼 제대로 챙겨 먹지 못하는 사람들이 수두룩한 판국에, 자기들은 손 하나 까딱하지 않고서 해마다 밭을 사들이며 자자손손 영원히 부를 대물림할 수 있으리라고 생각하는 건가? 평생 도박이나 하고, 경극이나 보면서 호의호식하며 잘살 수 있을 것 같아? 먹는 것도 돈, 자는 것도 돈, 돈을 부모처럼 떠받들며 일평생 돈만 끼고 살 수 있을 것 같냐고?" 나는 얼굴이 벌겋게 달아오르는 것을 느꼈다.

"그만, 그만해." 라오야오는 황급히 손을 휘휘 내저으며 말했다. "자네도 날 오해하고 있어. 나는 돈만 생각하지 않는다고."

여전히 화가 가시지 않은 나는 고집스럽게 밀어붙였다. "자네를 오해하고 있는 게 아냐. 지난번에 자네에게 충고했을 때 나한테 분명히 이렇게 말했어. 돈도 있는데, 샤오후가 도박에 빠져 공부하지 않는 게 뭐 대수냐고 말이야. 무릇 한 나라의 왕도 길거리에 나앉을 수 있게 하는 것이 도박인데, 하물며 기껏해야 저택과 천여 무에 달하는 밭이 전부인 자네는 더 말해 뭐 하겠나! 나는 자네의 오랜 친구로서 자네가 현실에 눈을 뜰 수 있게 도와줘야 할 의무가 있어. 양씨 집안도 전에는 큰 부자였지만 지금 양씨 셋째 나리의 처지가 어떤가?"

"그만, 그만." 그는 끊임없이 손을 내저으며 말했다. 하지만 내게 화를 내지도, 자신을 변명하지도 않았다. 그저 풀이 죽은 채 소파에 드러누웠다.

나는 매몰차게 계속 그를 다그쳤다. "자네 아내 입장도 생각해줘야지. 자네가 이러고 있으면 새엄마인 자네 아내 입장은 어떻겠나? 애초에 자오씨 댁의 괴팍한 성격을 염두에 두었다면 아예 새장가를 가지 말던가. 기왕 새장가를 갔으면 아내 입장을 생각해줘야지. 자오씨 댁을 두둔하느라 자네의 행복은 물론이고 자네 아내의 행복마저 망칠 셈인가." 나는 하고 싶은 말을 다 해버리고 나면 속이 후련해질 것만 생각했지, 그가 고통을 받을 거라는 생각은 하지 못했다. 그가 한 손으로 두 눈을 가리고 있는 모습을 발견하고 나서야 겨우 입을 다물었다.

우리 사이에 침묵이 흘렀다. 잠시 뒤 눈에서 손을 뗀 그는 담배 한 개비를 꺼내 물며 작별 인사를 했다.

그날 저녁 식사를 마쳤을 때 라오야오가 불쑥 들어오며 함께 영화를 보러 가자고 했다. 아내를 동반한 자리이리라. 부부 싸움을 한 뒤라 그들 사이에 끼어 방해하기보다 둘만의 오붓한 시간을 갖도록 난 빠져주는 게 좋을 듯싶어 핑계를 대고 사양했다. 그러면서 무슨 영화냐고 묻자 「불초한 내 아들(吾兒不肖)」이라고 했다. 뜻밖이었다. 나는 이미 본 영화로, 다소 진부한 내용이지만 그들에게는 오히려 신선할 수 있었다. 더구나 라오야오가 영화를 통해 교훈을 얻게 된다면, 내 충고보다 훨씬 효과가 있을 터였다.

나는 그들 부부가 인력거에 오르는 것을 배웅해주었다. 야오 부인은 평온하고 기쁜 미소를 내게 지어 보였고, 그녀의 웃는 얼굴은 여느 때와 다름없었다. 라오야오의 얼굴에도 좀 전에 보였던 피곤한 기색은 사라지고 어느새 희색이 감돌았다.

부부가 늘 행복하기를 진심으로 바랐다.

## 32

이튿날 라오야오는 점심시간 전에 나를 찾아왔다. 그는 열띤 어조로 어제 본 영화를 침이 마르게 칭찬했다. 그가 큰 감동을 받았고, 많은 교훈을 얻었음은 말할 필요가 없었다. 그는 앞으로 샤오후 교육에 좀더 신경을 써야겠다고까지 했다.

나는 만족스런 미소를 지어 보였다. 그가 말한 바를 실천할 거라고 믿어 의심치 않았다.

"샤오후가 어제는 돌아왔겠지?" 내친김에 내가 물어보았다.

"아니. 어제는 우리가 너무 늦게 돌아오는 바람에 사람을 보내지 못했어. 오늘은 내가 직접 가서 샤오후를 데려오려고." 라오야오는 웃으며 자신 있게 말했다.

그의 말은 허풍이 아니었다. 다음 날 아침 라오원이 세숫물을 들고 들어와서, 어젯밤 후 도령이 집에 돌아왔고 오늘은 학교에도 갔다고 알려주었다. 아침에 일어나지 않겠다는 후 도령을 라오야오가 직접 깨우러 들어갔다가 하마터면 화를 낼 뻔했고, 후 도령이 그 기세에 눌려 찍소리도 못하고 라오리가 끄는 인력거에 순순히 올라 학교에 갔다는 말도 함께 전해주었다.

그 소식을 듣자 나는 내 일처럼 기뻤고, 마음도 한결 놓였다. 나는 세수를 하고 여느 때와 마찬가지로 정원에 나가 산책을 했다. 아침 식사를 끝내고 바로 일을 시작했다.

나는 원고를 교정했다. 원래 계획대로라면 3주 안에 작품을 끝냈어야 했지만, 예기치 않게 너무 많은 시간을 허비했다. 하마터면 선배 작가의 신뢰를 저버릴 뻔했다. 선배는 벌써 두 차례나 편지를 보내 원고를 독촉했었다. 세상없어도 이번 주 안으로는 보내주리라고 마음먹었다.

원고 교정 작업은 순조롭게 진행되었다. 오후에 라오야오 부부가 정원을 찾았을 때는 5분의 1의 원고를 다 훑어본 뒤였다.

부부는 완씨 댁에 나들이 갈 계획으로 인력거도 준비해놓고 가는 길에 잠깐 내게 들렀는데, 아무래도 숨은 의도가 있는 듯했다. 화해했다는 것을 보여주고 싶었으리라. 오후 들어 날씨가 갑자기 무더워졌다. 그래서인지 친구는 하얀색 모시 창파오 차림을, 그의 아내는 영국제 하늘색 리넨 치파오 차림이었다. 두 사람 모두 더없이 행복해 보였다.

"리 선생님, 감사해요." 야오 부인이 내 앞에 펼쳐진 원고를 바라보며 웃어 보였다. "손보신 결말 부분이 마음에 들어요."

"제가 도리어 부인께 감사해야죠. 부인께서 그들을 살리신 거예요." 나는 흐뭇해하며 대답했다.

"이번 소설 제목으로는 『휴식의 정원』이 딱일세. 휴식의 정원에서 책을 완성하지 않았나." 옆에 있던 라오야오가 끼어들었다.

"맞아요. 리 선생님께서 책 제목을 기념으로 삼으셔도 될 거 같아요. 소설 속에 찻집이 나오잖아요, 그곳에서 눈먼 여인이 창을 했고요. 인력거꾼은 날마다 그 찻집 입구에서 손님을 기다리면서, 이따금 눈먼 여인이 드나드는 것을 보게 되지요. 그러던 어느 날 우연찮게 그녀를 태우잖아요. 그러면서 둘이 서로 알게 되고요. 나중에 눈먼 여인이 목소리를 잃어 더 이상 그 찻집에서 창을 할 수 없게 되지만요. 그 찻집에도 정원이 하나 있었어요. 리 선생님께서는 '밝은 정원(明園)'이라고 이를 지으셨죠. '밝은 정원'을 '휴식의 정원'으로 바꿔도 좋을 것 같아요."
이어진 야오 부인의 말은 남편에게 하는 말이었지만 나보고 들으라고 하는 얘기였다. 그녀가 내 소설을 손바닥 보듯 훤히 꿰고 있는 것을 보자 나는 괜히 으쓱해져서 그녀의 말대로 하고 싶어졌다.

"그래, 그거 좋군. 그 찻집을 휴식의 정원이라고 하면 되겠어. 차 마시겠다고 우리 집 정원까지 올 사람은 없을 테니까. 라오리, 자네 생각은 어떤가?" 라오야오는 신이 나서 내게 물었다.

나는 그러마 하고 약속했다. 그리고 한마디 덧붙였다. "자네가 괜찮다는데 내가 걱정할 게 뭐 있겠나?" 나는 그 자리에서 바로 펜을 들어 표지 위에 '휴식의 정원'이라고 썼다.

나는 그들이 나가는 것을 배웅해주었다. 난간 너머 녹색 자기 의자 위에 새로 놓인 화분 두 개에는 치자 꽃이 한창 만발해 달콤한 향내가 코를 찔렀다. 우리는 난간 앞에서 잠시 발걸음을 멈추었다.

"리 선생님, 모레는 외출하시지 말고 저희 집에서 단오절 함께 보내요." 야오 부인이 고개를 돌리며 말했다.

나는 웃으며 좋다고 대답했다.

"아, 자네에게 알려준다는 걸 깜빡했네." 라오야오가 갑자기 내 어깨를 툭 치며 큰 소리로 말했다. "어제 친구를 우연히 만났는데, 단오절이 끝나는 대로 양멍츠 일을 처리하자고 얘기가 됐어. 나와 함께 가주겠다고 했을 뿐 아니라, 사전에 책임자를 만나 얘기해놓겠다더군. 해결되는 건 이제 시간문제야."

"정말 잘됐군. 일이 잘 처리돼서 양멍츠가 건강도 회복하고, 일자리도 찾게 되면 그때 가서 가족에게 알려주면 될 거야. 적어도 작은아들만큼은 무척 기뻐할 거야. 그나저나 그 사람 나쁜 습관이 하루아침에 고쳐질지 걱정이네." 나는 웃으며 말했다.

"걱정하지 말게. 그가 풀려나오면 뒷일은 내가 다 알아서 할 테니까." 라오야오는 손짓까지 해가며 자신만만하게 말했다.

"리 선생님, 사랑채에 모기가 극성이죠? 엊그제 라오원에게 모기향을 사놓으라고 일렀는데 모기향 피워주던가요?" 야오 부인이 끼어들며 물었다.

"많지 않아요. 그리고 모기향은 안 피워도 돼요. 방충망도 있으니까요." 내가 정중하게 대답했다.

"안 돼. 방충망 하나로는 어림없어. 사랑채에는 모기향을 꼭 피워야 한다고! 라오원이 깜빡한 모양인데 나중에 내가 다시 말해둘게." 라오야오가 말했다.

사랑채 문을 나서자 중문 밖에 대기 중인 인력거가 보였고, 마당에서 라오원이 인력거꾼과 뭔가 얘기를 나누고 있었다. 야오 부인이 인력거에 오르기 전에 라오원에게 모기향 건을 언급하자 라오원이 그만 깜빡했다고 말하는 소리가 들렸다. 주름으로 온통 쭈글쭈글한 라오원의 늙은 얼굴에 미안한 미소가 번졌다. 하지만 누구도 그를 탓하지 않았다.

정원으로 돌아오자 마음이 편해진 나는 오전 내내 수정한 원고를 처음부터 다시 한 번 훑어보며 라오야오 부부가 말한 대로 찻집 이름을 '휴식의 정원'으로 고쳤다.

날이 저물도록 작업이 계속되었지만 피곤한 줄 몰랐다. 라오원이 모기향을 가져왔다. 모기향 냄새가 싫었지만 어쩔 수 없이 모기향 한 개를 피워 구석 가장자리에 끼워놓게 했다. 문을 닫았다. 방충망이 모기의 접근을 어느 정도 막아주었다. 방 안은 고요하고 아늑했다. 나는 전등을 켜고 계속 작업했고, 새벽 3시가 되어서야 원고 전체를 다 훑어볼 수 있었다.

잠에 빠져들면서 나는 괴상한 꿈에 시달렸다. 꿈속에서 나는 인력거꾼이었고, 야오 부인을 태우고 영화관을 향해 달려가고 있었다. 영화관에 도착해 인력거를 내려놓자 안에 타고 있던 사람은 순식간에 양 도령으로 변해버렸다! 영화관은 감옥으로 변했다. 나는 아이를 따라 감옥 안으로 들어갔고, 마침 양멍츠를 압송해 나오는 간수와 정면으로 마주쳤다. 간수는 우리를 보더니 말했다. "죄수는 너희들에게 넘겨주고 앞으로는 이 일에 관여하지 않겠다." 그는 이 말을 남기고 홀연히 사라졌다. 감옥도 연기처럼 사라졌다. 우리 세 사람만이 널찍한 마당 안에 우두커니 서 있었다. 양멍츠 발에 족쇄가 채워져 있어 우리는 그 족쇄를 풀려고 무진 애를 썼지만 풀 수가 없었다. 그때 별안간 공습경보가 울리고 적기가 나타나더니 쾅쾅대는 폭탄 소리가 들려왔다. 나는 그 소리에 가슴을 졸이다 놀라 잠에서 깼다. 두번째 꿈에서 나는 옥에 갇혀 양멍츠와 한 방을 썼다. 내가 무슨 죄목으로 그곳에 들어왔는지도 알지 못했다. 그 역시 자기 죄명조차 모르고 있었다. 그는 큰아들이 자기를 꺼내주려고 백방으로 알아보고 있는 중이라고 했다. 과연 그날 큰아들이 그를 면회하러 왔다. 그는 어린아이처럼 좋아했다. 그러나 큰아들을 면회하고 돌아온 그는 자신의 죄목이 드러났고 사형이 확정되어 구해낼 방도가 없다는 큰아들 말을 내게 전해주었다. 그는 기왕 사형에 처해질 바에야 차라리 자살하는 게 낫겠다고 말하면서 쏜살같이 벽을 향해 머리를 날렸다. 그의 머리가 벽에 부딪혀 단박에 박살이 나면서 피와 뇌수가 온 사방으로 튀었다. 나는 너무 놀란 나머지 미친 듯이 비명을 질렀다. 소스라쳐 잠에서 깬 내 얼굴은 온통 땀으로 흥건했고 심장은 두근두근 요동쳤다. 창밖에서 새들의 지저귀는 소리가 들려왔다. 날이 서서히 밝았다.

잠시 뒤 나는 또다시 깊은 잠 속으로 빠져들었다. 9시가 돼서야 겨우 자리에서 일어났다.

내 소설에 믿음이 가지 않았다. 원고를 부쳐야 할 때가 가까워질수록 하찮은 소설로 선배 작가의 귀한 시간을 뺏는 건 아닌지 걱정이 앞섰다. 그날 나는 원고를 다시 한 번 꼼꼼히 살펴본 다음 한옆으로 치워버렸다. 단오절 다음 날까지 꼬박 이틀에 걸쳐 원고를 훑어보며 수정했다. 결국 나는 결심을 굳히고 수정된 원고를 잘 봉한 뒤 직접 우체국에 가서 부쳤다.

우체국에서 돌아오는 길에 중문 밖에 세워져 있는 라오야오의 인력거와 마주쳤다. 그는 서둘러 인력거에서 뛰어내리더니 내 팔을 힘주어 잡고 말했다. "마침 잘 돌아왔네. 알려줄 소식이 있어."

"무슨 소식?" 내가 놀라 물었다.

"양멍츠의 행방을 찾았어." 그가 짧게 대꾸했다.

"어디에 있어? 보석으로 풀려날 수 있는 거야?" 한편으로는 놀라고 또 한편으로는 기쁜 나머지 나는 그의 안색을 주의 깊게 살피지 못했다.

"벌써 나왔어."

"벌써 나왔다고? 지금 어디 있는데?"

"우선 방으로 들어가 얘기하지." 라오야오가 눈살을 찌푸리며 말했다. 나는 걸으며 생각했다. '설마 도망친 건 아니겠지?'

사랑채로 들어서자 라오야오는 늘 앉던 소파에 앉았다. 내 시선은 그의 입에 고정된 채 그가 입을 열기만 기다렸다.

"죽었어." 라오야오는 이 한마디만 하고 다시 입을 꾹 다물었다.

"뭐라고? 믿을 수가 없어! 그렇게 빨리 죽을 리가 없잖아!" 나는 고통스럽게 외쳤다. 예상치 못한 충격이었다. "죽은 사람이 그라는 걸 어떻게 확신할 수 있어!"

"그가 죽은 건 확실해. 내가 자세히 물어봤거든. 자네가 그 사람 생김새를 알려주지 않았나? 다들 그를 기억하고 있더군. 생김새가 자네가 얘기해준 그대로였어. 그는 성을 멍(孟)으로 고치고 이름도 츠(遲)로 불렸네. 그가 아니라면 누구였겠나! 죄명이 뭔지 알아보니 절도 미수라고도 하고, 상습 절도범이라고도 하고, 또 어떤 이는 절도 사건에 연루되었다고도 하더군. 옥살이 한 지는 한 달이 조금 넘었고……"

"어떻게 죽은 거지?" 내가 그의 말을 가로채며 물었다.

"병사했다더군. 하루는 동료 죄수들과 함께 돌을 나르고 돌아오더니 다음 날에는 죽어도 노역에 나가지 않겠다고 버티다가 매를 번 모양이야. 거기다 꾀병까지 부렸나 봐. 그러자 그곳 사람들이 다짜고짜 그를 병실로 옮겨버린 거야. 원래 큰 병도 아니었는데 병실에서 그만 콜레라에 전염되는 바람에 돌봐주는 사람 하나 없는 곳에서 3일 만에 죽어버렸다더군. 시체는 거적에 싸여 밖으로 내간 뒤 어디에 버려졌는지도 모르고……"

"그럼 그를 어디에 묻었지? 시체를 찾아 땅이라도 사서 이장도 해주고 비석도 세워줘야 하지 않을까. 원고를 보냈으니 머지않아 돈이 좀 들어올 거야. 반은 내가 부담하지."

라오야오는 단념하라는 투로 고개를 저으며 말했다. "그 사람 영혼만이 어디에 묻혔는지 알 거야! 나 역시 그럴 생각이었네만, 시체의 행방을 찾을 길이 없어. 콜레라에 걸린 사람한테 누가 감히 손끝이라도 대려고 하겠나? 시체를 잃어버린 걸로 치면 그만인 셈인 거지. 사람들

말로는 죽은 사람이 동문 밖 무덤에 버려지면 들개들이 뼈 몇 조각 남기고 다 먹어치워 버린다더군. 우리가 그곳을 찾는다 하더라도 어떤 뼈다귀가 그 사람 건지 알아낼 도리가 없어."

나는 몸서리가 쳐져 이를 꽉 다물었다. 잠시 뒤 나를 덮쳤던 공포가 서서히 물러갔다.

"아, 휴식의 정원의 옛 주인이 인생의 무대에서 이렇게 비참하게 사라지는군. 정말 생각지도 못했어. 동백나무 위에 새겨진 그의 이름은 아직도 여전한데 말이야!" 라오야오는 연민으로 길게 한숨을 내쉬었다.

죽었다. 아이 이야기는 이렇게 끝이 났다. 과연 있을 수 있는 일일까? 혹시 내가 꿈을 꾸고 있는 건 아닐까? 내가 지난밤에 꾸었던 괴상한 꿈과 무엇이 다르단 말인가! 그때 불현듯 작은아들에게 남겨준 그의 쪽지가 떠올랐다. "나를 잊고, 죽은 사람으로 생각하렴…… 남은 인생을 조용하게 살다 가게 해주렴." 그는 이렇게 생을 마친 건가? 그를 동정한다고 말할 수는 없었다. 하지만 당시 다셴츠에서 있었던 일을 떠올리자 눈물이 핑 돌았다.

"그만 가서 자오화에게도 알려줘야겠어." 라오야오가 자리에서 일어나며 쉰 목소리로 혼잣말처럼 중얼거렸다. 그는 짧게 한숨을 내쉬고는 곧장 밖으로 나갔다.

나는 앉은 상태로 미동도 하지 않은 채 멀어져 가는 그의 뒷모습만 멍하니 바라보았다. 걷잡을 수 없는 피로가 몰려와 내 머리를 짓눌렀다. 나는 무기력하게 두 눈을 감았다.

## 33

나는 일주일 넘게 몽롱한 상태로 보냈다. 오후만 되면 고열과 두통에 시달렸고, 입맛도 잃었고, 온몸에서는 힘이 쭉쭉 빠졌다. 나는 내가 아프다는 사실을 인정하고 싶지 않았다. 가끔 영화를 보러 외출까지 했다. 이제는 책상머리에 붙어 앉아 글을 쓸 필요는 없었다. 화창한 날에는 하루 두 차례 정원을 산책하곤 했다. 뜨거운 물을 많이 마시고 잠도 충분히 잤다.

라오야오는 하루에 한 번씩 일과처럼 나를 찾아와 잡담을 나누곤 했다. 내가 아픈 사실을 알 리 없는 그는 글 쓰느라 너무 고생을 해서 그런지 요즘 들어 기운이 없어 보인다며 푹 쉬라고 충고했다. 나와는 달리 그는 늘 생기가 넘쳐흘렀다. 유쾌하지 않은 일련의 사건들은 벌써 다 기억의 저편으로 흘려버린 듯, 미소 띤 얼굴은 늘 초연해 보였고, 가끔은 호탕한 웃음소리마저 들려주곤 했다. 그의 아내도 남편과 함께 종종 찾아와 잠시 앉았다 가곤 했다. 세심한 그녀는 내 몸에 이상이 있다는 것을 금방 알아채고 약을 권해주었다. 그리고 주방에 늘 죽을 준비하라고 일러두기까지 했다. 그녀 얼굴에 어린 평온한 미소는 그녀가 마음의 안정을 되찾았음을 보여주는 좋은 증거였다. 옆에서 부부를 찬찬히 관찰해본 결과, 내가 이곳에 왔을 때 느꼈던 그대로 그들은 여전히 서로를 사랑하고 있었다. 샤오후도 두 번이나 내 방에 찾아왔었는데, 오랜만에 나를 정면으로 쳐다보았다. 샤오후는 요즘 들어 내게 비교적 예의를 갖추었다. 질문을 하면 대답도 공손하게 했다. 자오 노마님이 손자, 손녀를 데리고 다른 현(縣)에 사는 친척집에 놀러 가 2주쯤 뒤에

성으로 돌아올 거라고 라오야오가 알려주었다. 샤오후는 같이 놀아줄 사람이 없자 순순히 학교도 잘 다니고 집에 돌아오면 복습도 열심히 하고 라오야오 말도 곧잘 들었다.

라오야오 가족은 행복한 시간을 보내고 있음이 분명했다. 나도 더불어 정말 기뻤고, 그들의 앞날을 남몰래 축복해주기까지 했다. 하루는 라오원에게 샤오후 얘기를 꺼내며, 예전에 비해 많이 좋아졌다고 말했다. 그러자 라오원은 냉소를 머금은 채 말했다. "그렇게 쉽게 바뀔 도련님이 절대 아니에요! 리 선생님, 속지 마세요. 며칠 지나 자오 노마님이 돌아오시면 그 즉시 태도가 돌변할 테니까요. 나리도 마님도 모두 마음 착한 분들이라 깜빡 속고 계신 거예요. 저는 후 도련님의 그 시커먼 속을 다 꿰뚫어보고 있다고요." 나는 라오원의 말을 믿기 어려웠지만 샤오후에 대한 그의 선입견이 너무 강한 탓이라고만 생각했다.

나를 괴롭히던 증상이 거짓말처럼 뚝 멈추었다. 나는 더 이상 고열에 시달리지 않았고 입맛도 다시 돌아왔다. 친구 부부가 바람 쐬러 가자고 나를 찾아왔을 때 그들은 기분이 무척 좋아 보였다. 우리는 3일 연속 함께 외출했다. 3일째 되던 날은 다른 날보다 조금 일찍 귀가했다. 그날도 부부가 탄 인력거가 먼저 집에 도착했다. 나를 태운 인력거꾼은 본디 느린 데다가, 모퉁이를 돌 때 앞에서 마주 오던 인력거와 부딪치기까지 했다. 두 사람은 인력거를 내팽개친 채 한바탕 말싸움을 벌였고 여차하면 주먹다짐으로까지 번질 뻔했지만, 다행히 욕설을 퍼붓는 정도로 일단락 짓고 제각기 인력거를 끌고 제 갈 길을 갔다. 집에 도착했을 때 대문 안쪽에서 뜻밖에 양 도령과 마주쳤다. 아이는 등나무 걸상에 앉아 리 노인과 얘기를 주고받고 있었다.

"리 선생님, 이제야 돌아오셨네요. 한참 기다렸어요!" 아이는 나를 보자 반색을 하며 맞았다. "야오 부인 일행은 벌써 돌아오셨어요."

"오랜만이구나, 요즘 잘 지내니?" 나는 미소를 띤 채 다정하게 물었다.

"두 번이나 찾아왔었는데 매번 선생님을 만나지 못했어요. 요즘 제가 좀 바빠요." 아이는 상냥하게 대답했다.

"들어가서 좀 앉자. 오늘따라 달이 참 밝구나." 나는 말했다.

아이는 나를 따라 안으로 들어왔다. 그러면서 뜬금없이 내 손을 잡더니 빠른 어조로 말했다. "리 선생님, 형이 내일 결혼해요."

나는 아이에게 물었다. "기쁘니?" 나는 이 순간에 해서는 안 될 말을 하게 될까 봐 불쑥 고개를 내미는 또 다른 감정을 힘껏 억눌러야만 했다.

아이는 고개를 끄덕이며 말했다. "네, 기뻐요." 그리고 변명이라도 하듯 말을 이었다. "다들 기뻐하니까 저도 기뻐요. 저는 사촌 누나가 좋아요. 형수가 되면 저한테 더 잘해줄 거예요."

우리는 정원 입구로 들어섰다. 달이 돌난간 너머 나무 그늘 사이를 비추며 석가산에 하얀 달빛을 드리우자 명암이 서로 교차했다.

"저녁에는 와본 적 없지?" 나는 고개를 약간 수그리며 아이에게 물었다.

"네." 아이는 대답했다.

우리는 돌난간을 따라 아래 사랑채 문 앞까지 걸어갔다. 치자 꽃향기가 은은하게 콧속으로 스며들었다.

"저는 잠시 계단 아래에 서 있다 그냥 갈게요." 아이가 말했다.

"형 결혼 준비 때문에 서둘러 가야 하니?" 나는 미소를 지어 보이며 아이에게 물었다.

"내일 아침 일찍 일어나야 해요. 손님은 많이 오시는데 식구가 적다 보니 일손이 엄청 달릴 거예요." 아이가 대답했다.

우리는 계단을 내려와 계화나무 아래에서 걸음을 멈추었다. 달빛과 나무 그림자가 아이 몸에 한 폭의 그림을 수놓았다. 아이는 고개를 들어 계화나무 두 그루 사이에 난 틈새로 시선을 던져 구름 한 점 없는 맑은 하늘을 올려다보았다.

"형 결혼식에 참석하고 싶은데 초대해주겠니?" 나는 반 농담 삼아 웃으며 물었다.

"초대하고말고요!" 아이가 기쁜 표정으로 말했다. "리 선생님, 꼭 오세요!" 아이는 내 대답은 기다리지 않고 계속 말을 이어갔다. "내일 무척 붐빌 텐데 한 사람만 빠지겠네요. 아빠가 계시면 온 가족이 다 모이는 건데." 아이의 말투는 어느새 바뀌어 혼잣말처럼 목소리를 낮췄다. 갑자기 아이가 내 쪽으로 고개를 돌리며 목소리를 높였다. "리 선생님, 아직 아빠 소식 못 들으셨죠?"

나는 잠시 당황했지만 단호하게 말했다. "못 들었어!" 바로 뒤이어 한마디 덧붙였다. "아무래도 성도(省都) 안에는 안 계시는 것 같구나."

"저도 그렇게 생각해요. 오랫동안 아빠를 찾지 못한 걸 보면요. 리 노인도 아빠 소식을 듣지 못했대요. 성도 곳곳을 샅샅이 찾아다녔는데도 아빠를 본 사람이 없는 걸 보면 이곳에 안 계시는 게 분명해요. 일자리를 찾아 다른 곳으로 가신 게 틀림없어요. 언젠가는 돌아오실 거예요."

"그럼 돌아오시고말고." 나는 기계적으로 대답했다. 내가 한 거짓말에 한 치의 부끄러움도 없었다. 영원히 이루어질 수 없는 아이의 희망을 굳이 짓밟아야 할 이유가 있을까?

"그때가 되면 아빠를 이곳으로 모시고 와 손수 새기신 글씨를 보여드릴 거예요." 아이는 꿈꾸듯 말하며 동백나무 아래로 걸어가 손을 뻗어 나무를 한동안 쓰다듬었다. 아이 머리 위로 커다란 그림자가 드리워져 표정은 읽을 수 없었다. 아이는 아무 말이 없었다. 정원은 짝을 부르는 작은 풀벌레 울음소리만 들릴 뿐, 적막하기 짝이 없었다. 바람이 한차례 불자 땅 위에 비친 달그림자가 느릿느릿 흔들리더니 이내 멈추었다. 모기 두세 마리가 연이어 내 뺨을 물고 날아갔다. 정적이 어렴풋한 비애감에 젖게 했다. 수척하고 꾀죄죄한 긴 얼굴이 불현듯 떠오르며, 일순간 형형하게 빛나던 두 눈, 미세하게 떨리던 입술 그리고 옴이 잔뜩 오른 오른손이 내 눈앞을 스쳤다. 마지막으로 나를 쳐다보던 그의 눈빛이 기억에 생생했다. 그는 대체 내게 무슨 말을 하고 싶었던 걸까? 나는 어째서 그에게 말할 기회조차 주지 않은 걸까? 나는 어째서 죽음 앞에서 그가 작은 위로라도 얻게 해주지 못했을까? 하지만 지금은 모든 것이 너무 늦어버렸다.

"리 선생님, 저쪽으로 가보지 않으실래요?" 갑자기 아이가 울먹이며 내게 물었다.

"그래." 나는 아이 말에 놀라 퍼뜩 제정신으로 돌아왔다. 사위는 달빛으로 빛났지만, 우리가 서 있는 곳은 짙은 그림자에 덮여 있었다. 어둠 속에서 나는 애써 아이의 눈을 찾았다. 그러나 막상 아이와 눈이 마주치자 바로 고개를 돌려버렸다. "같이 가자." 가슴에 작은 통증이 일었다.

우리는 말없이 석가산 사이로 구불구불하게 난 오솔길을 따라 걸었다. 위 사랑채의 지창(紙窓) 아래 거의 다다랐을 무렵 느린 걸음으로 걷던 아이가 갑자기 우뚝 멈춰 서더니 옆에 있던 석가산 한쪽 가장자리를 손으로 짚으며 말했다. "이곳에 발이 걸려 넘어져 돌에 이마를 찧은 적이 있어요. 아직도 상처가 남아 있어요."

"안 보이는데." 나는 무심하게 대꾸했다.

"바로 여기요. 머리카락에 가려서 안 보이는 거예요." 나는 아이가 오른손으로 어루만지고 있는 곳을 유심히 살펴보았지만 상처는 여전히 보이지 않았다.

우리는 담장을 따라 목련나무가 있는 곳에서 금붕어가 노니는 물 항아리 쪽으로 걸어갔다. 아이는 물 항아리 가장자리에 손을 올려놓으며 혼잣말처럼 중얼거렸다. "이 물 항아리 아직 기억나요. 저보다 나이가 많아요." 몇 분이 흐르자 아이는 발길을 화단 쪽으로 돌렸다. 잠시 뒤 우리는 다시 계화나무 아래로 돌아왔다.

"안에 들어가 잠시 앉았다 가렴." 서 있는 게 피곤했던 내가 제안했다.

"아니에요, 이제 돌아가야죠." 아이는 고개를 저었다. "리 선생님, 고맙습니다."

"그래, 가족이 기다리고 있을 테니 더 이상은 붙잡지 않으마. 앞으로 시간 날 때마다 종종 놀러 오너라."

"그럴게요." 아이는 상냥하게 대답했다. 그러고는 잠시 머뭇거리다가 다시 말을 이었다. "형이 다른 현(縣)의 주임으로 자리를 옮긴다는 말이 있어요. 사실이 아니길 바라요. 온 가족이 이사를 가버리고 나면 나중에 아빠가 돌아오셨을 때 저희를 찾을 길이 없어지잖아요." 걱정이 묻어나는 앳된 목소리가 내 마음을 움직였고, 나는 한동안 할 말을 잊었다. 그사이 아이는 작별을 고하고 떠났다. 아이는 떠나기 전에 다시 한 번 나를 초대하는 것을 잊지 않았다. "리 선생님, 내일 꼭 오셔야 해요. 리 노인이 우리 사는 곳을 알아요."

나는 그저 응응 하고 대답할 뿐이었다.

방으로 들어와 전등을 켜자 책상에 놓여 있는 등기우편 한 통이 눈에 들어왔다. 봉투를 열어 보니 선배 작가가 써 보낸 편지로, 4천 위안짜리 수표 한 장이 동봉되어 있었다. 소설 원고료의 일부였다. 편지에서 그는 "빨리 오게. 많은 벗이 이곳에서 자넬 눈이 빠지게 기다리고 있다네. 함께 도모할 일도 있고……" 그는 몇몇 사람의 이름까지 들먹였는데, 그중 두 명은 나의 절친한 친구로 지난 3년 동안 한 번도 만나보지 못했다.

그날 밤 나는 잠을 이룰 수 없어 침대에 누운 채 이리저리 뒤척이며 오랫동안 생각에 잠겼다. 이별을 생각했다. 이제는 확실히 떠나야 했다. 소설도 완성됐고, 양멍츠 이야기도 결론이 났고, 라오야오 부부 사이의 '오해'도 풀렸다. 더구나 절친한 친구는 내가 돌아오기만을 손꼽아 기다리고 있다고 했다. 그렇다면 휴식의 정원에 남아 있을 이유가 있을까? 이곳에서 장기간 식객 노릇만 하고 있을 수는 없는 노릇이었다!

이튿날 나를 찾아온 라오야오 부부에게 이젠 떠날 때가 된 것 같다고 말했다. 그들의 얼굴에는 놀라움과 실망의 빛이 역력했다. 부부는 번갈아가며 진심으로 나를 만류했다. 하지만 나는 끝내 사양했다. 내게는 내 나름의 이유가 있었다. 그들 역시 그들만의 이유가 있었다. 우리는 결국 절충안을 내놓았다. 나는 내년에 다시 오기로 약속했고, 그들은 보름 뒤에 보내주기로 약속했다. 차표 구매는 라오야오에게 부탁하기로 했다.

그날은 저우 어멈이 밥상을 차려주었고, 라오원이 리 노인 대신 대문을 지켰다. 리 노인은 하루 말미를 얻어 친척집에 갔다고 했다. 양 도령 형의 결혼식에 참석하러 간 것이 분명했다. 옛 주인을 위해 자청해서 하루를 온전히 봉사하려는 것이리라. 그가 돌아왔을 때 나는 구태여 그런 말을 입에 올리지 않았다.

## 34

열흘은 조용히 흘러갔다. 수요일 아침, 라오원이 내게 소식 하나를 알려주었다. 자오 노마님이 와이저우 현에서 벌써 돌아왔으며, 어제 오후에 또 사람을 보내 후 도령을 데려갔다고 했다. 그러면서 후 도령을 며칠간 데리고 있을 예정이니, 데려가겠다고 시도 때도 없이 사람을 보내지 말라고 라오야오에게 못을 박았다는 것이다. 그 말을 듣자 나는 갑자기 부아가 치밀어 올라 미간을 찌푸렸다. 그러면서 생각했다. '어째서 다른 가정의 평화를 이렇게 흔들어놓는 걸까' 하고.

오후에 라오야오가 나를 찾아와 토요일 차표(그는 표를 살 때 필요한 소개 서한도 함께 건네주었다)를 예약했노라고 말하며, 금요일 오후에는 송별회를 겸해 자기 내외와 함께 외식을 하자고 했다. 그는 오늘 아내가 몸이 좋지 않으며, 잠시 뒤에는 자신도 자오씨 댁에 가봐야 한다고 했다. 나는 샤오후가 자오씨 댁에 가서 오래 머물건지 물어보았다. 그는 외할머니가 오랜만에 성으로 돌아와 샤오후를 곁에 두고 싶어 하시는 데다, 다행히 학교도 이미 여름방학에 들어가 공부 걱정도 필요 없으니 오래 머물러도 문제될 건 없다고 대답했다. 그래도 내일모레는 샤오후도 데려와 내가 가는 길을 함께 배웅해주겠노라고 했다. 말끝에 그가 한마디 덧붙였다. "요 며칠 무더위가 한창 기승이라 차 안이 찜통

일 텐데 차라리 선선한 가을에 떠나는 게 어때?"

물론 그의 말을 따를 생각은 추호도 없었다. 그가 자리에서 일어났다. 나는 자오 노마님의 괴팍한 성격을 떠올리자 야오 부인과 이 가정의 행복이 자못 염려스러웠다. 하지만 정작 라오야오 본인은 대수롭지 않게 여기는 듯했다.

그날따라 날씨가 푹푹 쪘다. 나는 외출을 삼갔다. 창 아래 돌난간 옆으로 등나무로 만든 긴 의자를 옮겨놓고 그 위에 책 한 권 펼쳐 들고 앉아, 잠을 부르는 듯 귓가를 스치는 단조로운 매미 울음소리를 들어가며 오후 시간을 느긋하게 보냈다. 저녁 9시를 기해 장대비가 쏟아지기 시작하더니 무더위가 한풀 꺾였다.

비는 쏴쏴 소리를 내며 한동안 줄기차게 퍼부었다. 한밤중에 깨어 보니 천둥을 동반한 빗소리가 여전히 들려왔다. 쏟아지는 빗줄기에 기와지붕이 무너져 내리지나 않을까, 정원의 꽃과 나무가 비에 쓰러지지나 않을까 심히 염려되었다. 하지만 이튿날 눈을 떴을 때, 온 방 안에 눈부신 햇살이 쏟아져 들어오고 있었다.

오후 4시쯤 라오야오와 나는 정원에서 대화를 나누고 있었다. 그는 내가 자주 앉던 등나무 의자를 밖으로 내와 계단 아래 화분 옆으로 옮겨놓고, 그곳에 앉아 한가로이 매미 울음소리를 들어가며 새로 타 온 룽징차(龍井茶)를 음미하고 있었다. 그때 갑자기 자오칭윈이 사색이 된 얼굴로 허둥지둥 뛰어들어오며 떨리는 목소리로 말했다. "나리, 자오 노마님께서 나리를 모셔 오라고 사람을 보내 왔습니다. 후 도련님께서 급류에 휩쓸려 떠내려가셨답니다."

"뭐라고!" 차를 마시고 있던 라오야오가 깜짝 놀라 새된 소리를 지르며 벌떡 일어났고 그 바람에 손에 들고 있던 찻잔이 떨어졌다. 떨어진 찻잔은 산산조각이 났고 찻물이 내 발을 적셨다.

"후 도련님이 외가댁 도련님 몇 분과 함께 성 밖으로 수영을 하러 가셨던 모양입니다. 어제 오후에도 갔었고요. 오늘은 물이 많이 불었는데도 후 도련님이 조심을 하지 않아 변을 당했다고 합니다요. 유속이 너무 빨라 어디까지 떠내려갔는지 알 길이 없답니다." 자오칭윈이 절박한 심정으로 말했다.

라오야오의 얼굴은 빨갛게 달아올랐고, 이마에는 땀이 비 오듯 쏟아졌고, 눈동자는 한곳에 고정되어 있었다. 그는 손을 뻗어 머리칼을 쥐어뜯었다. 한순간 시간이 멈추어버린 듯했다. 잠시 뒤 그가 꽉 잠긴 목소리로 말했다. "바로 가겠네. 안에는 들르지 않을 거야. 자네는 마님께 가서 내가 일이 있어 잠깐 외출한다고 전해드리고. 마님께 후 도련님 일은 비밀로 하게. 내가 돌아와서 따로 얘기할 테니"

자오칭윈이 연이어 "네, 네" 대답하고는 먼저 나갔다.

나는 자리에서 일어나 라오야오의 어깨를 가볍게 두드리며 그를 위로했다. "너무 초조해하지 말게. 설마 일이……"

"알아. 나에게도 책임이 있어. 가봐야겠네. 자네 혹시 자오화를 보게 되더라도 샤오후 얘기는 꺼내지 말아주게." 라오야오는 미간을 찌푸리며 내 말을 잘랐다. 그의 안색은 한순간에 잿빛으로 변해 있었다. 그는 망연자실한 채 나를 한 번 쳐다보고는 아무 말 없이 밖으로 나가버렸다.

나도 그의 뒤를 따라 정원 문을 나섰다. 나는 그가 인력거에 오르는 모습을 지켜보았다. 나 역시 그에게 어떤 말도 건네지 못했다. 불길한 예감이 들었다. 나는 그가 한 말을 자꾸 되뇌었다. '나에게도 책임이 있어.' 진심에서 우러나온 말이었다. 분명 그에게도 책임은 있었다. 평온했던 내 마음은 뜻하지 않은 사건으로 하루 종일 혼란스러웠고 끝내 평정을 되찾지 못했다.

라오원이 저녁상을 들여왔을 때 나는 그의 얼굴에서 샤오후에게 닥친 재앙을 고소해하는 듯한 표정을 똑똑히 읽었다. 그는 작은 눈을 치켜뜨며 말했다. "리 선생님, 천벌을 받은 거예요. 인과응보지요." 나는 웃을 듯 말 듯한 그의 주름진 얼굴을 멍하니 쳐다보았다. 그는 변명하듯 계속 말을 이어갔다. "자오씨 댁에서 어떻게든 우리 마님께 해를 끼치려고 벼르더니 결국 화가 외손자에게 미친 거예요. 누구를 탓하겠어요? 나리께서 진작 마님 말씀에 귀를 기울이셨다면 이런 일은 당하시지 않았을 텐데. 마님께서 지난 세월 험한 꼴을 많이 당하셨으니 이제는 벗어나실 때도 됐어요."

이 말을 며칠 뒤에 들었다면 나 역시 기꺼운 마음으로 들어 넘겼을지도 모른다. 하지만 지금은 오히려 반감만 불러일으켰다. 반박할 생각은 없었지만 그래도 그에게 넌지시 일깨워주었다. "그래도 자네 나리한텐 도련님 한 분밖에 없잖은가!"

라오원은 고개를 숙이고 잠자코 있었다. 밥그릇을 받쳐 들고 밥을 먹는 내 눈이 자꾸 그의 얼굴로 향했다. 그는 천천히 고개를 들고 몸을 돌려 창밖을 내다보며 남몰래 눈가를 훔쳤다. 그러고는 문간 쪽으로 다가가 우두커니 섰다. 그릇을 챙기러 다시 들어왔을 때 그는 테이블을 닦으며 잔뜩 겁에 질린 말투로 말했다. "하늘이 보우하사 후 도련님이 별 탈 없으시길 바랄 뿐이에요." 그의 목소리에 진심이 묻어났다.

"별 탈 없어야지." 내가 대꾸했다. 그를 위로하기 위해 한 말이었다. 하지만 그나 나나 이미 돌이킬 수 없는 일임을 너무나 잘 알고 있었다. 유일한 바람은 샤오후의 시신이라도 찾아오는 것뿐이었다.

# 35

우리의 바람은 여지없이 무너졌다.

이튿날 아침 나는 라오야오가 써준 소개 서한을 들고 기차역으로 나가 차표를 샀다. 처음에는 시간이 되지 않아서, 그다음은 장소를 찾지 못해서, 마지막은 사람을 찾지 못해서, 11시 반이 넘어서야 가까스로 수속을 마치고 차표를 손에 쥘 수 있었다. 그때는 완전히 녹초가 된 뒤였다.

다행히 근처에 잠시 쉴 만한 장소가 있다는 것을 생각해냈다. 그곳은 작은 하천을 끼고 있는 찻집으로 음식도 함께 팔았는데, 초가지붕에 나뭇가지를 엮어 울타리를 만들고 뜰 앞에는 갖가지 화초가 심어져 있고, 하천 변에는 수양버들 몇 그루가 자라고 있었다. 입구 초입에는 관목이 제멋대로 웃자라 있고, 좁은 길이 안쪽으로 나 있었다. 대문 밖에서 보면 마치 버려진 정원 같았다. 전에 딱 한 번 이 찻집에 와본 적이 있는데 정갈하면서도 손님이 많지 않아 내 맘에 꼭 들었었다.

나는 강가 버드나무 그늘 아래 울타리 앞에 놓여 있는 작은 티 테이블에 자리를 잡고 앉았다. 국수 두 그릇을 깨끗이 비운 뒤 대나무 의자 등받이에 기대어 깜빡 졸고 있는데, 갑자기 들려오는 떠들썩한 소리에 놀라 잠에서 깼다. 무슨 일인지 영문도 모른 채 손님들이 밖으로 우르르 몰려나가는 모습만 우두커니 쳐다보았다. 몇 사람은 울타리 앞에서서 맞은편 기슭으로 고개를 쭉 빼고 두리번거렸다. 맞은편 기슭은 구불구불한 황톳길이 가로로 뻗어 있고, 길 앞쪽에 너른 논이 펼쳐져 있고, 그 논 너머로 은빛 물결이 일렁이고 있었다. 내 앞에 흐르는 작은 하천은 그 강의 지류였다. 구경하던 시골 사람들과 아이들이 황톳길을 따라 강 쪽을 향해 줄지어 걸어가고 있었다.

"무슨 일이지? 사람들이 대체 뭘 보고 있는 건가?" 한참이 지나 사환 하나가 걸어오는 것을 보고, 울타리 앞에 서서 두리번거리는 사람들을 손으로 가리키며 그에게 물어보았다.

"사람이 빠져 죽었어요." 사환은 아주 흔한 일이라는 듯 대수롭지 않게 대답했다. 그는 내가 손으로 가리키는 방향을 한 번 힐끗 쳐다보더니 가소롭다는 듯 입술을 씰룩거리며 한마디 덧붙였다. "여기서 그게 보이려고요?"

사람이 또 빠져 죽다니! 어째서 내가 가는 곳마다 재앙이 끊이지 않는 거지! 내가 고난의 한가운데 살고 있음을 끊임없이 상기시켜주려는 걸까?

뚱뚱한 여인이 손수건에 얼굴을 파묻은 채 애처롭게 흐느끼며 내 곁을 지나갔다. 그녀 뒤로 하녀와 인력거꾼 같아 보이는 남자 한 명이 뒤따르고 있었다. 그들은 건너편 강가에서 온 사람들이었다.

"애 엄마예요. 방금 전까지 얼마나 슬프게 울던지." 사환이 그녀를 가리키며 말했다. "과부로 슬하에 딸랑 아들 하나 두었는데."

"언제 익사한 거지?" 내가 물었다.

"어제 오후에 여기서 한참 떨어진 곳에서요! 열여덟아홉 살쯤 되는데 친구들과 내기를 한 모양이에요. 건너편까지 헤엄쳐서 갈 용기가 있느냐고 빈정대는 친구들의 말에, 할 수 있다고 대답하고는 다짜고짜 물속으로 뛰어들었다나 봐요. 어제는 물이 많이 불었는데도 방심하고 헤엄쳐 건너던 도중에 두 곳에 생긴 소용돌이에 휘말려 변을 당한 거지요. 시체가 여기까지 떠내려오다가 다리 기둥에 걸려 있는 걸 오늘 아침에서야 발견했답니다. 아이 엄마가 소식을 듣고 방금 전에 허둥지둥 달려와 한바탕 울고불고 난리를 쳤어요. 지금은 뒷수습하러 가는 길일 거예요." 마치 옛날이야기 한 편 들려주는 듯한 사환에게서는 어떤 동정심이나 연민의 감정은 찾아볼 수 없었다.

나는 그에게 더 이상 묻지 않았다. 극심한 피로가 몰려와 대나무 의자 등받이에 기대고 두 눈을 감았다. 잠을 청하고자 한 것이 아니라 그저 조용히 샤오후의 일을 생각해보고 싶었다.

30분 정도 지나자 모든 것이 평온했던 원래의 상태로 돌아왔다. 나는 일어나 셈을 치르고 문을 나섰다. 백 보도 채 못 가 아까 사환이 말한 다리가 보였다. 다리 초입에는 아직까지 대여섯 사람이 서 있었다. 호기심에 나는 그곳으로 가보았다.

다리는 강 양쪽 기슭에 걸쳐 있었고, 폭은 그다지 넓지 않았다. 내가 서 있는 곳 왼쪽에 낮게 드리워진 버드나무가 있었고 버들잎이 수면에 거의 닿을 듯했다. 바로 그 버드나무 근처, 다리 밑에 한 젊은이가 맨살을 그대로 드러낸 채 머리를 위로 하고 누운 듯이 물 위에 떠 있었다. 왼손은 다리 기둥에 끈으로 묶여 위쪽을 향해 뻗어 있었고, 오른손은 힘없이 허리까지 늘어뜨리고 있었다. 단정하고 갸름한 얼굴은 잿빛을 띠었고, 눈과 입술은 꽉 다문 채였다. 마치 그곳에 누워 깊은 잠에 빠져 있는 듯한 모습이 전혀 시체 같아 보이지 않았다.

"꼭 산 사람 같네!" 내가 놀라 혼잣말로 지껄였다.

"처음엔 얼굴도 불그스름한 게 더했다오!" 옆에 섰던 시골 사람이 끼어들었다. "애 엄마가 와서 울음을 터뜨리니까 얼굴색이 바로 변했다오."

"정말 그런 일이 있었어요?" 미심쩍은 말투로 내가 물었다.

“내 눈으로 똑똑히 봤다니까, 거짓말을 해서 뭐하겠소!” 그가 눈을 부릅뜨고 나를 쏘아보았다.

나는 고개를 숙여 자는 듯 평온해 보이는 얼굴을 잠자코 주시했다. 차츰 눈이 침침해져 왔다. 순간 샤오후가 그곳에 누워 자고 있는 모습을 본 듯했다. 나는 깜짝 놀란 나머지 하마터면 소리를 지를 뻔했다. 황급히 눈을 비비고 다시 쳐다보니 다리 아래에는 낯선 얼굴이 있었을 뿐이다. 이것이 바로 죽음이구나! 이렇게 빨리, 이렇게 쉽게, 이렇게 실감나게!

## 36

집으로 돌아오니 라오원과 리 노인이 대문 입구에서 대화를 나누고 있었다. 그들에게 샤오후 소식을 물어보았다. 아무런 소식도 없다고 했다. 아침 일찍 라오야오가 자오칭윈을 데리고 나갔지만 여태 소식이 없다는 말도 함께였다. 라오원은 또 오늘 저녁 약속 장소를 집으로 바꾸어 송별회를 열어주겠다는 야오 부인의 말도 전해주었다.

“그럴 필요 없네. 후 도령한테 큰 변고가 생긴 데다 자네 나리께서도 집에 안 계시고 마님도 편찮으신 마당에 그런 격식이 무슨 필요가 있겠나.” 민망해진 내가 라오원에게 말했다.

“마님 말씀이 나리 분부시라고요, 반드시 식사 시간에 맞춰 돌아오시겠다고 하셨답니다.” 라오원이 공손하게 대답했다.

“나리께서 시간에 맞춰 돌아오신다고?”

“나리께서 저녁을 조금만 늦게 시작하자고, 돌아오는 대로 식사할 수 있도록 준비하라고 분부하셨습니다요." 라오원은 여기까지 말한 뒤 바로 한마디 덧붙였다. "리 선생님 모시고 함께 식사하시겠다고요"

아니나 다를까 라오야오는 7시가 되기도 전에 돌아왔다. 그는 아내와 함께 아래 사랑채로 찾아왔다. 그는 하얀색 모시 와이셔츠에 긴 바지 차림이었고, 그의 아내는 파란 줄무늬로 바이어스를 댄 하얀색 모시 치파오 차림이었다. 식탁은 사랑채 한가운데에 놓여졌다. 술병과 요리는 이미 식탁에 차려져 있었다. 그들은 나에게 상석을 내주었고 내 양옆에 각자 자리를 잡고 앉았다. 라오야오가 나에게 술을 한잔 따라주더니 자기 잔에도 마저 따랐다.

요리는 다양하고 정갈하며 맛깔스러웠고 술도 최상급의 황주(黃酒)였다. 하지만 우리 세 사람은 모두 입맛이 없었다. 말도 많이 하지 않았고, 음식도 먹는 둥 마는 둥했다. 나는 라오야오와 가끔 술잔을 부딪쳤지만 그저 짧게 홀짝일 뿐이었다. 술맛이 썼다. 식탁에 침울한 분위기가 감돌았다. 우리는(나나 그들이나 누구를 막론하고) 마지못해 한두 마디 나누며 억지로 젓가락을 놀렸다. 기침 소리마저 어색했다. 부부의 얼굴에는 짙은 우수가 드리워져 있었다. 특히 야오 부인은 애써 감추려고 할수록 어두운 기색이 더욱 두드러졌다. 양미간을 잔뜩 모으고 있는 그녀의 안색은 몹시 창백했고 시선은 줄곧 아래로 내려뜨리고 있었다. 친구는 까맣게 변해버린 얼굴에, 눈썹은 잔뜩 힘을 주고, 눈동자는 거무스름한 빛을 띤 채 멍하니 한 곳만 주시하고 있었는데 뭔가를 보고 있는 것 같기도 하고 아닌 것 같기도 했다. 내 얼굴을 볼 수는 없었지만 내 안색 또한 볼 만했으리라.

"리 선생님, 요리 좀 더 드세요. 어째 드시는 게 신통치 않아요?" 야오 부인이 나를 보며 웃음을 지어 보였다. 하지만 그녀의 웃음에서

쓴맛이 느껴졌다. 그녀의 웃음도 평소와 달랐다.

"먹고 있어요, 먹고 있어요." 나는 연신 대답하며 젓가락을 놀렸지만 얼마 못 가 내 손은 다시 멈추었다.

"선선한 가을이 올 때까지 이곳에 머물다 가시면 좋을 텐데. 선생님마저 떠나시고 나면 텅 빈 집처럼 허전할 거예요. 하필 샤오후 일까지 겹쳐서." 그녀는 천천히 입을 열다 샤오후 얘기가 튀어나오자 곧바로 고개를 숙였다.

나는 그동안 라오야오에게 샤오후의 행방을 애써 묻지 않았다. 알고 싶지 않아서가 아니라 그의 아픈 곳을 건드리게 될까 봐 두려웠기 때문이다. 지금 그의 아내가 샤오후의 이름을 입에 올리자 나는 곁눈질로 라오야오를 힐끗 쳐다보았다. 그는 여전히 고개를 푹 숙인 채 애꿎은 술만 축내고 있었다. 나는 더 참지 못하고 야오 부인에게 물었다. "샤오후는 어떻게 됐나요? 찾았나요?"

그녀는 얼굴을 들어 나를 한 번 쳐다보더니 고개를 저었다. "못 찾았어요. 쑹스가 가봤더니 물살이 너무 빨라 어디까지 떠내려갔는지 알 수 없었대요. 지금은 강을 따라 강 속을 샅샅이 뒤지고 있어요. 이이 어제 밤새도록 한숨도 못 잤어요……" 그녀가 흐느꼈다. 눈가에 반짝하고 눈물이 어리는가 싶더니 이내 고개를 떨어뜨렸다.

"혹시 다른 사람이 벌써 아이를 구해낸 건 아닐까?" 그를 위로하고 싶은 마음에 말은 그렇게 했지만 나 역시 무의미한 말이라는 걸 너무나 잘 알고 있었다.

야오 부인도 아무 말이 없었다. 라오야오가 갑자기 내 쪽으로 고개를 돌리더니 잔을 들고 잠긴 목소리로 말했다. "라오리, 술이나 들자고." 그는 잔에 절반 이상이나 남아 있던 술을 한입에 몽땅 털어 넣었다. 야오 부인은 그런 그를 걱정스러운 눈빛으로 말없이 바라만 보고 있었다. 그가 다시 잔에 술을 가득 따라 부었다.

"라오야오, 오늘은 조금만 마시세. 나야 워낙 술을 못하는 사람이지만 자네 주량에도 한계가 있어. 하물며 빈속에 자꾸 술을 마시면……" 나는 말했다.

"걱정 말게. 난 절대 취하지 않아. 자네가 떠나고 나면 언제 다시 만나 함께 술을 마시게 될지도 모르는데 술 몇 잔 더 마신다고 무슨 상관이야! 안주라도 좀 들어." 그는 내 말허리를 자르며 젓가락을 들어 보였다.

"날도 더운데 조금만 드세요." 그의 아내도 옆에서 그런 그를 말렸다.

"아니," 그는 고개를 가로저었다. "마음이 너무 괴로워서 오늘은 좀 마셔야겠어." 그는 다시 내게로 고개를 돌렸다. "라오리, 자넨 마시고 싶은 만큼만 마시게. 따로 권하지는 않을 테니. 오늘은 술이 너무 당기는군. 말도 별로 하고 싶지 않고, 자오화가 상대해줄 걸세." 그의 두 눈에는 눈물이 바싹 말라 있었다. 하지만 그의 얼굴은 우는 모습보다 더 흉했다.

"괜찮아, 내 걱정은 말게. 나한테까지 체면 차릴 필요 없어." 나는 대꾸했다. "이곳에 머문 지 꽤 오래라 이젠 손님이라고 할 수도 없는걸."

"오신 지 몇 개월도 채 안 됐는데, 오래 머물렀다는 말이 가당키나 한가요? 리 선생님, 내년에 꼭 오셔야 해요!" 야오 부인이 뒤이어 말했다.

내가 대답을 하려는 순간, 갑자기 라오야오가 내 쪽으로 오른손을 불쑥 내밀며 "라오리" 하고 외쳤다. 그의 얼굴은 이미 술이 올라 벌겋게 달아 있었다. 나도 오른손을 내밀었다. 그러자 그가 내 손을 힘껏 잡더니 진지한 눈빛으로 내게 힘주어 말했다. "내년이야."

"내년." 감동한 내가 대답을 하고 나서 보니 술 두 병이 모두 비어 있었다. 나는 아직 술 한 잔도 채 비우지 않은 상태였다.

"그래야 친구지!" 그는 이렇게 말하며 손을 거두고는 남아 있는 술잔을 다 비웠다. 잠시 뒤에 그는 아내를 향해 억지웃음을 지어 보이며 말했다. "자오화, 술 한 병 더 따지. 라오원 보고 가져오라고 해."

"그만하세요. 너무 많이 마셨어요." 그의 아내가 말렸다. 그러고는 고개를 돌려 라오원을 쳐다보았다. 라오원은 문 앞에 서서 그들의 결정을 기다리고 있었다.

"아직 멀었어. 내가 직접 가져오지." 의자를 밀치고 일어난 그는 제대로 서지도 못하고 두어 번 휘청거리더니 황급히 손으로 식탁을 짚었다.

"괜찮아요?" 그의 아내가 놀라 벌떡 일어나며 물었다. 나도 따라 일어났다.

"나 취했나 봐." 그가 쓴웃음을 지으며 제자리에 도로 앉았다.

"방에 들어가 좀 눕게." 내가 권했다. 그의 눈은 토끼 눈처럼 빨갛게 충혈되어 있었다. 그는 내 말에 대답도 하지 않고 갑자기 두 손으로 머리카락을 움켜쥐더니 잠긴 목소리로 침통하게 울부짖었다. "이제껏 나쁜 짓을 한 적도, 남을 해친 적도 없어! 그런데 왜 샤오후의 시신조차 찾을 수 없는 거지? 아이를 영원히 물속에 가둬두고 아빠인 내가 어떻게 살아갈 수 있느냐고!" 그는 두 손에 얼굴을 파묻은 채 엉엉 울었다.

"야오 부인, 이 사람 데리고 들어가세요." 나는 그의 아내에게 나지막이 말했다. "취해서 그래요. 잠시 뒤면 괜찮아질 거예요. 이 친구 요 며칠 너무 과로한 탓이에요. 부인께서도 이제 겨우 몸을 추스르게 되었는데 조심하셔야 해요. 일찍 들어가 쉬세요."

"그럼 저희 먼저 일어날게요. 내년에……" 그녀는 이 말 한마디만 남기고 빛나는 검은 눈동자에 석별의 아쉬움을 가득 담은 채 나를 바라보았다.

"내년에 꼭 다시 오겠습니다." 슬픔을 머금고 내가 말했다. 그녀의 얼굴에 쓸쓸한 미소가 스치는 것을 나는 놓치지 않았다. 그녀의 눈빛은 이렇게 말하고 있는 것 같았다. '기다리고 있을게요!' 그녀는 남편 곁에 서서 고개를 들어 그를 바라보며 무슨 말인가 할 듯했다.

그때 라오야오가 별안간 울음을 멈추고 얼굴을 가리고 있던 손을 떼며 일어서더니 커다란 손으로 내 어깨를 툭툭 치며 큰 소리로 말했다.

"내일 아침 일찍 기차역까지 배웅해줄게. 내일 날이 밝는 대로 인력거를 준비해놓으라고 벌써 일러두었거든."

"배웅할 필요 없어. 짐도 많지 않고 표도 이미 다 끊어놓아 혼자 가도 전혀 불편하지 않아. 자넨 요 며칠 피곤이 많이 쌓였을 테니 푹 쉬게."

"반드시 배웅할 거야." 그가 고집스럽게 말했다. "내일 아침 꼭 배웅해줄 거야." 그는 아내의 부축을 받으며 비틀비틀 사랑채를 걸어 나갔다. 혹시라도 가는 도중에 넘어질까 걱정이 돼서 라오원에게 그들을 따라가보라고 일렀다.

나는 휑한 사랑채에 홀로 남아 밥 한 그릇을 먹어치우고 남아 있던 술잔도 마저 비웠다. 그릇을 치우러 들어온 라오원이 마님 허락으로 내일 기차역까지 배웅해드리겠다고 말했다. 나는 그의 호의에 감사를 표했다. 하지만 평소처럼 그의 얘기를 오래 들어줄 만큼 머리가 개운하지 않았다. 술이 내 몸에서 화학반응을 일으키기 시작했다.

술이 내 신경을 진정시켰다. 덕분에 나는 깊은 잠에 빠져들 수 있었다. 나는 아무것도 생각하고 싶지 않았고 생각에 잠길 여력도 없었다.

라오원이 날 깨우러 들어왔을 때는 막 동이 틀 무렵으로 밤기운이 아직 방 가장자리에 머물러 있었다. 그는 세숫물을 들여오고 이윽고 아침상도 들여왔다. 내가 짐을 다 꾸렸을 때는 벌써 5시가 지나 있었다. 나는 라오야오를 기다리지 않고 바로 기차역으로 출발하기로 마음먹었다. 내 뜻을 라오원에게 전해주려는데, 창밖에서 나지막한 대화 소리가 들리더니 곧이어 발자국 소리가 이어졌다. 누가 왔는지 아는 나는 그녀를 맞으러 나갔다.

문지방을 넘어서자 걸어오고 있는 야오 부인과 저우 어멈이 보였다.

"야오 부인, 벌써 일어나셨어요?" 내 질문 속에는 놀라움과 감동이 함께 묻어났다. 라오야오도 머지않아 오겠구나 싶었다.

"시간에 늦을까 봐 걱정했어요." 그녀는 상냥한 미소를 지으며 말했다. 그녀는 나를 따라 사랑채 안으로 들어서며 말을 계속했다. "쑹스는 배웅하기 힘들 것 같아요. 어제 너무 취해서 여러 번 토했거든요. 아침에 영 일어나질 못하네요. 정말 죄송해요."

"야오 부인, 그런 말씀 마세요!" 나는 미소를 지었다. 그리고 그녀에게 물었다. "쑹스 괜찮겠죠?"

"지금은 잘 자고 있으니까 오늘만 지나면 원래대로 회복될 거예요. 하지만 충격이 너무 컸어요. 선생님도 그이가 샤오후를 얼마나 사랑했는지 잘 아시잖아요. 꼬박 이틀 동안을 여기저기 찾아 헤매느라고 몸도 마음도 몹시 지친 상태예요. 앞으로 짬이 나면 편지라도 자주 보내주세요. 그이가 모든 걸 빨리 잊을 수 있도록."

"네. 두 분 앞으로 꼭 편지 드리죠."

"정말 감사해요. 편지 꼭 써주셔야 해요!" 그녀는 빙긋 웃더니 고개를 돌려 라오원에게 물었다. "인력거는 준비됐는가?"

"네, 마님. 진작에 준비하고 있었습죠."

"그럼 리 선생님, 이제 출발하셔야죠?"

"바로 떠나야지요." 그때 내 시선이 그녀 손에 들려 있는 편지 한 통으로 쏠렸다. 문밖에서 그녀를 본 순간부터 주의를 끈 편지라 그녀에게 물어보았다. "야오 부인 혹시 제 편에 부탁하실 편지라도?"

"아니에요. 이건 저희 두 사람 결혼사진이에요. 얼마 전에 사진을 찾았는데 쑹스가 선생님께 드리라고 해서 가져왔어요." 그녀가 편지 봉투를 내게 내밀었다. "저희 같은 든든한 친구가 있다는 사실 늘 잊지 마시고, 언제든 저희 집에 놀러 오세요." 그녀는 살며시 웃음 지었다. 이제야 나는 주위의 모든 것을 환하게 밝혀주는 그녀의 웃음을 되찾을 수 있었다.

나는 그녀에게 감사하다고 전한 뒤, 사진은 꺼내 보지 않고 편지 봉투째 주머니에 찔러 넣었다. 그런 다음 그녀가 내민 손을 잡았다. "그럼 안녕히 계세요. 당신들을 절대 잊지 못할 겁니다. 제 대신 쑹스에게도 인사 전해주세요."

우리 네 사람은 함께 정원 문을 나섰다. 라오원은 내 짐을 들어주었고 저우 어멈은 야오 부인 뒤를 따랐다.

"이제 그만 들어가세요." 나는 마당으로 내려서며 고개를 돌려 야오 부인에게 말했다.

"인력거에 오르시는 거 보고요. 오늘은 쑹스를 대신해서 배웅하는 거예요." 그녀가 이렇게 말하며 중문 입구까지 나를 배웅해주었다. 내가 막 인력거에 오르려는 순간 갑자기 가벼운 탄식 같은 그녀의 목소리가 들렸다. "어디든 자유롭게 다닐 수 있는 선생님이 정말 부러워요."

어디까지나 그녀의 한순간의 생각임을 잘 아는 나는 그녀에게 짧게 대꾸해주었다. "누구에게나 각자의 세계가 따로 있는 법이니까요."

인력거는 나와 짐을 싣고 출발했고 라오원은 그 뒤를 따랐다. 그는 거리로 나가 영업용 인력거를 잡아탈 요량이었다. 인력거가 활짝 열린 대문을 향해 방향을 트는 순간 뒤를 돌아보니, 야오 부인이 그때까지 중문 입구에 서서 저우 어멈과 대화를 나누고 있었다. 나는 떠나기가 못내 아쉬워 그녀를 향해 손을 흔들었다. 눈 깜짝할 사이 야오 저택의 모든 것이 내 눈앞에서 사라졌다. 세숫대야만큼 큼직하게 빨간색으로 쓰인 '휴식의 정원' 두 글자만이 대문 상부 문틀에서 거만하게 내려다보고 있었을 뿐이다. 내가 오는 것을 지켜보던 이 글자는 내가 가는 모습도 지켜봐주고 있었다.

"리 선생님!" 낯익은 목소리가 들려 뒤를 돌아보니 리 노인이 내 쪽을 향해 뛰어오고 있었다. 인력거를 멈추게 했다.

리 노인은 헐떡거리며 뛰어와 멈춰 서더니 손으로 머리카락 한 올 남지 않은 머리를 쓰다듬었다.

"리 선생님, 내년에 꼭 오셔야 해요!" 더듬거리며 말하는 그의 얼굴은 벌겋게 상기되어 있었고, 하얀 수염은 아침 햇살 아래 가볍게 떨렸다.

"내년에 꼭 오겠소." 나는 고마운 마음에 이렇게 대답했다. 인력거가 다시 앞을 향해 굴러가기 시작했다. 다셴츠 문 앞을 지날 즈음 라오원이 인력거를 잡아탔다. 다셴츠 얘기가 나왔으니 꼭 짚고 넘어가야 할 말이 있다. 내가 한동안 가끔 드나들던 이곳은 4, 5일 전부터 철거가 시작되었고, 무슨 기념관이 들어설 거라고 했다. 다센츠는 지금도 철거 작업이 한창이었다. 지나면서 보니 깨진 기와 조각과 벽돌만이 아무렇게 쌓여 있었다.

# 후기

내가 이 소설을 쓰기 시작했을 때, 구이양(貴陽)에 있는 한 신문사에서 내가 이미 절필하고 경제 활동을 시작했다는 내용을 실었었다. 나는 응당 그렇게 쓴 몇 분의 말대로 따랐어야 했는데 그러질 못했다. 그건 문인이 상인에 비해 고결하다고 여겼기 때문이 아니라, 내가 돈을 좋아하지 않았기 때문이다. 돈은 나에게 아무런 의미도 주지 못한다. 나를 더욱 가치 있게 살아가게 하는 것은 이상(理想)뿐이다. 돈이라는 것은 겨울철 내리는 눈과 같아서 서서히 쌓이지만 빨리 녹아버린다. 이 소설 속에서도 언급한 바와 같이 대궐 같은 저택과 아름다운 정원은 주인이 수시로 바뀐다. 개인 재산을 백 년 혹은 그 이상 지켜내는 것을 본 적이 있던가! 지켜낼 수 있는 것은, 어떤 사람에게는 극히 막연하고 공허하게 들릴지 모르겠지만—역시 이상(理想)과 신념뿐이다.

이 소설은 분명 나의 창작물이다. 하지만 새로울 것은 아무것도 없다. 내 소설 속 주인공들이 한 말은 모두 이전에 다른 누군가가 했던 말들이다.

세상을 좀더 따뜻하게 만들어주세요. 눈물 흘리는 이들의 눈물을 닦아주고 모든 이가 즐겁게 웃을 수 있는 세상을요.

제 마음은 다른 사람의 마음과 하나가 되어 다른 사람이 웃으면 저도 따라서 즐거워지고 다른 사람이 울면 제 마음도 아파오지요. 저는 세상을 살아오면서 숱한 고통과 불행을 목격했지만 그보다 더 큰 사랑이 존재한다는 사실을 알게 되었어요. 책을 통해서 감격스럽고 만족스런 웃음소리를 들었어요. 그럴 때면 제 마음은 봄 햇살처럼 따사로워져요. 살아간다는 것은 아름다운 일이에요……

상술한 내용은 이미 많은 사람으로부터 귀가 따갑도록 들어봤을 법한 말들이다. 내 소설 속에 다시 한 번 인용함으로써 앞서 언급했던 몇 분들로 하여금 사람은 돈을 입에 물고 살아가는 것이 아님을, 돈보다 더 중요하고, 더 값진 것들이 있음을 깨닫게 하는 계기로 삼게 된 것을 매우 기쁘게 생각한다.

1944년 7월

# 사랑과 용서를 통한 인도주의 정신 발현

## 1. 사랑과 평등의 작가, 바진

루쉰(魯迅), 라오서(老舍)와 함께 중국 3대 문호로 손꼽히는 중국 문단의 거장 바진(巴金)은 쓰촨 성 청두(成都)의 한 봉건 관료 집안에서 태어났다. 20여 명의 집안 어른, 30명 이상의 형제자매와 40, 50명에 이르는 하인들이 함께 거주하는 대가정에서 자란 그는, 어려서부터 '빈부를 떠나 모든 사람을 사랑하고, 어려움에 처한 사람을 도와주라'는 어머님의 가르침을 받았다. 그의 어머니는 이런 사랑을 몸소 실천하신 분으로, 바진이 '어린 시절 내 세계의 중심'이었다고 밝히고 있듯이 그에게 지대한 영향을 미쳤다. 그는 자신과 사회를 연결해준 것이 '사랑'이라고 술회하고 있는데, '사랑'은 바진의 성격을 형성하는 토대가 되었을 뿐 아니라 그의 인도주의 사상의 시발점이 되었다.

하지만 그가 처한 현실은 봉건사회의 엄격한 신분제도하에서 인간의 존엄이 짓밟히고 불평등이 판치는 세상이었다. 자신의 이상과 너무

나도 동떨어진 차가운 현실은 봉건제도에 대한 강한 저항 의식을 싹 틔웠다. 특히 1914년 사랑하는 어머니의 죽음과 1917년 잇따른 아버지의 죽음으로 표면적으로는 평화롭고 우애가 넘쳐 보이지만 실상은 증오와 알력과 투쟁이 난무하는 봉건 대가정의 내부 모순과 억압을 몸소 체험하게 되는데, 이때 겪은 생생한 경험들은 그의 반봉건 사상을 더욱 심화시켰고, 후에 『집』과 『휴식의 정원』의 중요한 모티프가 되었다.

1919년 반제국주의·반봉건의 기치 아래 과학과 민주를 주창하는 5·4운동이 일어나고 많은 신(新)사상과 신(新)사조들이 물밀 듯이 소개되면서 압제에 반대하는 뜻있는 청년들에게 지대한 영향을 미친다. 당시 15세였던 바진 역시 신문화 운동의 영향을 받아 『신청년(新青年)』 『매주평론(每週評論)』 등 진보적인 잡지들을 탐독하며 급진적인 사상을 흡수하고 사회운동에 적극 참여한다. 1920년 외국어전문학교에 입학한 바진은 그곳에서 표트르 크로포트킨의 『청년에게 고함』과 레오폴트 캄프의 『전야』라는 책을 통해 무정부주의 사상을 처음으로 접한다. 인도주의와 평등주의를 추구하던 그는 그 연장선상에서 무정부주의 사상을 받아들이고, 더 나아가 자신의 정치 신앙으로 삼는다. 그는 당시 청두의 무정부주의 단체가 발행하는 잡지 『반월』의 편집에 참여하고, '균사(均社)'라는 조직을 만들어 반봉건 투쟁을 벌이며 모든 인간이 자유롭고 평등한 삶을 영위할 수 있는 세상을 꿈꾼다.

1927년 프랑스로 유학을 떠난 그는 세계 각지에서 온 무정부주의자들과의 활발한 교류를 통해 무정부주의에 더욱 심취하게 되고, 대표적인 무정부주의자인 크로포트킨, 버크만 등의 저작을 번역·소개한다. 그 이듬해인 1928년 파리에서 최초의 소설 『멸망』을 완성하고 귀국해 1929년 1월 『소설월보』에 발표해 문단에 커다란 반향을 불러일으킨다.

이로써 바진은 정식으로 문학 창작의 길을 걷게 된다. 바진은 그로부터 약 20년간 자신의 생애에서 가장 왕성한 창작 활동을 하게 되는데, 특히 1931년 상하이 『시보(時報)』에 연재한 『집(家)』은 바진의 대표적인 작품으로, 봉건제도가 낳은 각종 폐단을 사실적으로 묘사함으로써 봉건제도가 반드시 붕괴되어야 하는 필연성을 역설했다.

1946년 완성한 마지막 장편소설 『추운 밤』을 끝으로 그는 소설보다는 대부분 번역과 편집 그리고 출판 업무에 힘을 쏟는다. 문화대혁명(1966~76) 기간에는 그의 문학 사상이 무정부주의 경향을 띤다는 이유로 숙청 대상으로 몰려 사상적 박해를 받다가 1976년 사인방의 몰락과 함께 복권되어 명예를 회복한다.

바진은 말년에 『수상록(隨想錄)』을 발표하면서 다시 활발한 문학 창작을 시작한다. 1978년부터 1986년까지 홍콩 『대공보』지에 발표된 150편의 산문을 30편씩 모아 총 5집으로 발간한 『수상록』은 문화대혁명으로 인해 초래된 참극이 다시는 재현되지 않도록 하는 것이 자신의 책임이라는 인식하에 쓰인 것으로, 문혁이 역사적인 대사기극이었음을 폭로하고 있다. 『수상록』은 작가의 인생 전반을 다시 한 번 되돌아보며 문혁 시절 굴종했던 자신에 대한 반성과 참회 의식도 함께 담고 있다. 바진의 작품은 여러 언어로 번역 출판되어 많은 호평을 받았으며, 특히 1982년과 1983년에는 '이탈리아 단테 국제명예상'과 '프랑스 레지옹 도뇌르 훈장'을 받음으로써 세계적인 작가로 인정받았다. 그는 파킨슨병으로 투병하던 중 2005년 10월 17일에 102세의 나이로 타계했다.

## 2. 바진의 '가족소설'로 보는 중국의 사회 변화

바진은 사회 변혁기에 처한 중국의 대가족제도를 작품으로 구현해냄으로써 '가족소설'이라는 현대문학의 또 다른 영역을 개척했다. 그의 대표적인 가족소설로는 『집』(1932), 『휴식의 정원』(1944), 『추운 밤』(1946)을 들 수 있다.

이 세 편의 작품은 봉건 가부장제도하에서의 '대가족'에서, 국민당 통치하에서의 현대 지식인의 '소가정'에 이르기까지, '집'의 구조가 해체되고 가정 내 삼강오륜의 윤리 의식이 퇴색하면서 점차 현대 의식이 싹트는 과정을 보여준다. 세 편의 소설에서 '집'의 구조가 어떻게 변화되어가고 그런 변화가 인간관계에 어떠한 영향을 미치고 있는지를 상호 비교해봄으로써 작품 속에 드러난 당시의 시대상을 조명해볼 수 있다.

### 1) 『집』

『집』의 시대적 배경이 되는 1920~21년은 불합리한 전통적 봉건 가족제도의 폐해를 인식하기 시작한 시기로, 5·4 신사상의 영향을 받은 작가는 어린 시절 봉건 대가족 속에서 자라면서 자신이 직접 보고 체험한 여러 가지 불평등하고 불합리한 사회 현상들을 『집』에 고스란히 반영함으로써 봉건 대가족제도의 폐단을 사실적으로 묘사하고 있다.

『집』에 등장하는 가족은 4대가 함께 모여 사는 '四代同堂'의 전형적인 봉건 대가족으로, 중국 봉건사회의 축소판이라 할 만큼 가장인 가오(高) 나리를 정점으로 기타 가족 구성원이 계층적으로 서열화되어 있다. 가오 나리는 봉건 통치의 군주와 마찬가지로 모든 경제권과 젊은이들의 생사여탈권을 손에 쥐고 있는 절대 권력의 소유자이자 전제적 가장으로 가정 내에서 막강한 지배력을 행사한다.

작가는 5·4운동의 영향으로 새로운 것이라면 그것이 무엇이든 받아들인 반면 낡은 것, 낙후된 모든 것은 증오하고 당시의 사회질서를 타파해야 한다고 여겼다. 이런 작가에게 불합리한 봉건 예교를 신봉하고 신분상의 불평등이 존재하는 봉건 대가족인 '집'은 사랑과 용서의 대상이 아닌 저항과 반항의 대상이자 반드시 타파해야 하는 대상이었다. 따라서 5·4 신사상으로 무장한 줴후이(覺慧)를 통해 봉건 예교의 억압과 봉건 가족제도의 속박에서 벗어나 새로운 삶을 개척하려 한 신세대를 형상화했다.

작가는 거스를 수 없는 시대의 흐름과 가오 나리와 줴후이로 대표되는 신구 세대 간 첨예한 갈등을 통해 중국 봉건주의의 상징이라 할 수 있는 봉건 대가족이 필연적으로 몰락해갈 수밖에 없는 운명임을 역설하고 있다.

### 2) 『휴식의 정원』

항일전쟁 시기인 1942년을 시대적 배경으로 하고 있는 『휴식의 정원』은 대저택의 신구(新舊) 주인의 공통된 비극적 운명을 통해 봉건 계급사회하에서의 인격적 타락과 인간성 왜곡 과정을 그리고 있다. 『집』과 『휴식의 정원』은 모두 구가정의 변천을 그리고 있다는 공통점을 가지지만 여러 가지 면에서 큰 차이를 보인다.

우선 『휴식의 정원』에서는 집의 구조나 인간관계에 큰 변화가 생긴다. 비록 봉건 대가족의 특징인 대저택이라는 외형은 『집』과 동일하지만 전형적인 봉건 대가족의 번잡함은 많이 간소화되고 가족 구성원도 야오궈둥(姚國棟) 부부와 아들로 단출해진다.

특히 봉건 계급사회와 사회 불평등을 상징하던 주인과 하인 관계에 뚜렷한 변화를 보이는데 하인들이 50여 명에 달했던 『집』에 비해 『휴식의 정원』에서는 하인들이 네댓 명으로 그 규모가 대폭 축소되었을 뿐 아니라 엄격한 신분제도하에서의 주종 관계에서 벗어나 주인이 하인을 대하는 태도가 상당히 인간적이고 우호적으로 변하며, 하인 역시 주인의 친구에게 '나리'가 아닌 '선생'으로 호칭하며 마음속 이야기도 허심탄회하게 터놓을 정도로 심리적으로든 감정적으로든 자유와 해방을 누린다.

무엇보다 『휴식의 정원』에서는 가오 나리 같은 절대 권력을 상징하는 전제적 가장이 없다. '휴식의 정원'의 옛 주인인 양씨 일가가 대저택을 판 뒤 가족들이 분가해 뿔뿔이 흩어지는 장면은 당시 봉건 대가족 사회가 해체되어 몰락의 길로 접어들었음을 상징적으로 보여주며, 양멍츠가 아내와 아들에게 버림받고 집에서 쫓겨나 거리에서 유리걸식하는 비렁뱅이로 전락하는 과정을 통해 봉건 전제제도의 상징이었던 가장은 더 이상 존재하지 않으며 봉건 대가족제도 아래 형성되었던 인간관계에도 큰 변화가 생겼음을 단적으로 보여주고 있다.

『휴식의 정원』의 현 주인인 야오궈둥은 대학에서 계몽 교육을 받고 외국 유학을 통해 신문명도 접했기 때문에 기본적으로 평등과 민주 의식을 구비하고 있다. 그는 아내를 사랑하고 친구를 소중히 여기며 하인들을 인간적으로 대하고 가난하고 병든 사람에게 관심을 보이는 등 강한 인도주의적 성향을 띠고 있다. 이는 봉건 예교를 가정 윤리의 근간으로 삼아 무소불위의 절대 권력을 휘둘렀던 가오 나리와 비교해볼 때 큰 사상적 진보라 할 수 있다.

하지만 교수로 재직하고 관직에도 몸담았던 야오궈둥이 결국 신성

한 노동에 의한 삶이 아닌 선대로부터 물려받은 재산에 기생하는 안락한 삶을 선택한 것이나 가족의 모든 대소사를 야오궈둥 개인의 의지에 따라 결정하는 점, 자식 교육에서 자오씨 댁으로 대변되는 봉건 세력과 타협하는 점, 돈이 모든 것을 해결해준다고 믿는 야오궈둥의 금전만능주의 성향 등은 봉건제도의 잔재가 여전히 뿌리 깊게 남아 있음을 보여준다.

마지막으로 『집』에서 '집'이 봉건제도의 상징이자 신세대들의 저항의 대상으로 신구 세대 간 대립 구도를 극명하게 보여주고 있는 데 반해, 『휴식의 정원』에서 '집'은 그리움의 대상이자 화해와 용서의 공간이어야 함을 강조하고 있다. 따라서 『휴식의 정원』에서 보다 농후한 인간애를 느낄 수 있는데, 여기서 폭력과 증오 대신 사랑과 용서로 세상을 변화시키고자 하는 작가의 인도주의적 이상과 희망을 엿볼 수 있다.

3) 『추운 밤』

1946년에 완성된 『추운 밤』은 1944~46년까지 국민당 통치하에서의 충칭을 배경으로 소지식인의 비극적인 운명과 소가정의 붕괴 과정을 사실적으로 묘사하고 있다.

『추운 밤』에 오면 주인공인 왕원쉬안(汪文宣), 쩡수성(曾樹生) 부부와 어머니, 아들 4인으로 구성된 현대 지식인의 소가정이 이전의 봉건 대가정을 대신한다. 전란 중에 궁핍한 생활을 영위하는 협소한 공간의 집도 앞선 두 작품 속에 나오는 호화로운 대저택과는 거리가 멀다. 이것은 봉건 대가족이 흔적조차 없이 사라지고 부부간의 감정과 고부 갈등을 핵심으로 하는 신식 가정이 새로운 가족 형태로 자리 잡았음을 보여준다.

또한 가오 나리 같은 전제적 가장이나 가족의 대소사를 혼자 결정하는 야오궈둥 같은 가장은 사라지고 가정 경제를 함께 책임지는 평등한 부부 관계가 그 자리를 대신한다. 특히 아내 쩡수성은 독립된 경제 주체로 가정 경제의 반을 책임지며 남편의 속박이나 시어머니의 눈치를 보지 않고 봉건 예교를 무시한 채 독립된 인격체로 살아간다. 이는 『집』에서 봉건 예교에 의해 희생되고 왜곡된 삶을 살았던 여성들이나, 『휴식의 정원』의 완자오화(萬昭華)와 같은 수동적인 여성상과 비교해볼 때 대단한 사상적 진보를 보여주는 것으로, 작가는 전형적인 지식인 여성인 쩡수성을 통해 주체적인 삶을 살아가는 적극적이고 능동적인 여성상을 구현해냈다.

## 3. 『휴식의 정원』 인물을 통해 본 작가의 사상

『휴식의 정원』은 작가가 항전 기간인 1941년 1월과 1942년 5월 두 차례에 걸쳐 자신의 고향 청두에 돌아가서 보고 느낀 점을 토대로 만든 작품으로 '격류삼부곡'의 속편으로 볼 수 있다. 이 작품은 오랜만에 고향을 찾은 '내'가 거리에서 우연히 옛 친구 야오궈둥을 만나 그의 저택 '휴식의 정원'에 머물게 되면서 알게 되는, 대저택 '휴식의 정원'을 둘러싼 신구(新舊) 두 가장의 불행한 운명을 다루고 있는데, 소설 속 주요 등장인물을 통해 작가의 창작 의도와 사상을 엿볼 수 있다.

### 1) 양멍츠—봉건 지주 계층의 방탕한 삶과 봉건제도의 인간성 왜곡 비판

'휴식의 정원'의 옛 주인인 양멍츠(楊夢痴)는 봉건 대지주의 셋째 아들로 태어나 이렇다 할 직업도 없이 나쁜 친구들과 어울려 다니며 도박과 여자에 빠져 방탕한 삶을 살며 부친이 유산으로 물려준 가산도 탕진하고 아내가 혼수품으로 가져온 폐물마저 다 써버리고 결국에는 아들과 아내에게 버림받고 집에서 쫓겨나는 신세로 전락한다. 집에서 쫓겨난 뒤 다셴츠(大仙祠)라는 낡은 사당에 기거하며 문전걸식으로 고단한 삶을 살아가던 그는 상습적인 절도로 감옥에 수감되고, 고된 노역을 피하고자 거짓 병자 행세를 하다 결국 다른 병자로부터 진짜 병을 얻어 허망한 죽음을 맞는다.

양멍츠는 선조들로부터 물려받은 재산에 의지해 방종한 삶을 살았던 당시 봉건지주들의 일면을 보여주는 인물이긴 하지만, 『집』에 등장하는 갖은 만행과 폭압을 일삼았던 전제적 가장들과는 달리 근본적으로는 선량하며 후회와 반성을 아는 인물이기도 하다.

아버지의 유언에 따라 유산으로 물려준 대저택만큼은 팔지 않고 지키려고 한 행동이나 집에서 쫓겨난 뒤 가족이 더 이상 피해를 보지 않도록 하기 위해 이름도 바꾼 채 쇠락한 다셴츠로 숨어들어 고생을 자처한 행위 그리고 아들 한얼과 함께 살기를 갈망하지만 자신의 잘못된 습관을 고치지 못하는 무력함에 아들에게 짐이 될까 두려워 결국 아들 곁을 떠나는 행동은 양멍츠의 자기 성찰과 참회의 마음을 읽게 해주는 대목이다.

하지만 양멍츠가 스스로 자신의 악행을 뉘우치고 반성하면서도 끝내 파멸의 길을 가게 된 원인은 선조들로부터 물려받은 재산에 의지해 평생 '기생(寄生) 생활'을 해옴으로써 자기 자신의 의지로 자생하려는 생존 능력을 완전히 상실했기 때문이다.

작가는 이런 양멍츠를 통해 봉건주의가 남긴 잘못된 구습으로 자신의 힘으로 삶을 개척하려 하지 않고 선대로부터 물려받은 재산에만 의지해 '기생 생활'을 했던 당시 중국 지주 계층의 방탕한 삶을 고발하고, 그들이 봉건 문화에 의해 철저하게 자아 생존 능력을 상실한 이후에 어떤 운명을 맞게 되는지를 보여주고 있다.

2) 야오궈둥—금전만능주의 비판 및 가정교육의 중요성

'휴식의 정원'의 현 주인인 야오궈둥은 대학도 나오고 외국 유학도 다녀와 교수로 재직하고 관직에도 몸담은 적이 있는 대지주의 아들로, 신(新)사상의 영향을 받아 기본적인 평등 관념과 민주 의식을 구비하고 있다. 부부 사이도 진한 사랑을 기초로 형성되어 있고 남편으로서의 역할에도 매우 충실하여 신식 혼인의 이상적인 모습을 보여준다. 하인을 대하는 태도 역시 과거의 엄격한 신분제도에서 벗어나 매우 인격적으로 변한다.

하지만 그 역시 부친이 남겨준 유산에 기대어 자신이 이전에 품었던 원대한 꿈과 이상은 포기한 채 무위도식의 안락한 삶을 선택한다. 현대 지식인으로서 그는 늘 사회 전반에 걸쳐 불평불만을 늘어놓으며 마치 자신은 그 누구보다 고상하고 깨어 있는 사람인 것처럼 행동하지만 실상은 하루 종일 찻집에 가서 차나 마시고 경극이나 보면서 사치와 낭비의 안일한 생활에 빠져 살 뿐이다.

특히 그는 현대적 교육을 받았음에도 불구하고 유일한 외아들 샤오후에 대한 제대로 된 교육은 소홀히 한 채 지나친 사랑을 넘어 방임까지 한다. 더 나아가 봉건제도의 상징으로 묘사되고 있는 전처의 모친인 자오 노마님이 막강한 재산을 등에 업고 자신의 아내에게 핍박을 가하고 샤오후를 방탕하고 무절제한 삶으로 인도해 가는데도 자오 노마님의 잘못된 악습에 대항하기는커녕 오히려 그녀를 두둔하기까지 한다. 이런 야오궈둥의 지나친 사랑과 자오 노마님의 비호 아래 샤오후는 어린 나이에 부잣집 나리 행세나 하며 해야 할 공부는 뒷전이고 도박과 경극에만 빠져 사는 과거 봉건제도하에서나 볼 수 있던 '도련님'으로 성장한다. 그럼에도 불구하고 야오궈둥은 여전히 훈육의 중요성은 무시한 채 돈만 있으면 모든 것이 해결될 거라고 믿는다. 이러한 금전만능주의 사고는 하나뿐인 외아들을 망치고 결국 아들을 허망한 죽음에 이르게 한다.

야오궈둥의 금전만능주의는 그의 경제적 기반이 여전히 봉건제도가 남긴 유산에 근거하고 있다는 데서 출발한다. 따라서 본질적으로 따져보면 그 역시 과거 봉건지주들의 '기생 생활'과 별반 다를 바 없는 삶을 살고 있으며 그 결과 샤오후가 양멍츠의 전철을 밟게 되는 필연성을 내포하고 있다.

### 3) 완자오화와 한얼—사랑과 용서의 인도주의 정신 발현

소설 속 완자오화와 한얼(寒兒)은 아름다운 영혼을 가진 '사랑'의 주체로 타락해가는 모든 것을 지키고 만회하려고 애쓰는 인도주의적 정신의 소유자들이다.

야오궈둥의 부인 완자오화는 어질고 총명할 뿐 아니라 5·4 계몽사상의 영향을 받아 현대적 감각도 뛰어난 신식 여성이다. 남편의 지극한 사랑과 하인들의 존경을 한 몸에 받고 있는 그녀는 남편의 전처 어머니인 자오 노마님의 횡포와 전처소생인 샤오후의 멸시로 남모르게 고통을 받는다. 하지만 정작 이런 고통에 대해서는 남편의 이해를 받지도 못하고, 자오 노마님이 도박과 경극으로 어린 샤오후의 인생을 허송세

월하게 만들고 있는데도 속수무책이다. 또한 그녀는 뛰어난 재능을 갖추고 있음에도 불구하고 대저택 '휴식의 정원'에만 틀어박혀 자신의 이상과 포부는 펼쳐보지도 못하고 이루지 못할 인도주의적 꿈만 간직한 채 유일하게 책을 통해서만 바깥 세계와 소통하는 고독한 인물이기도 하다.

> 소설가는 사람의 영혼을 치료하는 의사라고 어떤 소설가가 한 말이 생각나요. 적어도 저는 그 처방을 받았어요. 소설가는 사람의 마음을 하나로 묶어주고 서로를 이해하게 해주죠. 어려운 이웃에게 따뜻한 손을 내밀어 그들의 고통을 어루만져주는 사람들이에요. (165~66쪽)

완자오화는 문학의 힘을 빌려 자신을 둘러싸고 있는 작은 세계의 속박으로부터 벗어나기를 희망하고, 더 나아가 문학이 추위와 배고픈 이들에게 힘이 되어주고 따뜻한 위로를 전해주는 심리치료사로서의 역할을 하기를 바란다. 이는 문학이 사람의 마음을 위로해주길 바라는 작가의 마음을 고스란히 드러내주는 것으로, 인도주의를 핵심으로 하는 작가의 사상을 엿볼 수 있게 해주는 대목이다. 특히 "세상을 좀더 따뜻하게 만들어줄 수 있잖아요. 눈물 흘리는 이들의 눈물을 닦아주고 모든 이가 즐겁게 웃을 수 있는 세상을요"(75쪽)라는 그녀의 말은 작가의 기본 신념과 창작 이념을 단적으로 보여주는 것으로 작품을 통해 불공평한 현실에 희생되고 있는 약자들을 위로해주고 상처받은 영혼을 구제하고 싶어 하는 작가의 인도주의적 정신이 잘 나타나 있다.

완자오화와 함께 인도주의적 관점에서 바라보아야 할 또 하나의 인물은 양멍츠의 차남 한얼이다. 한얼은 자신의 아버지가 잘못을 저질렀다는 것을 누구보다 잘 알고 있지만 그걸 이유로 아버지를 포기하는 대신, 관용과 용서를 통해 아버지가 이전의 과오를 뉘우치고 새사람이 되어 가족과 함께 즐거운 삶을 살기를 희망한다.

어머니와 형에게 쫓겨난 아버지를 찾아 헤매고, 이미 팔려버린 옛 저택에 숨어들어가 그 집 하인들로부터 갖은 욕설과 구박을 받으면서도 아버지가 좋아하는 동백꽃을 꺾어다 드리고, 가게에서 물건을 훔치다 들켜 몰매를 맞고 있는 아버지를 보호해주고, 다셴츠로 모시고 가 상처 난 곳을 손수 닦아주고 치료해주는 등 한얼의 아버지에 대한 사랑은 시비 기준과 가치 판단을 뛰어넘는 이성과 논리로 설명할 수 없는 절대적인 사랑이다.

가족 구성원 간의 상호 사랑이 필요함을 인식하기 시작한 작가는 한얼이라는 인물을 통해 자신의 유년 시절에 대한 추억과 아버지에 대한 그리움을 형상화해내고 있다. 이것은 작가가 그동안 마음속으로 억눌렀던 '집'에 대한 갈망이 다시 커지기 시작하고 혈육 간의 정과 사랑을 중시하기 시작했음을 보여준다. '집'은 더 이상 폭력과 증오의 대상이 아닌 화해와 용서의 공간으로, 사랑을 통해 가정과 더 나아가 세상을 변화시키고자 하는 작가의 인도주의적 이상과 희망이 잘 나타나 있다.

## 4. 현실주의 작가 바진의 대표작 『휴식의 정원』

'작품의 최고 경지는 저작(著作)과 생활이 일치하는 것'이라고 강조했던 바진은 작품에서 일반 백성들의 고달픈 삶을 통해 현실의 어두운 면을 드러내고, 비참한 운명을 통해 사회 현실의 혼란과 부패상을 투영

해냈다.

1940년대 중국은 내우외환의 시기로 국가는 멸망의 위기에 처하고 일반 백성은 생존의 기로에 서 있었다. 특히 『휴식의 정원』의 공간적 배경이 되고 있는 청두를 비롯한 국민정부의 대후방(大後方) 지역은 1938년부터 1943년에 이르는 5년여 동안 일본군의 대공습으로 인해 수많은 사상자가 발생하고 많은 가옥과 시가지가 파괴되었다. 『휴식의 정원』을 창작할 당시 바진은 충칭(重慶), 청두(成都), 구이양(貴陽) 등지를 오가며 일반 백성들이 직면하고 있는 참혹하고 혹독한 현실을 직접 보고 체험하면서 느낀 슬픔과 허무의 정서를 이 작품에 고스란히 반영하고 있다. 이 무렵 이미 중년의 나이에 접어든 바진은 『집』으로 대표되는 전기 작품에서 보여주던 분노, 항쟁, 투쟁과 같은 청년기 시절의 격정에서 벗어나 중년 특징이라 할 수 있는 인생 문제의 복잡한 경험과 모순된 감정들을 작품에 표현하기 시작하면서 그의 창작에서 중요한 예술적 변화를 맞게 되는데 그 대표적인 작품이 바로 『휴식의 정원』이다.

바진의 『휴식의 정원』을 『차가운 밤』 『제4병실』과 함께 '인간삼부곡'으로 분류한 쓰마창펑(司馬長風)의 작품 평은 이 작품의 가치를 단적으로 보여준다.

> 이 작품은 내가 익히 읽은 바진의 작품 중에서 가장 훌륭할 뿐만 아니라, 중국 현대소설의 모범이 될 만한 작품이기도 하다. 신중하고 엄숙함에 있어서는 루쉰과 기량을 겨루고, 우아하고 아름다움에 있어서는 선총원(沈從文)과 다투고, 생동감에 있어서는 라오서에 뒤지지 않으며, 정감(情感)의 면에서는 위다푸(郁達夫)에 못지않다. 하지만 예술적 절제와 순수, 줄거리와 인물들의 역할, 취지와 기교 간의 균형 잡힌 조

화와 작품 전반에 흐르는 영롱함을 논하자면, 모든 것이 가장 적당하게 배치되어 있어 매우 독창적이고 어떤 작품보다 출중하다고 할 만하다.

끝으로 나의 첫 독자로 조언을 아끼지 않은 남편과 보이지 않는 곳에서 늘 기도로 응원해주시는 부모님께 사랑과 감사의 마음을 전하며, 이 책이 나오기까지 애써주신 대산문화재단과 문학과지성사의 김은주 님을 비롯한 편집부 여러분께도 감사를 드린다.

## 작가 연보

1904 11월 25일 쓰촨 성 청두 출생. 본명은 리야오탕(李堯棠), 자는 푸간(芾甘).

1914 모친 천수펀(陳淑芬) 세상을 떠남.

1917 부친 리다오허(李道河) 병사. 사촌형 푸지윈(濮季雲)에게 영어를 배우기 시작함.

1919 5·4운동 발발 후 『신청년(新青年)』 『매주평론(每週評論)』 등 새로운 사상을 고취시키는 간행물을 두루 읽음.

1920 셋째형인 리야오린(李堯林)과 청두 외국어 전문학교 입학. 러시아 혁명가 표트르 크로포트킨의 『청년에게 고함』, 러시아 출생의 미국 무정부주의자 골드만Emma Goldmann 등의 작품을 다수 읽음.

1921 청두 『반월(半月)』 등의 간행물 편집에 참여하고, 「진정한 자유와 평등의 사회를 어떻게 이룩할 것인가」 등의 정치 평론을 발표.

1922 7월 『시사신보(時事新報)』 『문학순간(文學旬刊)』 등에 「학대받는 자의 낮은 흐느낌 소리」 등 시작(詩作)을 발표, 최초로 발표한 문학작품으로 꼽힌다.

1923 봄에 셋째형 리야오린과 함께 청두에서 상하이로 거처를 옮기고

난양 중학교에 다님. 겨울에는 난징으로 가서 동난대학 부속고등학교에 다님.

1925 베이징 대학교에 지원했으나 신체검사 당시 폐병이 발견되어 시험도 치르지 못하고 상하이로 돌아와 요양함. 그 기간 동안 무정부주의를 옹호하는 다수의 문장을 발표하고 번역함.

1927 1월, 프랑스로 유학을 떠남. 가는 도중 『바다여행(海行)』을 씀.

3월, 파리에서 고국과 가족을 그리워하며 『멸망(滅亡)』을 4장까지 완성함.

4~8월까지 미국 보스턴에서 수감 생활을 하고 있던 이탈리아 노동자의 사면 운동에 참여함.

11월, 표트르 크로포트킨의 『빵의 약탈』 번역서 출간.

1928 8월, 소설 『멸망』 전 21장을 완성. 처음으로 '바진'이라는 필명으로 국내에 소개됨.

9월, 크로포트킨의 『인생철학: 그 기원과 발전』(상권) 번역서 출간.

10월, 파리에서 마르세유를 거쳐 귀국. 역서 『트로츠키의 톨스토이를 논함』을 『동방잡지』에 발표. '바진'이라는 필명을 사용한 최초의 출판물.

1929 『소설월보』에 『멸망』 연재 시작. 그해 10월 『멸망』 단행본이 상하이 개명(開明) 서점에서 출간됨.

1931 4월 18일부터 『시보(時報)』에 장편소설 『격류(激流)』 연재 시작. 그날 큰형 야오메이(堯枚)가 청두에서 음독자살.

8월, 첫번째 소설집 『복수(復仇)』 출간.

1933 5월, 『격류삼부곡』 중의 한 편인 『집(家)』을 단행본으로 개명서점에서 출간함.

1934 11월 21일, 상하이를 떠나 일본을 향해 출발, 24일 요코하마에 도착, 이듬해 2월 하순 도쿄로 감.

1935 8월 상순 일본에서 귀국. 문화생활출판사 총편집장을 맡으면서 『문화총간(文化叢刊)』『문화사회총간(文化社會叢刊)』『역문총간(譯文叢刊)』 등 대형총서를 편집 출간하기 시작함.

1936 6월 1일, 진이(靳以)와 함께 『문계월간(文季月刊)』 창간.
10월 19일, 루쉰 사망. 22일 루쉰 장례 의식에 참석하여 청년 작가들과 함께 루쉰의 영정을 옮김.

1937 8월 25일, 『함성(吶喊)』 주간지를 출간하고 발행인으로 임명됨.
2호 출간 후 『봉화(烽火)』로 이름을 바꾸고, 마오둔(茅盾)의 뒤를 이어 편집장을 맡음.

1938 『봄』 출간.

1939 장편소설 『가을(秋)』 탈고. 크로포트킨, 러시아의 언론인이자 정치사상가인 알렉산드르 헤르젠 등이 『스페인 문제 소총서』에 발표한 문장을 번역함.

1944 5월 8일 구이양에서 샤오산과 결혼. 『휴식의 정원』 출간.

1945 12월 16일 첫째 딸 샤오린(小林)이 충칭에서 출생.

1946 『제4병실』 출간.

1947 3월, 상하이 진광 출판공사에서 『추운 밤(寒夜)』 출간.

1948 산문집 『조용한 밤의 비극(靜夜的悲劇)』 출간.

1949 7월 2일, 중화전국문학예술공작자 제1차 대표대회에 참석, 후에 전국위원회 위원에 당선됨.
9월, 중국인민정치협상회의 대표로 선출됨.
11월, 상하이 시 문학공작자협회 부주석 및 창작부장 등의 직에 선출됨.

1950 4월 24일, 문화생활출판사 이사직에서 물러남.
7월, 상하이 시 문학예술계연합회 부주석으로 선출됨.
7월 28일, 아들 샤오탕(小棠) 출생.

1952 2월, 중국문연조직 산하의 북한 전선 창작조(朝鮮戰地創作組)에 들어가 북한을 방문, 7개월간 체류.

1953 8월, 북한 재방문, 5개월간 체류.

10월, 중국작가협회 부주석에 선출됨.

1954 9월, 제1차 전국인민대표대회의 쓰촨 대표로 선출됨.

제1차 전국인민대표대회에 참석.

1956 『안성맞춤(恰到好處)』『필하유정(筆下留情)』 등의 잡문 발표.

1957 7월, 『수확(收穫)』 창간, 진이와 함께 공동 주편집장을 맡음.

1958 인민문학 출판사에서 『바진 문집』 출간. 1962년까지 총 14권 출간.

1962 5월, 상하이 제2차 문대회(文代會) 참석, 「작가의 용기와 책임」에 대해 발표함.

1966 문화대혁명 발발. 8월 중순 이후 검열, 재산 몰수, 비판 투쟁 등의 박해를 받음.

1969 5월~이듬해 2월까지 쑹장(松江) 현 농촌으로 하방(下方: 간부나 지식인들이 사상 단련을 위해 공장·농촌·광산 등지로 보내지는 것)됨.

1970 2월~1972년 상반기까지 펑셴(奉賢) 현 '57간교(干校: 간부학교)'에서 일함.

1972 8월, 아내 샤오산 병사. 그 후 상하이 작가협회에 남아 공부와 일 병행.

1973 투르게네프의 『처녀지』를 재번역했고, 헤르젠의 『지난 일과 수상(往事與隨想)』 번역을 시작함.

1977 5월, 『문회보』에 「한 통의 편지(一封信)」를 발표함으로써 10년 동안의 침묵을 깨고 다시 집필과 창작에 몰두함.

1979 12월, 『수상록(隨想錄)』 제1집을 홍콩 삼련서점에서 출간함.

1980 국제펜클럽 중국펜클럽센터가 베이징에서 성립되고 주석으로 선출됨. 중국현대문학관 건설 구상을 내놓음.

1981 4월, 중국작가협회 주석단 대리주석으로 선출, 12월 중국작가협회 주석으로 정식 선출됨.
4월, 『수상록』 제2집 『탐색집(探索集)』 출간.
9월, 『창작회의록』 출간.

1982 3월, 이탈리아 카센티노 연구원에서 수여하는 '이탈리아 단테 국제명예상' 수상.
7월, 『바진 선집』 총 10권 출간(쓰촨 인민출판사).
10월, 『수상록』 제3집 『진실집(眞話集)』 출간.

1983 5월, 프랑스 정부에서 수여하는 '프랑스 레지옹 도뇌르 훈장' 수상.
6월, 정협 6차 회의에서 전국정협부주석으로 선출됨.

1984 10월, 홍콩 문화대학교에서 명예박사학위 수여.
10월, 『수상록』 제4집 『병중집(病中集)』 출간.

1985 3월, 중국현대문학관 개관식 진행을 맡았고, 자신이 다년간 소장하고 있던 서간, 친필 원고, 서신, 사진 등을 대학관에 기증함.
5월, 미국 문학예술연구원이 '외국명예박사' 칭호를 수여함.

1986 12월, 『수상록』 제5집 『무제집(無題集)』 출간.
그 해부터 인민문학출판사에서 『바진 전집』을 출간하기 시작해 1994년까지 총 26권을 출간함.

1990 1월, 『바진 번역문 선집』 출간.
2월, 소련의 최고소비에트대표단이 수여하는 '인민우정훈장' 수상.
7월, 제1회 일본 '후쿠오카 아시아문화상' 수상.

1993 4월, 아시아 중화문학작가 기금회에서 수여하는 '고문작가공로상' 수상.

1994 10월, 『가서(家書): 바진 샤오산 서신집』 출간.

1995 7월, 『재사록(再思錄)』 출간.

1997 6월, 『바진 번역문 전집』(총 10권) 인민문학출판사에서 출간.

12월, 『바진의 편지함—왕양천에게 보냄』 출판.

1998　4월, 제4회 상하이 문학예술상에서 '공헌상' 수상.

1999　7월, 국제천문학연합회 산하 소천체 명명위원회에서 『국제천문학연합회 소행성 통보』(제35491호)를 발표, 중국 과학자가 1997년 11월 25일 발견한 소행성(번호 8315)의 이름을 '바진성'이라 명명함.

2003　11월 5일, 국무원에서 '인민작가' 명예 칭호를 수여함.

2005　10월 17일 19시 6분, 상하이 화동병원에서 별세.

**기획의 말**

# '대산세계문학총서'를 펴내며

2010년 12월 대산세계문학총서는 100권의 발간 권수를 기록하게 되었습니다. 대산세계문학총서의 발간은 앞으로도 계속될 것이고, 따라서 100이라는 숫자는 완결이 아니라 연결의 의미를 지니는 것이지만, 그 상징성을 깊이 음미하면서 발전적 전환을 모색해야 하는 계기가 된 것은 분명합니다.

대산세계문학총서를 처음 시작할 때의 기본적인 정신과 목표는 종래의 세계문학전집의 낡은 틀을 깨고 우리의 주체적인 관점과 능력을 바탕으로 세계문학의 외연을 넓힌다는 것, 이를 통해 세계문학을 바라보는 우리의 시각을 전환하고 이해를 깊이 해나갈 수 있도록 한다는 것이었다고 간추려 말할 수 있습니다. 그리고 궁극적으로는 우리의 인문학을 지속적으로 발전시켜나갈 수 있는 동력이 될 수 있기를 희망하는 것이었습니다. 이러한 기본 정신은 앞으로도 조금도 흩트리지 않고 지켜나갈 것입니다.

이 같은 정신을 토대로 대산세계문학총서는 새로운 변화의 물결 또한 외면하지 않고 적극 대응하고자 합니다. 세계화라는 바깥으로부터의 충격과 대한민국의 성장에 힘입은 주체적 위상 강화는 문화나 문학의 분야에서도 많은 성찰과 이를 바탕으로 한 발상의 전환을 요구하고 있습니다. 이제 세계문학이란 더 이상 일방적인 학습과 수용의 대상이 아니라 동등한 대화와 교류의 상대입니다. 이런 점에서 대산세계문학총서가 새롭게 표방하고자 하는 개방성과 대화성은 수동적 수용이 아니라 보다 높은 수준의 문화적 주체성 수립을 지향하는 것이며, 이것이 궁극적으로 한국문학과 문화의 세계화에 이바지하게 되리라고 믿습니다.

또한 안팎에서 밀려오는 변화의 물결에 감춰진 위험에 대해서도 우리는 주의를 게을리하지 말아야 할 것입니다. 표면적인 풍요와 번영의 이면에는 여전히, 아니 이제까지보다 더 위협적인 인간 정신의 황폐화라는 그늘이 짙게 드리워져 있는 것이 사실입니다. 대산세계문학총서는 이에 대항하는 정신의 마르지 않는 샘이 되고자 합니다.

'대산세계문학총서' 기획위원회

# 대 산 세 계 문 학 총 서

036 소설 **사탄의 태양 아래** 조르주 베르나노스 지음 | 윤진 옮김

037 시 **시집** 스테판 말라르메 지음 | 황현산 옮김

038 시 **도연명 전집** 도연명 지음 | 이치수 역주

039 소설 **드리나 강의 다리** 이보 안드리치 지음 | 김지향 옮김

040 시 **한밤의 가수** 베이다오 지음 | 배도임 옮김

041 소설 **독사를 죽였어야 했는데** 야샤르 케말 지음 | 오은경 옮김

042 희곡 **볼포네, 또는 여우** 벤 존슨 지음 | 임이연 옮김

043 소설 **백마의 기사** 테오도어 슈토름 지음 | 박경희 옮김

044 소설 **경성지련** 장아이링 지음 | 김순진 옮김

045 소설 **첫번째 향로** 장아이링 지음 | 김순진 옮김

046 소설 **끄르일로프 우화집** 이반 끄르일로프 지음 | 정막래 옮김

047 시 **이백 오칠언절구** 이백 지음 | 황선재 역주

048 소설 **페테르부르크** 안드레이 벨르이 지음 | 이현숙 옮김

049 소설 **발칸의 전설** 요르단 욥코프 지음 | 신윤곤 옮김

050 소설 **블라이드데일 로맨스** 나사니엘 호손 지음 | 김지원 · 한혜경 옮김

051 희곡 **보헤미아의 빛** 라몬 델 바예-인클란 지음 | 김선욱 옮김

052 시 **서동 시집** 요한 볼프강 폰 괴테 지음 | 안문영 외 옮김

053 소설 **비밀요원** 조지프 콘래드 지음 | 왕은철 옮김

054-055 소설 **헤이케 이야기(전 2권)** 지은이 미상 | 오찬욱 옮김

056 소설 **몽골의 설화** 데. 체렌소드놈 편저 | 이안나 옮김

057 소설 **암초** 이디스 워튼 지음 | 손영미 옮김

058 소설 **수전노** 알 자히드 지음 | 김정아 옮김

059 소설 **거꾸로** 조리스-카를 위스망스 지음 | 유진현 옮김

060 소설 **페피타 히메네스** 후안 발레라 지음 | 박종욱 옮김

061 시 **납** 제오르제 바코비아 지음 | 김정환 옮김

062 시 **끝과 시작** 비스와바 쉼보르스카 지음 | 최성은 옮김

063 소설 **과학의 나무** 피오 바로하 지음 | 조구호 옮김

064 소설 **밀회의 집** 알랭 로브-그리예 지음 | 임혜숙 옮김

065 소설 **붉은 수수밭** 모옌 지음 | 심혜영 옮김

066 소설 **아서의 섬** 엘사 모란테 지음 | 천지은 옮김

067 시 **소동파사선** 소동파 지음 | 조규백 역주

068 소설 **위험한 관계** 쇼데를로 드 라클로 지음 | 윤진 옮김

| | |
|---|---|
| 069 소설 | **거장과 마르가리타** 미하일 불가코프 지음 \| 김혜란 옮김 |
| 070 소설 | **우게쓰 이야기** 우에다 아키나리 지음 \| 이한창 옮김 |
| 071 소설 | **별과 사랑** 엘레나 포니아토프스카 지음 \| 추인숙 옮김 |
| 072-073 소설 | **불의 산**(전 2권) 쓰시마 유코 지음 \| 이송희 옮김 |
| 074 소설 | **인생의 첫출발** 오노레 드 발자크 지음 \| 선영아 옮김 |
| 075 소설 | **몰로이** 사뮈엘 베케트 지음 \| 김경의 옮김 |
| 076 시 | **미오 시드의 노래** 지은이 미상 \| 정동섭 옮김 |
| 077 희곡 | **셰익스피어 로맨스 희곡 전집** 윌리엄 셰익스피어 지음 \| 이상섭 옮김 |
| 078 희곡 | **돈 카를로스** 프리드리히 폰 실러 지음 \| 장상용 옮김 |
| 79-080 소설 | **파멜라**(전 2권) 새뮤얼 리처드슨 지음 \| 장은명 옮김 |
| 081 시 | **이십억 광년의 고독** 다니카와 슌타로 지음 \| 김응교 옮김 |
| 082 소설 | **잔지바르 또는 마지막 이유** 알프레트 안더쉬 지음 \| 강여규 옮김 |
| 083 소설 | **에피 브리스트** 테오도르 폰타네 지음 \| 김영주 옮김 |
| 084 소설 | **악에 관한 세 편의 대화** 블라디미르 솔로비요프 지음 \| 박종소 옮김 |
| 085-086 소설 | **새로운 인생**(전 2권) 잉고 슐체 지음 \| 노선정 옮김 |
| 087 소설 | **그것이 어떻게 빛나는지** 토마스 브루시히 지음 \| 문항심 옮김 |
| 088-089 산문 | **한유문집-창려문초**(전 2권) 한유 지음 \| 이주해 옮김 |
| 090 시 | **서곡** 윌리엄 워즈워스 지음 \| 김숭희 옮김 |
| 091 소설 | **어떤 여자** 아리시마 다케오 지음 \| 김옥희 옮김 |
| 092 시 | **가윈 경과 녹색기사** 지은이 미상 \| 이동일 옮김 |
| 093 산문 | **어린 시절** 나탈리 사로트 지음 \| 권수경 옮김 |
| 094 소설 | **골로블료프가의 사람들** 미하일 살티코프 셰드린 지음 \| 김원한 옮김 |
| 095 소설 | **결투** 알렉산드르 쿠프린 지음 \| 이기주 옮김 |
| 096 소설 | **결혼식 전날 생긴 일** 네우송 호드리게스 지음 \| 오진영 옮김 |
| 097 소설 | **장벽을 뛰어넘는 사람** 페터 슈나이더 지음 \| 김연신 옮김 |
| 098 소설 | **에두아르트의 귀향** 페터 슈나이더 지음 \| 김연신 옮김 |
| 099 소설 | **옛날 옛적에 한 나라가 있었지** 두샨 코바체비치 지음 \| 김상헌 옮김 |
| 100 소설 | **나는 고故 마티아 파스칼이오** 루이지 피란델로 지음 \| 이윤희 옮김 |
| 101 소설 | **따니아오 호수 이야기** 왕정치 지음 \| 박정원 옮김 |
| 102 시 | **송사삼백수** 주조모 엮음 \| 이동향 역주 |
| 103 시 | **문턱 너머 저편** 에이드리언 리치 지음 \| 한지희 옮김 |
| 104 소설 | **충효공원** 천잉전 지음 \| 주재희 옮김 |

105 희곡 **유디트/헤롯과 마리암네** 프리드리히 헤벨 지음 | 김영목 옮김

106 시 **이스탄불을 듣는다**
오르한 웰리 카늑 지음 | 술탄 훼라 아크프나르 여 · 이현석 옮김

107 소설 **화산 아래서** 맬컴 라우리 지음 | 권수미 옮김

108–109 소설 **경화연**(전 2권) 이여진 지음 | 문현선 옮김

110 소설 **예피판의 갑문** 안드레이 플라토노프 지음 | 김철균 옮김

111 희곡 **가장 중요한 것** 니콜라이 예브레이노프 지음 | 안지영 옮김

112 소설 **파울리나 1880** 피에르 장 주브 지음 | 윤 진 옮김

113 소설 **위폐범들** 앙드레 지드 지음 | 권은미 옮김

114–115 소설 **업둥이 톰 존스 이야기**(전 2권) 헨리 필딩 지음 | 김일영 옮김

116 소설 **초조한 마음** 슈테판 츠바이크 지음 | 이유정 옮김

117 소설 **악마 같은 여인들** 쥘 바르베 도르비이 지음 | 고봉만 옮김

118 소설 **경본통속소설** 지은이 미상 | 문성재 옮김

119 소설 **번역사** 레일라 아부렐라 지음 | 이윤재 옮김

120 소설 **남과 북** 엘리자베스 개스켈 지음 | 이미경 옮김

121 소설 **대리석 절벽 위에서** 에른스트 윙거 지음 | 노선정 옮김

122 소설 **죽은 자들의 백과전서** 다닐로 키슈 지음 | 조준래 옮김

123 시 **나의 방랑—랭보 시집** 아르튀르 랭보 지음 | 한대균 옮김

124 소설 **슈톨츠** 파울 니종 지음 | 황승환 옮김

125 소설 **휴식의 정원** 바진 지음 | 차현경 옮김

126 소설 **굶주린 길** 벤 오크리 지음 | 장재영 옮김

127–128 소설 **비스와스 씨를 위한 집**(전 2권) V. S. 나이폴 지음 | 손나경 옮김

129 소설 **새하얀 마음** 하비에르 마리아스 지음 | 김상유 옮김

130 산문 **루테치아** 하인리히 하이네 지음 | 김수용 옮김

131 소설 **열병** 르 클레지오 지음 | 임미경 옮김

132 소설 **조선소** 후안 카를로스 오네티 지음 | 조구호 옮김